LES VIE
DE BR

C000095873

GONZAGUE SAINT BRIS

Les Vieillards
de Brighton

ROMAN

GRASSET

« A ce passé auquel je suis attaché en dépit de tout. »

THE OLD MEN
ADMIRING THEMSELVES
IN THE WATER

I heard the old, old men say
« Everything alters,
And one by one we drop away ».
They had hands like claws, and their knees
Were twisted like the old thorn-trees
By the waters.
I heard the old, old men say
« All that's beauiful drifts away
Like the waters ».

PREMIÈRE PARTIE

> Dans mon enfance, je n'ai pas eu d'enfance.
>
> Maxime GORKI.

> On me dit que j'ai trente ans, mais si j'ai vécu trois minutes en une, n'ai-je pas quatre-vingt-dix ans ?
>
> Charles BAUDELAIRE.

> De quoi souffres-tu ?
> De l'irréel intact dans le réel dévasté.
>
> René CHAR.

> Vivre, c'est survivre à un enfant mort.
>
> Anatole FRANCE.

CHAPITRE 1

Enfant, j'habitais Londres où mon père était un jeune attaché d'ambassade. C'était la vie rêvée. Hyde Park et son allée de fleurs violettes, les musées gratuits où l'on pouvait jouer avec des trains électriques, les magasins de jouets extraordinaires, les cantiques dans la brume, les policemen polis qui ne regardaient pas ma nurse avec insistance. Elle était suisse et s'appelait Nana. Le prince Charles enfant nous faisait parfois des signes du balcon de Buckingham Palace. Je lui répondais. Après tout, nous avions le même âge et on nous coiffait de la même manière : de l'eau sur la tête et la raie sur le côté.

Tout cela aurait pu être une charmante histoire, avec les casquettes bleu et jaune de notre école, la St Philip's School, les « bats » de cricket, des rues de Londres où l'on jouait avec de petites voitures *Dinky Toys* contre les murs gris en se salissant les mains. Je croyais vivre un « Nursery Rhymes », mais je ne savais pas encore que c'était celui de Humpty Dumpty, le petit homme fragile à l'énorme tête d'œuf qui, assis, en haut d'un mur, n'ose plus bouger de crainte de se fracasser le crâne. Pour moi, l'omelette était proche, la catastrophe imminente. J'avais cinq ans, l'âge de l'innocence, l'âge où pourtant j'ai dit adieu à l'innocence. Pardonnez-nous nos enfances !

C'est vrai, j'avais un caractère difficile, je restais enfermé des heures sans jamais vouloir demander pardon. Je croyais que la colère était ma noblesse. J'explorais mes haines intérieures. Mais il faut bien avouer que j'étais très violent. Un jour mon père me surprit dans une lutte acharnée avec mon frère aîné, dont je croyais qu'il était le préféré de mes parents. J'étais en train de frapper sa tête contre les carreaux de la cuisine.

Pour apaiser la situation, mes parents décidèrent qu'un éloignement me serait profitable. On leur avait dit : « L'air de Brighton est bon pour les nerveux. » Aussi, un après-midi nous quittâmes Londres dans la belle *Frégate* grise qui faisait notre fierté, une vraie voiture française, et je ne compris pas pourquoi je partais seul avec mon père, sans mes frères, ni ma mère. Peut-être, au fond, me prenait-il pour un adulte. Voulait-il me parler ? Qu'allions-nous découvrir ? Je m'imaginais qu'il avait remarqué la grandeur de mon caractère et allait me confier à l'amiral Nelson qui, dans les jours à venir, me donnerait, peut-être, le commandement d'un « brick » Mais, plus que du voyage, c'est de l'arrivée dont je me souviens. Brighton, une ville élégante mais qui fait peur par sa distinction froide ; des villas telles qu'on les imagine chez Agatha Christie, où les crimes se mitonnent dans la camomille, des gazons verts et tendres comme dans les films de Losey, où l'on ne tond que la surface de drames affreux et enterrés.

La voiture de mon père glissa dans une allée ombragée. Belle maison haute, sorte de manoir entouré d'arbres au-delà duquel on entendait le bruit de la mer. Je ne quittais pas ma petite valise dans laquelle j'avais rangé mes soldats de plomb. Nous étions arrivés. Une religieuse m'accueillit. Je laissai mon père sans émotion, tout intrigué d'abord par ce que je découvrais. Mais je ne savais pas encore l'horreur que cachaient ces murs. Le soir venait et l'on m'attribua un lit dans le grand dortoir. Vastes parquets glissants et sombres, odeurs d'encaustique et d'urine, de linge pourri et de fin de vie. O surprise, j'étais dans un asile de vieillards ; j'allais connaître le bout de la nuit.

A l'heure du goûter on m'avait déjà couché. Puis, ils vinrent et le cortège des vieillards défila sous mes yeux. Ils se déshabillaient lentement, je voyais leur peau parcheminée, lambeaux de chair, leurs chemises de nuit jaunies, leurs gestes comme livrés à l'éternité. Ils ne me regardaient pas et je sentis combien j'étais seul au milieu d'eux. Ils étaient les fantômes d'un autre monde qui surgissaient dès que le jour finissait. Mary Shelley, reine de l'effroi, avait-elle assisté au même spectacle quand petite fille, le soir, elle défaisait ses nattes ?

Comment ai-je réussi à jouer l'indifférence ? La terreur m'étreignait, mais je compris que je ne devais pas le montrer. Aussi, j'installai tranquillement sur la table de nuit mes petits soldats, « Horse Guards », « Queen's Horses », « King's Men »... Leurs vestes rouges étaient le témoignage éclatant de la vie. Mais, soudain d'un geste brutal, mon voisin, vieillard irritable, les balaya de la main. Ils tombèrent à terre. Bouleversé, j'éclatai en sanglots. Je les ramassai et je ne sais où je trouvai le courage de les ranger, tant bien que mal. Je me recouchai et pleurai dans mon lit. Je ne savais plus où j'en étais. Ma vie allait-elle se rétrécir et s'achever ou ne faisait-elle que commencer ?

Le lendemain matin, le soleil par la fenêtre ouverte et l'odeur des feuilles me redonnèrent du courage. Les morts ressuscitaient, mais plus humains que la veille. Ils faisaient leur toilette, et il me sembla que leurs visages étaient différents ; l'un d'entre eux m'adressa la parole. C'était un jour nouveau. Je me mis à croire à l'espoir, mais à midi au réfectoire le cauchemar recommença. Nous étions par table de six. Et j'étais assis en face d'une dame effrayante aux yeux d'un bleu intense, « Faïence-Folie ». Ses longs cheveux gris mal soignés pendaient en désordre de son front comme des mèches d'étoupe. Elle me regardait fixement et fit ce geste que j'aurais du mal à oublier ; avec sa cuillère, elle raclait bruyamment le fond de l'assiette vide, sans que la soupe nous ait été servie. Elle ne mangeait rien, et s'appliquait à ce geste absurde comme un automate. J'entends encore le bruit martelé de sa cuillère contre le fond de l'assiette vide. Je crois que j'en ai toujours peur.

Les jours passaient et je ne savais plus où j'étais. Parfois la religieuse m'emmenait avec elle, faire une promenade, regarder le ciel. Devant les devantures d'un magasin de jouets où étaient exposés les soldats de mes rêves, elle proposa de m'en offrir mais j'avais déjà sombré dans une sorte d'hébétude et je me souvenais qu'il fallait répondre poliment « Non, merci ». Le soir venu, je le regrettai amèrement. Si j'avais réagi de la sorte, n'était-ce pas la preuve que je n'étais plus un enfant ? En quelques semaines, j'avais changé de statut. Comme ceux avec qui je vivais, j'étais devenu un petit vieillard.

Quelques jours plus tard, j'eus l'impression de m'être fait un copain du même âge.

Le dimanche suivant, il m'emmène en promenade au golf de Brighton. Je vois passer d'autres enfants mais je les ignore. Ils ne peuvent pas comprendre. Quand le soir nous rentrons à l'hospice, je me retrouve en robe de chambre comme les vieillards. Un petit mouchoir sale, en guise de pochette, pour faire chic. Je me sens très à l'aise et il m'arrive même de plaisanter avec les sœurs. Je suis devenu assez vite un habitué de la maison et je me veux propret et distingué. J'ai des chaussons. Il m'arrive de sortir, mais cela m'ennuie un peu.

Je n'attends rien et je sais tout. J'ai cinq ans et je suis vieux.

CHAPITRE 2

Ce qui frappait dès l'entrée de l'asile, c'était l'odeur pharmaceutique mêlée à celle de la cire des planchers et des escaliers et puis, au fond du hall, la vision de la mer à travers les vitres teintées. Il y avait dans ce contraste comme une saisissante douleur : un sentiment de liberté lointaine déformée par les vitres de couleur et la souffrance qui vous entrait par les narines à respirer les relents médicamenteux qui vous rendaient malade.

Comment ce faux petit château de style Tudor en front de mer de la plus belle cité balnéaire du Royaume, dans une magnifique perspective de façades Regency, pouvait-il cacher tant de misère ? De l'extérieur avec son perron de pierre, ses hautes fenêtres, ses murs gris rehaussés de brique rose, ce manoir néogothique semblait l'heureuse demeure d'un gentilhomme. Avec son parc qui donnait sur la mer, ses petits bancs en bois peints et la longue allée de feuilles d'automne qui conduisait à son porche, on aurait dit le paradis dont rêvent les enfants, mais ceux qui y vivaient étaient atteints par le poids de trop longues années. Pour tout dire, au-delà des apparences, c'était bien un asile de vieillards que cachait cette aristocratique demeure à une heure de train de Londres, au bord de la Manche.

Lorsque le vent du large n'était pas trop violent, on pouvait d'ailleurs apercevoir ces vieillards, leurs écharpes s'agitaient au-dessus des haies court taillées, comme si prenaient leur envol les derniers lambeaux du temps. Leurs chaussures, mal lacées, raclaient les allées de sable, lentement. Souvent ils avaient du mal à regagner le bâtiment lorsqu'ils sentaient venir la tempête et les bonnes sœurs, tels de gros pigeons bleu et gris dans le lointain, venaient à leur rencontre sur la plage ou dans le parc pour les ramener dans le manoir de leurs clameurs, de leurs démences, de leurs horreurs.

La mer était le témoin de tout cela, elle déroulait ses vagues comme des draps sales sur une plage de galets où des êtres solitaires venaient s'asseoir en serrant contre leur cœur des thermos de métal qui les rassuraient devant les éclats effrayants de l'écume du soir.

Le dortoir était lugubre avec son alignement de lits de fer. Aucune fenêtre ne donnait sur la mer, mais on apercevait à travers leurs vitres une petite cour intérieure. De bon matin, on entendait au rez-de-chaussée le remue-ménage du cuisinier roux, Oscar, plus jeune que les pensionnaires, qui, rouge comme un homard, de ses sous-sols, émergeait dans le jardin, faisant des allées et venues bruyantes entre ses casseroles et ses poubelles. Il jugeait qu'il était le seul à fournir un vrai travail dans cette maison de fous, contre lesquels il ne cessait de pester, et estimait sans doute utile de le faire savoir aux vieillards dès les premières heures du jour. C'était sa nature galloise qui le poussait à la rébellion, ainsi qu'une susceptibilité féminine qui avait toujours gâté sa vie. Ainsi paraissait-il excessivement affairé pour préparer des repas d'une frugalité exemplaire, puisqu'ils se réduisaient en général à une purée accompagnée de jambon haché avec pour tout dessert une vague compote de pommes.

La vie des anciens était aussi réglée que celle des nouveau-nés. Plus on est proche de la naissance et de la mort, plus les horaires prennent de l'importance. A ces deux pôles de l'existence, seuls comptent ces repères qui annoncent l'heure tant attendue des repas. On servait aux pensionnaires le petit déjeuner à huit heures, au lit. Ils descendaient prendre leur déjeuner à midi et se retrouvaient le soir, au réfectoire, à six heures pour dîner. Au regard de la modestie des menus, on se demandait pourquoi le « Benedicite » durait si longtemps, ainsi que les actions de grâce qui succédaient à tant de sobriété. Mais les religieuses y tenaient fermement. C'était, à vrai dire, leur seule exigence. Car sans cesse plongées dans cette forêt hypnotique de vieillards chenus qui peinaient à saisir de leurs mains tavelées ces verres bombés en « Duralex », leurs couverts et même leurs assiettes, elles vivaient avec moi la même déroute. Elles avaient pour vocation de servir d'intermédiaires entre la misère du monde et la splendeur espérée des cieux.

Elles étaient souvent le jouet des maniaqueries des vieillards qui les traitaient tantôt avec une rare brutalité, tantôt avec une humble vénération. La charge de ces pauvres femmes en devenait d'autant plus épouvantable qu'elles subissaient l'imprévisible série de leurs caprices cruels. Il est dans la science sournoise des vieillards de savoir camoufler leurs pires intentions

18

derrière l'habitude et de changer brusquement de comportement sans jamais se trahir, même par leurs attitudes. Je me souviens de celui qui, courbé sur son assiette, attendait que son infirmière lui apporte du pain pour lui frapper brutalement la main de sa cuillère en bois, tout en demeurant dans la même pose innocente, penché sur sa soupe. Ce n'était qu'après avoir commis, d'une façon foudroyante, avec ruse, ce délit sournois, qu'il levait lentement vers elle ses prunelles délavées pour mesurer les conséquences de son méfait avec un air implorant et faux.

La plupart des religieuses avaient choisi le silence et un perpétuel sourire désarmé pour faire face à la tâche qui les écrasait en cet asile où elles avaient engagé leur jeunesse. Elles multipliaient les sacrifices, mais parfois reculaient avec dégoût. Dans les coins, j'en ai vu certaines sangloter. Leurs aînées les emmenaient dans les couloirs pour les sermonner et leur redonner du courage. Mais la fatigue nerveuse et la désespérance faisaient bon ménage. Dans leurs clairs visages, je remarquais parfois que leurs yeux bleus se fissuraient devant le doute comme ces porcelaines cassées, qu'on a recollées sans espoir.

Ce n'est que derrière la porte qu'on refermait sur moi qu'elles s'abandonnaient à leurs pleurs. Elles s'effondraient peut-être dans les bras de leur Supérieure, en regardant par-dessus leur épaule, le visage baigné de larmes, la petite allée qui filait, jaune, parmi les gazons parfaits, image intacte de leur plus tendre enfance qui leur donnait parfois envie de fuir, au mépris de leurs vœux.

Cette allée donnait sur « De Courcelles Road ». C'était le nom d'un ambassadeur français, Alphonse de

Courcelles, qui s'était penché sur le sort des vieux et avait créé cette maison de convalescence en 1890. Tous les retraités d'Angleterre se retrouvaient d'ailleurs à Brighton, comme la plupart des enfants malades. Un jour que nous étions assis tous les deux sur des fauteuils d'osier, dans la véranda, le vieillard qui m'avait pris en affection me désigna d'un doigt dictatorial, à l'ongle d'ivoire jauni, l'illustration de l'ouvrage qu'il lisait, un roman de Dickens, *Dombey and Son*. Elle représentait un jeune enfant, au regard tragique, installé dans une sorte de poussette, dont les roues laissaient leurs empreintes sur la plage. Sa casquette était tombée dans le sable, ainsi qu'un illustré dont les pages volaient au vent. Une adolescente, coiffée d'un chapeau, était assise près du petit garçon, et, à quelques pas derrière eux, on pouvait distinguer la silhouette d'un vieillard devant les remparts de Brighton. Je fus choqué de constater que c'était ce vieillard, privé de force, qui était chargé de tirer la voiture de cet enfant.

J'étais soudain terrifié à l'idée qu'un enfant de mon âge, sur une plage, avait perdu l'énergie de se mouvoir. Allais-je moi aussi, au contact de ces vieillards, perdre peu à peu l'usage de mes jambes ?

CHAPITRE 3

A Brighton, on savourait la vie comme si elle avait un goût de fruits de mer. A l'origine, la cité maritime était un village de pêcheurs et de nombreuses petites maisons, des ruelles pittoresques et des vieux quartiers lui conservaient son cachet dix-huitième. Sa renommée naquit en 1750.

Brighton devint célèbre grâce au livre d'un médecin, le Docteur Richard Russel, qui vantait les mérites de l'endroit et ses bienfaits pour la santé de tous. Cet ouvrage assura un prodigieux succès à la ville. C'est lui qui établit la réputation de Brighton. Il recommandait aux enfants, comme aux gens âgés, l'air de la Manche et les bains de mer. Il remplit, en moins d'un an, la ville de tous les pèlerins du poumon, des croisés du cœur et des malades de la peau. Puis, quelques années plus tard, la notoriété de Brighton avait tellement grandi que c'était le prince régent lui-même qui débarquait avec sa cour pour se distraire et respirer à pleins poumons — sans éventails — l'air du large. Le futur George IV apportait à cet engouement le sceau définitif du choix royal. Il transforma aussitôt cette mode en une institution. En décidant de demeurer à Brighton, le temps d'y attendre son avènement, il fit le projet d'y bâtir sa résidence privée qui devint sa préférée. De 1787 à 1822, il y fit construire le château de ses chimères, le « Royal Pavilion ».

Ce palais exotique et rococo, influencé par l'orientalisme de l'époque, était du même style que les palais et les mosquées des Indes, mais avec des intérieurs chinois qui ravissaient Oscar, notre cuisinier esthète. Ce dernier s'y rendait régulièrement pour se distraire de ses mornes dimanches. Passionné par les objets, le mobilier, la disposition des fleurs, la lumière sur la soie des fauteuils et les beaux garçons, qu'il pouvait rencontrer pendant la visite et éblouir de son savoir, il en connaissait chaque pièce par cœur mais ne se lassait pas de les contempler et d'en découvrir toujours davantage. C'était son bonheur secret. Il échappait ainsi, l'espace de quelques heures, à l'enfer malodorant des cuisines, aux chambrées fermentées et à la présence de vieillards prostrés dont il estimait la fréquentation nuisible à ce capital d'énergie adolescente qu'il avait su conserver à un âge, ma foi, assez avancé.

A Brighton, le microclimat faisait ressembler l'automne au printemps et l'on pouvait voir pousser des palmiers dans la partie nord de la ville protégée du vent. Cette douceur de l'atmosphère parmi les perspectives architecturales d'une rare élégance, alliée à la note d'exotisme du « Royal Pavilion », enchantait les Anglais. Ils y voyaient des symboles de leur empire qui commençait à s'estomper avec la perte de ces terres exotiques et lointaines et l'effacement insidieux des traditions antérieures. La vie au grand air était leur religion fervente juste après celle que leur avait donnée le roi Henri VIII. Les régates en mer comme les parties de cricket sur les verts carrés de gazon pouvaient satisfaire leur passion prosélyte du sport. Et puis, il y avait l'hippodrome de Brighton qui surplombait la Manche où toutes les classes de la société pouvaient communier dans la passion frénétique des chevaux et des paris.

La vieille Lady Beckford, qui d'emblée me prit en sympathie, me disait un jour que les chevaux de la région étaient d'une beauté à couper le souffle, parce que, dès la naissance, ils respiraient le meilleur air qui soit entre les prés et la mer. Elevée parmi les chevaux, dès sa plus tendre enfance, elle les vénérait. Petite fille, elle flattait leurs flancs avec délices comme d'autres jouent à la poupée. Enfant, elle adorait caresser de ses petites mains leurs naseaux tièdes, doux au toucher comme la chair des framboises et entendre les chevaux remuer dans le box quand, prête pour la promenade dans sa tenue de cavalière, elle entrait dans l'écurie. Elle évoquait toujours avec nostalgie et fierté l'ancienne Haute Ecole d'Equitation de Brighton qui, en son temps, avait rivalisé avec celle de Vienne. Et à chaque concours hippique, les favoris du Sussex semblaient s'en souvenir. Superbes dans l'accélération de leurs galops, ils dépassaient la ligne d'arrivée avec un mouvement frémissant de l'encolure qui accentuait encore le panache de leur victoire. Quelque chose dans le port de tête de Lady Beckford rappelait ce frémissement altier quand, à la fin d'une valse, dans l'éclat de sa beauté, elle se sentait admirée ou insidieusement amoureuse.

CHAPITRE 4

On m'isole, on me camisole. A six heures du soir, on m'a déjà donné à dîner et je ne sais pourquoi on me force à me coucher avant les autres. La crainte de voir arriver les vieillards est grande car je ne m'habitue pas à leur cortège de fantômes qui progresse dans le dortoir. Mais la peur de patienter seul est une épreuve pire encore. J'ai plus de deux longues heures avant qu'ils ne viennent se coucher enfin. Dès lors, bien avant qu'ils ne surgissent comme un nuage de mauvais rêves, mon esprit est hanté par toutes sortes de songes malsains qui font frissonner mon corps. Il me semble que je dois monter la garde contre une armée de spectres. J'aurais le temps de mourir mille fois avant qu'ils n'arrivent.

Parfois la sœur avant de me quitter m'embrassait sur le front. Elle passait ses mains sur mes tempes et me disait : « Tu as un peu de fièvre », cette tendresse m'était délicieuse, mais dès que je sentais que ses doigts légers quittaient mes cheveux, la mélancolie me frappait en plein cœur. Elle allait m'abandonner. C'était déchirant, j'avais un besoin de consolation impossible à rassasier. J'avais envie de la retenir, de l'interroger sur la raison de ma présence ici, sur ce qui allait se passer cette nuit, de lui demander où était maman, de la supplier de regarder sous mon lit pour savoir si un loup ne s'y était pas caché. Je me redressais, les coudes appuyés sur le traversin, pour frotter mon front contre ses bras blancs, ronds, et si chauds, et j'avais envie de pleurer sur sa poitrine, car je me sentais rejeté, oublié, délaissé. Mais on m'avait appris que quand on était « bien élevé » on ne devait pas se plaindre. Aussi, de mes yeux embués, je la regardais s'éloigner en lui faisant un petit signe d'adieu très poli. Elle revenait m'embrasser une fois encore puis se sauvait.

Glacé, couché au garde-à-vous dans des draps gris et rêches, il me semblait que j'étais cloué sur mon sommier par un châtiment diabolique, cerné par les mauvais sorts. J'ai passé dans cet immense dortoir où la lumière pâle du soir accentuait encore mon triste état quelques-uns des pires instants de ma vie. La conjuration des ombres se massait autour de moi à mesure que déclinait au loin le couchant. Les formes s'estompaient et il n'était plus possible d'identifier ce qui bougeait. Des métamorphoses impalpables se produisaient dans cette obscurité. J'avais peur. Même les objets allaient se retourner contre moi, je le pressentais. Ils s'y préparaient, je le percevais dans le silence. Les lampes de chevet, les pots de chambre, les brocs d'eau, les vieux livres jaunis, les tables de nuit, la canne d'un invalide abandonnée près des grands oreillers, la monture métallique du lit au bout de mes pieds et même le tic-tac lancinant de la pendule me paraissaient suspects et m'inquiétaient. Ils me surveillaient, rapportaient le moindre de mes gestes et s'apprêtaient à me dénoncer.

Les photos de famille rangées sur les tables de nuit commençaient à grimacer dans leurs cadres. Allaient-elles crier ? J'avais enfreint une règle, mais je ne savais pas laquelle. Je me sentais coupable, mais j'ignorais de quoi. Les taches d'humidité au plafond que je ne craignais pas en plein jour s'animaient soudain et se révélaient des êtres aux faces hideuses. L'obscurité était complice de ce vaste piège dont les mouvements venant de partout se resserraient maintenant autour de moi. Il me semblait que la maison entière avec ses papiers peints défraîchis et ses chaises roulantes dans le corridor me disait de m'en aller. Les tuyauteries ajoutaient leurs sifflements inquiétants et inattendus, leurs colères sourdes et ventriloques à cette orchestration progressive de mon effroi.

La haine suintait de partout autour de moi, des murs jusqu'aux âmes mortes. Une odeur médicale me saisit. Je crus entendre dans ma panique intérieure une voix, aux intonations nasales, qui disait : « Il faut s'en débarrasser. » Plus tard, je reçus, dans mon demi-sommeil, les paupières soudées par la peur, l'haleine fétide de l'un des vieillards qui me crachait au visage sa colère putride : « Tu n'as rien à faire ici ! »

J'étais donc entré par inadvertance dans un cercle interdit, dans la clairière sacrée de vieux druides celtiques, je m'étais égaré dans le bois des adieux, je m'étais perdu dans la forêt où il ne faut jamais pénétrer : celle où les arbres sont couverts d'écorces bosselées de nœuds qui figurent des faunes aux rires sarcastiques. Je tremblais comme un malade. Je me demandais si je n'avais pas commis une faute fatale ; un péché mortel. Mais, dans mon affolement, impossible de me souvenir de la définition claire de ce qui m'était reproché... Le front en nage, je tentai de me ressaisir, mais c'est à ce moment-là qu'il y eut cette lueur blême dont je ne pouvais situer l'origine et qui stagnait devant mon lit. C'était l'heure du soir la plus difficile. Plus tard, lorsque je me serais peut-être assoupi, les vieillards allumeraient l'électricité et je verrais que je ne suis pas mort, que je ne suis plus seul, que je n'ai pas été enlevé, mais que j'appartiens seulement à la race des enterrés.

Aux premières lueurs dorées du matin, je me réveillais en frissonnant. Tout d'abord, j'entendais le bruit de la mer, majestueux et doux. On ne pouvait la voir du dortoir, mais je l'imaginais jusqu'à l'horizon, avec ses trois rubans différents : gris lumineux auprès de la plage, bleu profond au large des côtes et vert canard à l'infini. La mer était ma seule amie, mais elle était loin de mon lit. Souvent, en m'éveillant, je pensais que j'étais revenu à Londres et que mes paupières s'ouvraient sur les murs rassurants de la chambre rose que je partageais avec mes frères. Parfois, aussi, je me croyais en France, à cause du chant des oiseaux, l'alouette dans l'herbe, le roitelet sur la haie, les corneilles au faîte des arbres, l'hirondelle sur le rebord de la fenêtre. Mais la respiration rauque animant le corps de gisant de mon voisin de lit me remettait rapidement les idées en place. Il avait un visage blanc, crème et jaune comme du papier mâché. Ses lèvres étaient mauves. Il en sortait une sorte de sifflement strident. Ses paupières closes étaient grises, bombées comme des billes de plomb. Lui, c'était le méchant Somerset, l'odieux personnage qu'on nommait avec respect et crainte « Somerset le marin ». Vieux loup de mer au repos, roulant dans la cale de sa tête des cauchemars de pirate, tous ses traits, dans le sommeil, exprimaient le naufrage.

Au réveil, seul flottait au-dessus de cette noyade générale ce nez qui m'intriguait fort car je croyais qu'il était en bois. Comme découpé au canif dans une branche toute jeune, il était d'une couleur citron, cassé au milieu. Le bout en était un peu rouge, mais l'ensemble composait un monument de dureté. Il y avait un défi que je me promettais de relever plus tard, tant il comportait de risques : toucher le nez de Somerset pendant son sommeil. Une fois, je m'étais approché de lui, relativement près, tandis que son propriétaire était assoupi. La main levée comme pour attraper une mouche, j'allais doucement vers l'objet fatal lorsque, venu du plus profond de son corps, s'échappa par la bouche une sorte de plainte qui me terrorisa. N'était-ce pas le dernier craquement de la charpente pourrie de ce vaisseau fantôme échoué sous les draps, la sirène du bateau avant le naufrage, ou peut-être encore le signal d'alarme venu de la salle des machines qui allait l'éveiller en sursaut ? Je me précipitais aussitôt dans mon lit pour simuler le sommeil. Je n'oserais de sitôt recommencer une telle exploration. Je vivais auprès d'une épave qui, parfois, se réveillait dans l'obscurité, en maugréant pour faire pipi dans son vase de nuit. Le bruit de son jet contre l'émail du pot de chambre déclinait vite comme pour indiquer qu'il n'y avait rien d'autre à attendre de la vie que l'épuisement de tout.

Au réveil, le nez de Somerset était ce que je voyais en premier. C'était le seul instant de la journée où je pouvais le détailler tranquillement. Il ne bougeait pas.

Il me rappelait celui de Pinocchio. Il était du bois dont on fait les contes. La méchanceté de Somerset ne cessait de m'inquiéter, c'est lui qui, dès le premier jour, avait jeté brutalement mes soldats de plomb sur le parquet. L'un des « Horse Guards » en avait perdu la tête. Je l'avais retrouvé sous ma table de nuit, décapité. Le Grand Will m'avait aidé à le réparer. Une allumette fichée au milieu de son corps permettait à son chef, couvert d'un bonnet à poil, de tenir à peu près droit sur l'uniforme écarlate. J'avais vraiment peur de Somerset, de ses ruses de renard, de ses persécutions de capitaine martyrisant les mousses, de ses colères subites, de son regard d'acier.

J'aurais voulu dormir dans un autre lit, me rapprocher du Grand Will qui me semblait gentil. J'avais osé demander cette faveur à la sœur. « C'est impossible ! » m'avait-elle répondu. D'ailleurs, toutes mes demandes étaient inutiles. Somerset l'avait su. Depuis, c'était la guerre. Il me couvrait de sarcasmes et de pinçons, parce qu'il s'était rendu compte que j'avais peur de lui. Il ne cessait d'inventer des sanctions injustifiées, m'humiliant publiquement à tout propos et me traitant de couard. Il me savait en son pouvoir et semblait ravi d'avoir à portée de main une proie si facile. J'éprouvais des sentiments mélangés à son égard. Parfois, je tentais de composer avec l'ennemi, parfois, je rêvais ouvertement de révolte. Il n'attendait que cela pour me châtier plus durement. Il me provoquait pour être en mesure de me faire subir de nouvelles brimades. Cependant, j'avais mon plan. Il me suffirait de savoir utiliser un briquet pour mettre, une nuit, le feu à son nez.

Ce nez de bois clair était aussi long que celui de Pinocchio. Sans doute, Somerset le marin avait-il beaucoup menti dans sa vie pour avoir un nez aussi long. Ce matin-là, Somerset était encore assoupi. J'avais donc tout mon temps pour l'observer, tout le loisir de préparer ma défense de la journée. Je me replongeais un instant sous les draps savourant dans une merveilleuse grotte de coton rêche la chaleur et la sécurité de mon antre, dont j'avais clos l'embouchure par un oreiller. Quelle chance avait eue Pinocchio ! Il avait échappé à Monstro la Baleine, la terreur des océans, tandis que moi, on ne me changerait jamais de lit, je risquerais toujours la tempête des colères de Somerset, ses injures, l'abordage de ses sales coups. J'étais à la portée du pire des vieillards, à la merci de mon persécuteur. Il m'effrayait parce que je croyais qu'il devinait mes pensées. Un jour que je demeurais rêveur, à l'heure de la sieste, contemplant son nez, tandis qu'il faisait semblant de ronfler, il me saisit brusquement les lobes des oreilles de ses ongles sales et, les enfonçant dans ma chair, il me secoua violemment en hurlant : « Tiens, c'est ce que tu veux, tu les auras les oreilles d'âne, comme Pinocchio ! » Comment pouvait-il lire aussi clairement dans mon esprit ? Oui, j'étais un pantin désarticulé entre ses mains. Il tirait les ficelles au-dessus de moi pour me faire prendre toutes les poses de l'effroi. Et je n'avais pas, comme Pinocchio, une conscience pour me protéger. J'étais privé de Jiminy Criquet, le petit ange gardien au chapeau haut de forme défoncé. Quant à la fée bleue qui apparaissait à toutes les pages de l'histoire de Pinocchio, je ne l'avais jamais vue. La sœur, elle aussi, vêtue d'azur, qui m'avait refusé la grâce de m'éloigner de Somerset, alors qu'il me voulait tant de mal, n'avait, hélas, rien d'une fée.

Je ne croyais plus aux anges gardiens avec leurs ailes de plumes blanches, leurs mains jointes, leurs sourires de séraphins. Je vivais dans la galerie des glaces de la sénescence, dans une odeur d'ammoniac et d'urine fermentée, où les courtisans du temps accueillaient chaque matin comme un nouvel enfer. Aussi, ce jour-là, saisi par l'urgence de la survie et devant cette rangée de grabataires dans leurs lits d'infortune, je décidai de me trouver enfin un protecteur.

Le spectacle des vieillards au réveil, après que les sœurs avaient apporté sur des plateaux les petits déjeuners, était digne des planches scientifiques représentant les animaux de la préhistoire. On eût dit des monstres incertains, émergeant de leurs oreillers comme des diplodocus dans les plaines enneigées, entre deux montagnes. La lumière crue du jour quand les volets étaient ouverts accusait encore l'aspect effrayant de ce petit lever. C'était à peine supportable et, bien souvent, j'ai eu envie de m'enfuir le long de la grève parmi les bruyères et les genêts pour courir en hurlant ma frayeur. Mais, je devais rester calme et m'habiller rapidement. Mettre mes chaussures prenait un temps fou, nouer mes lacets, une éternité. Plus vite ces besognes obligatoires seraient achevées et plus vite j'aurais le droit de me sauver. Je ne pensais qu'à échapper à Somerset pour la journée et mon cauchemar était de devoir le retrouver tous les soirs.

Chaque matin, le médecin passait et s'entretenait pendant sa visite avec les vieillards afin de s'enquérir de leur état. Il était jeune et bien vêtu. Il s'appelait Algernon, avait fait d'excellentes études et pratiquait son métier scientifiquement. Pour détecter à quel stade d'épuisement ils étaient arrivés, il leur posait des questions à brûle-pourpoint et les soumettait à de petits problèmes qui me paraissaient insolubles et qui étaient de véritables tests psychologiques. Je captais des bribes de phrases du dialogue qu'il tentait d'établir avec ses patients hébétés. Ces derniers prenaient un air sérieux et réfléchi, mais, méfiants, ne répondaient pas

Le jeune médecin avait l'air d'en savoir long sur les troubles du comportement de ses pensionnaires. Tandis que les infirmières mettaient des feuilles d'eucalyptus à brûler pour dissiper les mauvaises odeurs du dortoir, il allait de lit en lit avec ses petites histoires. « Que reste-t-il lorsqu'on a supprimé dans un convoi ferroviaire le wagon de queue ? » demandait-il posément à un sage aux genoux nus. « Il reste toujours un autre wagon de queue », lui répliqua-t-on lucidement. Le jeune médecin posait une question différente à chaque malade pour mesurer leur vivacité. Je me souviens de l'avoir entendu parler avec la sœur. Il évoquait le cas d'un homme qui, proche de l'âge de la retraite, n'avait pu retrouver au volant de sa voiture l'adresse du bureau où il se rendait tous les jours depuis plus de vingt ans. Ainsi, sans le savoir, on pouvait devenir, tout d'un coup, un vieillard.

Un matin, pendant que le médecin poursuivait son inspection, une bagarre éclata au fond du dortoir, sur la rangée de lits opposée à la nôtre. A coups de canne et de horions, un vieillard chassait la femme de ménage qui était venue ranger ses affaires en la traitant de voleuse. C'était celui qui collectionnait dans son placard de vieux morceaux de croûtons de pain et qui stockait du sucre. Il craignait que la guerre n'éclate à nouveau et redoutait qu'on vienne le voler jour et nuit. Il surveillait son territoire, le fauteuil, le lit et la table de chevet, une canne à la main. Il frappait tous ceux qui approchaient, et même le médecin. La nuit précédente, un envahisseur involontaire, qui s'était trompé de lit en revenant des cabinets, avait eu droit à un beau coquard. Moi, je savais bien que c'était une zone interdite. Jamais je ne m'y serais hasardé. Alors que tout le monde s'était endormi, souvent, j'entendais le vieux prédateur, déplacer son fauteuil, monter la garde, faire sa veille, recompter inlassablement ses croûtons moisis et ses morceaux de sucre dans son armoire métallique. Cela me faisait rire. Sans doute, était-ce parce que je n'avais jamais eu faim.

Dans le dortoir des femmes, la visite du Docteur Algernon Matthews provoquait une crise de coquetterie chez les vieilles. Elles le trouvaient beau et mystérieux avec ses petites lunettes cerclées de métal argenté et ses cheveux blonds impeccablement rejetés en arrière. Sa courtoisie et son flegme avaient achevé de les séduire. Quelques-unes d'entre elles se livraient avant son passage matinal à de longs préparatifs de beauté. Faïence-Folie, qui avait connu tant d'hommes dans sa vie, n'y allait pas par quatre chemins. Un jour, pour exprimer son désir au jeune carabin, elle lui dit sans façon, en lui tendant ses bras blancs poudrés et flasques : « Viens ! Pour toi, aujourd'hui, ce sera gratuit ! »

La coquetterie hystérique chez les femmes prenant de l'âge n'étonnait pas le médecin. Au milieu de la pourriture et de la saleté, le désir de séduction perdurait et entretenait un certain esprit. Il semblait que ces femmes misaient encore sur l'attrait qu'elles avaient exercé toute leur vie sans pouvoir admettre que leurs charmes avaient depuis longtemps disparu. Cela révélait une confiance absolue dans le pouvoir de la beauté. Comme s'il permettait de tout obtenir ! On aurait dit que la plupart de ces femmes n'avaient appris que cela de la vie : la faiblesse des hommes dociles au seul désir que leurs corps savaient capter. La culture, la religion, la morale, les charmes de la conversation, tout cela était oublié, effacé, récusé au comptoir des atouts. Au moment où plus rien ne subsistait de leur éclat d'antan, ces vieilles femmes se raccrochaient à des recettes éculées pour séduire et survivre : celles de leur beauté ruinée. Et c'était pathétique de voir à quel point elles se consacraient à cette désespérante entreprise, passant des heures à se coiffer, à se poudrer, avec des gestes désaccordés par la fatigue. Bouches outrageusement peintes, couleurs coulant de leurs paupières, traces de rouge à lèvres sur le menton, taches de rimmel sur le front. La nuit, dans leur sommeil, elles ne contrôlaient plus leurs délires érotiques et on entendait souvent des plaintes insolites comme : « Caresse-moi », « Tu es beau ! » C'était la rançon inconsciente d'années de frustrations, les feux follets incontrôlés du cimetière des désirs.

Au matin, pendant la visite, c'était à celle qui retiendrait le jeune médecin le plus longtemps auprès de son lit, mimant des malaises, lui montrant ses bobos, ou tentant d'amorcer une conversation de haute tenue pour se distinguer des autres malheureuses. L'infirmière, qui suivait le Docteur Matthews, comprenait bien ces manœuvres et elle les suivait avec mélancolie, un sourire crispé aux lèvres, se demandant si elle aussi, qui était jeune et jolie, en viendrait un jour à un tel aveuglement. Parfois, certaines amoureuses dépitées allaient plus loin. En plein après-midi, l'une d'elles se retira mystérieusement dans le dortoir désert. Puis, s'étant mise au lit, elle appela la sœur, réclamant d'urgence le médecin. On téléphona alors au Docteur Matthews pour qu'il vienne au plus vite. Une fois que le bel Algernon fut là et que la malade se retrouva seule avec lui, elle sortit du lit dans une tenue suggestive, en déshabillé vaporeux, dévoilant une petite culotte, brodée de cœurs, qui, à quatre-vingts ans, était encore destinée à le troubler. Cela se produisit plusieurs fois et Algernon avait fini par comprendre. C'était un jeune homme simple et loyal, et, dans ces cas-là, il se contentait de ranger dans sa sacoche en cuir ses beaux instruments étincelants et de regarder dans les yeux l'ancienne beauté qui lui faisait face et à qui, pour ne pas infliger un affront irréparable, il adressait de tout l'éclat de ses dents blanches un magnifique sourire, comme s'il la remerciait d'une faveur secrète et comme si la vision de son corps, partiellement dénudé, avait enchanté sa journée.

Le matin, dans l'air imprégné de mercryl, ce produit dont je n'oublierais jamais l'odeur prenante comme un des refrains de mon passé saccagé, on procédait à la toilette des pieds des dames de l'asile. Les religieuses s'y employaient avec une sorte d'humilité évangélique, subissant le caprice de vieilles coquettes jamais satisfaites de leurs servantes. On voyait des femmes s'offrir entre elles des soins attentifs. On y découvrait, aussi, des rapports de force et de fascination. Certaines dominaient, par leur tempérament ou par la réputation qu'elles entretenaient sur leur passé prestigieux. Alors, se recomposaient des gestes de cour et de boudoir, où la vassalité des plus faibles servait l'orgueil des plus rares.

Ainsi, je me souviens d'avoir entrevu, en passant devant la porte ouverte du dortoir des femmes, l'une d'elles en train de tresser avec vénération les nattes de celle qui paraissait avoir été la plus belle. Certaines vieilles étaient encore alertes et cultivaient leur légende. Dans le journal de Brighton, on avait même parlé de Jane, qui, pour ses quatre-vingts ans, s'était offert son baptême de l'air. Mais malheureusement, c'étaient des cas bien singuliers et la vérité quotidienne était beaucoup plus terne. Enfant, je ne pouvais comprendre ce que signifiait cet attachement à la beauté chez des êtres qui n'en avaient plus l'apanage. La jalousie des vieilles femmes me paraissait délirante et, lorsqu'une des pensionnaires répéta avec acrimonie à sa voisine de lit, en parlant du bel Algernon : « Tu n'as pas vu comment il me regardait. Il est resté plus d'un quart d'heure devant mon lit. Je te dis qu'il est amoureux de moi », ce propos me parut délirant. De même, le shampooing et la mise en plis d'une malade, clouée dans sa chaise roulante, me semblaient un cérémonial absurde. Je ne pouvais comprendre pourquoi ces femmes tellement âgées donnaient l'impression de ne pas avoir admis qu'elles n'étaient plus du tout jeunes. Avaient-elles donc perdu toute lucidité ! Et maman serait-elle bientôt atteinte de cette rare folie ? Cela me paraissait impossible, mais je ne savais plus.

Algernon ne se rendait sans doute pas compte qu'il polarisait ainsi tous les désirs. Une fois qu'il était parti, c'étaient mille réflexions sur sa tenue vestimentaire, sur sa nouvelle cravate, sur sa façon de se tenir, sur ses longues jambes et son corps souple. Les vieilles se le disputaient, chacune voulait qu'il lui appartînt. Souvent, leur babillage finissait en querelle et l'une d'elles, en combinaison saumon, s'était un jour levée, revendicatrice, les mains sur les hanches, jetant à la religieuse, qui passait en distribuant des serviettes propres, cette phrase insensée : « Vous savez, le jeune médecin, si je voulais, je pourrais... » Puis, la conversation reprenait de plus belle, entre les vieilles coquettes, sur les qualités de la gent masculine de l'asile.

Parmi les hommes, au passé controversé, le cynique Somerset était jugé le plus séduisant. Il avait la cote parmi les anciennes belles. Faïence-Folie prétendait avoir des informations précises sur sa vie privée. De sa voix éraillée, elle racontait : « Il a été marié bien sûr, mais il a toujours su contenter les femmes. » Avec un grand rire vulgaire, elle ajoutait comme cela lui arrivait souvent : « Tiens, tu veux voir mes fesses ! » soulevant d'un geste preste son peignoir bleu lavande pour laisser apparaître deux immensités flasques et blanches, témoignage à des années-lumière de ce qui avait été, comme elle s'en flattait sans façon, « la plus belle croupe de Londres ».

Dans le couloir, un matin, je croisai le Grand Will. Il rasait les murs, il parlait tout seul, il paraissait égaré, il se cognait la tête contre les portes. Cela lui arrivait parfois d'être un peu dérangé. Alors, je lui pris la main et le conduisis doucement à l'escalier, le guidant jusqu'à la rampe vernie. J'espérais qu'il pourrait descendre, seul, les marches pour aller jusqu'au salon du rez-de-chaussée. C'est ce qu'il fit sans dommage. Arrivé en bas, il se retourna vers moi, et me lança un regard de vieux chien gris qui me bouleversa. A cet instant, fut scellé entre nous un lien que ne ferait qu'affermir la succession des jours. Je n'avais pas choisi mon protecteur. C'est Dieu qui me l'avait envoyé. Tout s'était passé en une seconde, entre ses vieux yeux dont ne coulaient plus depuis longtemps les larmes, et les miens, brouillés par la tendresse.

L'idée, que j'aurais peut-être désormais un ami, me fit plaisir. Mais, les vieillards de Brighton m'avaient appris une chose ; il ne fallait jamais se réjouir trop vite. Et mon sort était loin d'être réglé dans ce labyrinthe de démences dont je ne parvenais pas à trouver la sortie. Ce matin-là, habillé et coiffé par les sœurs, je continuais ma petite promenade parmi les compagnons que m'avait donnés le hasard. C'était devenu ma manie de suivre de loin l'inspection du médecin avant de descendre au salon ou de demander la permission à la Supérieure de sortir dans le jardin jusqu'à l'heure du déjeuner. Et puis, c'était aussi une manière d'éviter Somerset qui aimait bien stationner au salon d'en bas et dont je tentais par tous les moyens d'éviter la rencontre, m'estimant béni lorsque je ne le revoyais pas avant le soir, au dortoir, ce qui était rare. J'avais repéré qu'il rôdait souvent du côté de la cuisine. L'amitié qu'il entretenait avec Oscar, le cuisinier, ne me disait rien de bon. J'évitais autant que possible de me rendre dans ces parages. Aussi, la meilleure solution pour moi était de patienter en déambulant, une demi-heure après le réveil, dans les dortoirs où chacun était occupé à diverses besognes. D'ailleurs, ce lever traînait interminablement et il fallait encore une bonne heure avant que les sœurs ne parviennent à faire descendre l'ensemble des vieux, la plupart étant handicapés. Bien sûr, il y avait un ascenseur, mais il était étroit, et, dans le couloir, les chaises roulantes provoquaient toujours un embouteillage.

A cette heure-là, le soleil était déjà levé et une lumière claire envahissait la maison. C'était, pour moi, un moment relativement heureux. J'étais libre de mes mouvements. Personne ne s'occupait alors du petit lutin. Somerset, qui était valide, allait faire un petit tour dans Brighton, chaque matin, jusqu'au Palace Pier. Lorsque j'avais déjà pas mal traîné, on m'ordonnait enfin de rejoindre les autres en bas. Souvent, Somerset était alors déjà parti pour sa balade. C'était toujours cela de gagné et je me sentais soulagé.

En attendant cette délivrance, qui se produisait vers dix heures du matin, je rôdais parmi les vieillards. Etrange spectacle, même si, souvent, certaines de leurs attitudes m'inquiétaient. Ainsi, je restais en admiration devant le prodige technique que représentait, pour l'un des vieillards, le simple fait de parler. Il avait une trachéotomie. Dans son larynx, on avait introduit une canule. Chaque fois qu'il voulait m'adresser la parole, il bouchait la canule de son index pour retrouver sa voix. Je trouvais cela prodigieux et je le harcelais de questions diverses, dans le seul but de poursuivre notre conversation et de le voir encore procéder à ce geste dont les résultats m'enchantaient. Dans la même pièce, un autre vieillard m'intéressait à cause de sa précision maniaque. De sa canne, il tapait contre le bois de la table de nuit, avec un mouvement de métronome qui ne cessait jamais. En poursuivant ma promenade, parmi les lits défaits, dans la lumière du matin, je tombais régulièrement sur les mêmes personnages toujours pris par de semblables et rituelles occupations. L'un, à l'aide d'un chiffon, nettoyait sans cesse une table dépourvue de toute poussière, tandis qu'un autre, le collectionneur, après s'être soigneusement nettoyé les oreilles, gardait tous les cotons jaunis dans une boîte en métal.

Les jours de douche, je m'amusais des ruses des vieillards pour échapper à cet exercice élémentaire d'hygiène qu'ils ne supportaient plus, comme s'ils détestaient la propreté. Parfois, l'emploi du temps habituel était troublé par un événement exceptionnel. Un vieillard avait tenté de fuguer dans l'aurore. On l'avait retrouvé dans la rue en pyjama. Une fois, un autre plus valide s'était échappé. Mais c'était moins grave, il était simplement allé se saouler au café du coin. Je m'efforçais cependant de faire en sorte que ces événements accidentels ne me déroutent pas trop. Je luttais de toutes mes forces pour que tout cela demeure cohérent et me rassure. Inconsciemment, je ne voulais pas que mon cerveau saute comme les plombs d'une installation électrique car je tenais à continuer à vivre dans la lumière. J'avais peur de sombrer dans le noir. Je faisais tout pour ne pas devenir fou.

Les jours où je ne sortais pas, cette visite des dortoirs finissait par me tourner la tête. Sur les tables de nuit, des photos de chiens, de chats, par terre des paniers en osier usés, ces objets vidés de sens quand leur propriétaire avait débarrassé le plancher, me laissaient encore plus seul en face des murs. Les murs au papier teint taché d'humidité des dortoirs, les murs aux teintes ternes du couloir. Des murs, partout des murs. Des murs, qui nous enfermaient dans l'étroite prison du temps qui stagne. Oui, je finissais par avoir envie de me cogner la tête contre les murs, d'éprouver la solidité de mon crâne, contre ces parois de pierre, tandis que je sentais s'épuiser les structures fragiles de mes certitudes intérieures. La guerre contre les murs.

Un jour, je suis tombé subitement malade. C'était après le déjeuner et il a fallu que l'on me ramène au dortoir. Je me suis évanoui, écœuré par une atmosphère de sueur, d'urine et de tabac. Je me suis réveillé dans la pire des odeurs, celle de l'eau de Javel.

Je ne savais plus ni le jour ni l'heure. Sans doute l'heure du repas était-elle déjà passée pendant que j'étais inconscient. Pourquoi la femme de ménage s'obstinait-elle à tordre sa serpillière alors que j'étais malade ? Je ne pouvais plus supporter cette horrible odeur de chlore. On m'avait étendu sur mon lit, avec des couvertures écossaises et de grands oreillers propres. Une religieuse se tenait à mes côtés, sa main posée sur mon ventre. J'avais terriblement mal à la tête, j'étais très mal, abattu et en même temps secoué par la pire des fièvres. Le dortoir était désert, les lits bien faits, les couvertures au carré, les draps parfaitement repliés et repassés. Je me sentais écœuré et vidé. Mais il y avait la religieuse près de moi. Elle me donna du thé. Et, aussitôt, je me mis à vomir.

Alors, tandis qu'on me nettoyait, qu'on changeait ma veste de pyjama et mes draps, tandis que je percevais les mains fraîches de la sœur sur mes jambes tremblantes, tandis que, dans un brouillard incertain, je croyais reconnaître les lunettes du Docteur Matthews, je subissais un défilé de sensations floues que j'avais du mal à identifier. Vitres teintées, bruits de clé dans une serrure, lits de fer dans un alignement angoissant, vieillards, entrant dans le dortoir, transformés en squelettes armés de faux, dont les regards me fixaient de leurs cavités noires. Démarches pesantes, mêlées aux cris et aux pleurs dans la nuit. Une bagarre s'engagea. Les religieuses accoururent pour tenter de séparer deux vieillards en colère. Ils s'accrochèrent à mes vêtements. Il me sembla soudain que je tombais, le carrelage était froid, la vieillesse jetait une vague lueur bleue.

Des cafards grimpaient contre les murs, les murs se rapprochaient de mon lit. J'étais seul, désarmé. Une infirmière vint à ma rescousse. Elle s'approcha de moi avec une énorme seringue. Je voulus crier, mais on me bâillonna. J'entendis des voix sarcastiques retentir dans les couloirs. Mon thé avait le goût salé de mes larmes. J'étais désespéré. Soudain, il me sembla qu'un flot d'eau de Javel inondait le dortoir. Ne pas se laisser submerger. Je tendis les bras vers une vitrine imaginaire — celle d'un magasin de jouets de Londres devant laquelle j'aimais tant rêver —, pour saisir le revolver d'argent, le colt qui me sauverait. Je tâtonnai à sa recherche et, soudain, je perçus dans ma paume une chaleur amicale. Algernon, le médecin, me prit la main et me dit en français : « Vous allez mieux, mon garçon. » Ses traits se précisèrent. Je le reconnus. Je remarquai une goutte de sueur à la naissance de ses cheveux pâles. Je ne compris pas. Sur ma table de nuit, on avait déposé un flacon de sang.

J'étais donc malade. On m'avait laissé seul. Le soir était tombé, la religieuse était assise au loin dans le dortoir. Elle égrenait son chapelet de ses gros doigts, ses murmures faisaient le bruit d'un essaim de mouches. On m'apporta une assiette de soupe. J'en chassai les vermicelles avec ma cuillère. C'était comme un étang d'eau jaune. Je n'avais pas faim. La sœur se leva, vint vers moi. Elle effleura mon front en me donnant l'impression de m'éviter. Puis, elle me dit en souriant : « Vous allez recevoir une visite. »

J'entendis sur le carrelage claquer les talons de la grande dame et je vis Lady Beckford s'approcher de mon chevet. Elle me prit la main, en me regardant attentivement dans les yeux. Puis, d'une voix saccadée, elle répéta plusieurs fois :

— Je vais te dire quelque chose de très important.

Elle sortit alors son poudrier d'or, se mit un peu de poudre sur les joues et m'expliqua comment les Plantagenêt avaient succédé aux Normands, la Maison des Tudor, aux Stuart et les Stuart, à la Maison Tudor.

Elle répéta :

— Tu n'oublieras pas. L'ordre est très important. D'abord, les Normands, ensuite les Plantagenêt, puis les Stuart puis la Maison Tudor, puis de nouveau, après la Maison Tudor, les Stuart. Tu m'entends ? Les Stuart. Les Tudor... Tu dors ?

Je hochai la tête doucement comme un vieil arbre généalogique fatigué. Je crois qu'elle en eut assez. Lady Beckford s'en alla, satisfaite, sans m'embrasser. La sœur ne dit rien. Plus rien ne l'étonnait dans cette maison où même les déments ne cessaient de se plaindre en disant avec l'air le plus sérieux et le plus réprobateur : « Mais c'est une maison de fous ! »

— Somerset est venu te voir, mon petit.

J'avais fermé les yeux, je m'étais assoupi et, tout à

coup, j'entends la voix de la sœur. Aussitôt, j'ouvre les yeux... Il est là, debout, près du lit avec son regard de tempête. Il me fait peur. Pourquoi est-il venu ? Mais pour quoi faire ? Effaré, je jette un regard à la sœur pour qu'elle ne me laisse pas avec le marin sadique. Elle ne comprend pas. Elle dit :

— Puisque vous êtes près de lui, Somerset, j'en profiterai pour aller fermer les contrevents, en bas.

Il ne dit rien, il sourit. Elle s'en va. Voilà, je suis seul avec l'assassin. Maintenant, il va sortir son grand coutelas. C'est la fin.

Au lieu de cela, Somerset le marin s'assoit près de moi et il me dit, d'un air pénétré, inhabituel et sérieux : « Tu es malade, mon enfant, très malade. »

Il a de l'autorité, Somerset, mais pour la première fois, il me paraît presque compatissant. D'où vient cette nouvelle douceur, de quels espaces venteux, de quelle mer lointaine, de quelle île de rêve ? Je ne l'ai jamais vu ainsi. Somerset se métamorphose devant moi. Tout à coup, il me paraît presque tendre. Il demeure silencieux en me regardant avec une sorte d'amour. Je détourne les yeux vers la fenêtre. Je vois passer les nuages dans un ciel liquide. Il va pleuvoir. Les fameuses averses fantasques de Brighton. On entend le cri des mouettes. C'est drôle, je me sens mieux. Confiant. Apaisé.

— Sais-tu, Somerset, quelle est ma maladie ?

On m'a dit que j'avais la coqueluche.

— Ce n'est pas la coqueluche ?

— Oh non, mon pauvre petit ! Quelque chose de beaucoup plus grave. Sans doute la variole.

Et Somerset, pour ponctuer cette phrase, se cacha le

44

visage dans ses mains. Mais, l'espace d'un éclair, je crus voir passer dans son regard l'expression du mensonge. Pourtant, lorsqu'il releva la tête, il semblait désespéré. Il avait un air noble et convaincu comme si lui seul avait eu le courage de me dire la vérité sur mon mal. A nouveau, je lui demandai ce que j'avais. Et, à ce moment-là, il me dit, en détachant chaque mot de cette phrase horrible :

— Tu as la peste, la peste bubonique !

Impossible pour moi de comprendre le sens de ce mot. Je fronçais les sourcils. Et il continuait de marteler le nom de la maladie — la peste, la peste bubonique ! — de plus en plus fort et sa voix grave retentissait dans le dortoir.

— Mais qu'est-ce que c'est, Somerset ?

— Veux-tu vraiment le savoir, petit mousse ?

Et le vieux marin, d'un geste théâtral, sortit de sa poche une pipe en écume dont il remplit le fourneau de tabac odorant, le pilant avec son pouce. Il s'apprêtait à me raconter une vaste histoire. Aussi, me prévint-il d'homme à homme, avec une franchise bourrue :

— Tu n'as pas beaucoup de chances d'en réchapper, petit. C'est le pire des fléaux qui t'a frappé.

Je ne savais plus que penser. Ainsi, j'allais mourir. Echapper enfant à l'asile. Partir dans le ciel, dans la brume de la mer, parmi les belles images du bon Dieu sur ses nuages où les saints vivent heureux en souriant parmi des rayons d'or. Il y aurait certainement un enterrement. Mes parents seraient tristes et mes frères pleureraient, tout le monde me regretterait, même la mère

Supérieure éclaterait en sanglots. Mon cercueil serait tout petit. En bois blanc. Comme le nez de Somerset. Le convoi funèbre traverserait Hyde Park et ses allées de fleurs mauves. Peut-être un cygne blanc échappé du lac le suivrait-il dignement. Et puis, je serais enterré dans notre petit jardin d'Exhibition Road, la croix fichée dans la terre fraîchement remuée entre deux drapeaux, le bleu-blanc-rouge et l'Union Jack. Il y avait quelque chose de délicieux et de reposant, d'immensément noble et émouvant dans l'idée de cet enterrement qui me soulageait. Mourir enfant c'est mourir innocent. Ayant déjà vécu mon purgatoire parmi les vieillards de Brighton, j'irais donc, sans doute, directement au ciel...

Je commençais à m'engourdir de bonheur bercé par cette idée apaisante, lorsque l'haleine fétide de Somerset me conduisit vers un autre univers, celui de la peste, dont il voulait me conter l'origine. Il insistait pour me dire cette vieille histoire de marin.

— La peste bubonique ! La peste bubonique, répétait-il, hagard.

Il prononçait ces mots avec emphase, comme s'il s'agissait d'une trouvaille géniale, en plus de m'avoir déjà affirmé que ce serait mon agonie, puisque c'était d'un mal incurable que j'étais frappé. La mort allait m'emporter.

— Ah, mon pauvre petit, la peste bubonique !

Et sur ces dernières syllabes, ses lèvres violettes demeuraient pétrifiées. Je voyais ses mains, tachées de nicotine, ramper sur mes draps. Au moment où elles s'approchaient de mon cou et, tandis que je le regardais, les yeux agrandis par la peur, hypnotisé par l'horreur de ce qu'il allait faire, il me lâcha subitement comme s'il venait de prendre conscience qu'il était devenu dangereux de toucher mon corps porteur du fléau, peut-être même déjà contagieux.

Il se leva, horrifié et, s'élançant à reculons, il hurla comme un fou dans le dortoir vide : « LA MALÉDIC-TION SUR BRIGHTON ! NOUS ALLONS TOUS MOURIR DE LA PESTE NOIRE. PAUVRE ANGLE-TERRE ! »

Puis, s'appuyant au rebord de mon lit de fer, il requit, comme un procureur du haut d'une chaire :

— La peste est revenue à Brighton. Je la reconnais. C'est celle qui a ravagé Weymouth and Melcombe Regis, Southampton, Bristol, Gloucester. Elle vient des comptoirs de Caffa, occupés par les Génois en Crimée. C'est un cadeau des cadavres de l'armée tartare. Sou-viens-toi, petit, des malheurs de l'histoire. Ce que tu portes en toi, Français maudit, deux tiers de l'Angle-terre l'ont déjà subi en 1349. Ce qui ravage ton petit corps à partir d'aujourd'hui a déjà infesté le Royaume dans le passé, faisant soixante-dix mille morts.

Somerset le marin, dans son éloquence effroyable, était comme ces phares dans la tourmente, destinés à égarer les navires sur les récifs, pour que les naufra-geurs pillent ensuite impunément leurs épaves. Je vacillais devant la force de son verbe, emporté par le vent puissant de son délire qui balayait mes pauvres défenses.

— Tous les malheurs arrivent par bateau, petit. Par la vaste mer. C'est la navigation à vapeur qui a propagé jusqu'à toi la peste comme les voiliers errants de jadis qu'on appelait des vaisseaux fantômes. Par leur rapidité, les steamers ont dispersé la peste dans tous les ports du monde. Aujourd'hui, c'est le port de Brighton qui est touché par le risque infectieux. Et je suis seul à le savoir...

Une lueur d'orgueil brillait dans les yeux de Somerset le marin. Extrêmement agité, il se mit à crier en sautillant :

— Où sont les rats, où sont les rats ?

Dans un mouvement rapide, un réflexe de survie, il se dirigea vers le petit lavabo du coin du dortoir et se lava longuement les mains.

— Tu ne m'auras pas, sale petit Froggie, tu ne m'auras pas !

Il m'examinait de loin, guettant sur mon corps enflures et tumeurs. Mais je n'en étais sans doute encore qu'à l'incubation muette des germes de la contagion. Comme il me l'expliquait savamment, on pouvait très bien porter pendant quinze jours une peste invisible aux autres. La peste pouvait se transmettre par les puces, ajoutait Somerset le marin, et, disant cela, mon voisin de lit tapotait attentivement son oreiller, le retournant dans tous les sens, avec des mouvements de panique.

Les épidémies successives, qui avaient ravagé Londres, laissaient de terribles souvenirs dans la mémoire anglaise. Aussi, Somerset n'avait-il qu'à puiser dans la peur ancestrale pour m'effrayer. Il me dressa un tableau apocalyptique de la ville de Brighton qui, dans quelques jours, serait entièrement contaminée. Il la comparait à Londres sous le règne de Charles II, lorsque la peste noire avait ravagé la cité, faisant une horrible hécatombe de cent cinquante mille victimes. Un silence putride s'était abattu sur la ville. La nuit, des fourgons mortuaires passaient de rue en rue, conduits par des cochers masqués, la bouche couverte de linges humectés de désinfectant. Un crieur, qui les précédait, agitait une clochette à intervalles réguliers et hurlait dans la nuit : « Donnez-nous vos morts ! » Les fossoyeurs mastiquaient de l'ail. Partout, on répandait de la chaux blanche sur des amas de cadavres noircis. Le jour, les gens se déplaçaient avec une gousse d'ail dans la bouche et allaient déposer leur monnaie chez le commerçant dans un pot de vinaigre. De grands brasiers répandaient leur fumée aux carrefours et sur les places. Ainsi serait Brighton d'ici à quelques jours par ma seule faute. Comment avais-je bien pu attraper la peste ?

Somerset, dans son délire, ne pouvait plus s'arrêter. Diaboliquement, il poussait son avantage en terrain connu. Satisfait de l'effroi qu'il produisait, et me voyant pâlir, il fouillait dans sa mémoire pour retrouver ces détails qui frappent les enfants et les faibles. Ces images inoubliables qui sommeilleraient toujours dans mon inconscient. Alors lui vint une idée de génie. Il saisit un crucifix accroché au mur, au-dessus d'un lit voisin et, le brandissant à bout de bras dans ma direction, il s'approcha de mon matelas, les yeux fixes.

Jadis, lors des épidémies de Londres, on avait vu un fou entièrement nu, la tête couverte d'un brasier de charbons ardents, parcourir les rues en criant qu'il était un messager des dieux et répétant comme une antienne : « Oh, Dieu est grand et terrible ! »

La peste était-elle déjà dans Brighton, dans cet asile même ? La peste qui éloignait les gens les uns des autres, à coups de méfiance et de haine, qui les isolait, qui les précipitait dans la fausse piété, qui les jetait irrémédiablement dans la folie. La peste, n'était-ce pas la vieillesse, forme ralentie de l'épidémie ? Cette peste que Somerset voyait grandir en moi, n'était-ce pas la sénilité qui me ravageait précocement, contaminé que j'étais par le grand âge ?

En 1665, devant l'étendue des malheurs propagés par le fléau, Samuel Pepys note : « Cette maladie nous rendait aussi cruels les uns pour les autres que si nous étions des chiens. »

La peste c'est quand les vols et les assassinats sont commis par les infirmiers et les fossoyeurs, la peste, c'est lorsque ceux qui sont chargés d'apporter le soulagement donnent le coup fatal, la peste, c'est l'abandon à ses pires instincts. En temps de peste, on a vu des parents abandonner leurs enfants et des enfants s'éloigner de ceux qui leur avaient donné la vie et qui imploraient leur secours. La peste, c'est lorsque la peur est plus forte que l'amour. Ainsi, même dans ses mensonges, Somerset n'était pas si loin de la vérité, lorsqu'il évoquait la peste ce jour-là à Brighton...

CHAPITRE 5

Tout cela m'avait tellement remué que j'en avais
perdu la notion du temps. J'aurais été même incapable
de dire depuis combien de temps j'étais cloîtré à Brighton.

Un jour, mes parents vinrent, enfin, de Londres, pour
me rendre visite. Ils ne m'avaient donc pas oublié !
Depuis qu'ils m'avaient quitté, j'avais eu le temps de
grandir en résignation et en âge. Ma vieillesse n'était
plus une vieillesse d'occasion, une simple simulation
pour survivre. Non, elle avait désormais dévoré mon
cœur d'enfant comme un fléau contagieux et irréver-
sible. Je savais que je ne reviendrais plus en arrière.
Ma vieillesse était au centre de moi comme dans un
grand arbre creux, le vide étourdissant. J'avais tous les
avantages de l'apparence d'une sagesse blanchie sous
le harnois, mais le gouffre était à l'intérieur. Parfois,
quand je me sentais abandonné, lorsque j'étais seul,
j'entendais le bruit des éboulements et je croyais voir
les pierres qui roulaient jusqu'au fond de moi-même.
Autant dire que j'étais en ruine et qu'il était devenu
dangereux de me promener en moi-même. D'ailleurs,
je ne m'y hasardais plus. C'était trop risqué.

C'est le vacarme de la porte, pleine de ferronnerie et de verrous qu'on refermait, qui m'avertit de l'arrivée de mes parents. La mère Supérieure les accueillit dans l'entrée de l'asile et cette visite, inattendue, me déconcertait. Il fallait que je m'y habitue. Un temps de réflexion me fut nécessaire. D'où sortaient-ils donc ? J'avais l'impression de revivre une scène qui appartenait à un monde antérieur. Il me semblait que nous allions répéter ensemble ce qui avait déjà eu lieu, dans un temps qui s'était déjà déroulé. Pétrifié et désorienté, saisi de vertige, je cherchais dans quelle époque j'étais, comme d'autres devant un miroir rectifient rapidement l'aspect de leur tenue avant de rentrer dans une salle pleine de monde. Pourtant un signe aurait dû me prévenir. Les sœurs, ce matin-là, avaient répandu sur les marches cette cire orange à l'odeur entêtante et la façon fébrile dont elles astiquaient l'escalier aurait dû m'avertir d'une visite importante. Soudain, mes parents levèrent leurs visages vers ce petit être, à la figure chiffonnée, en pyjama rayé, les pieds nus sur le carreau, qui tenait, bien serré dans ses mains, les barreaux de la rampe du premier étage pour que je les reconnaisse. Parfaitement, c'était bien eux. Non, ils n'avaient pas changé !

Alors, en descendant le grand escalier, je compris qu'ils étaient très inexpérimentés, très beaux, très amoureux, qu'ils me voulaient du bien. Je vis surtout qu'ils étaient beaucoup trop jeunes pour comprendre ce qui m'était arrivé. Et j'eus soudain l'impression d'être leur père. C'était donc maintenant à moi de les rassurer désormais. J'allais commencer par les embrasser, cela leur paraîtrait sans doute naturel.

A la fin de la matinée, après avoir montré à mes parents mes affaires bien rangées dans mon casier au dortoir, avec, placé tout au fond, parmi mes mouchoirs repassés, mon livre préféré : *Quentin Durward* de Walter Scott, plein d'illustrations héroïques, que m'avait offert le Grand Will et dont il me faisait parfois la lecture, j'entraînai mon père par la main afin de lui montrer mon secret. Dans la table de nuit peinte en blanc près de mon lit, j'avais caché, derrière le pot de chambre au bord émaillé de bleu, mes petits soldats de plomb disposés debout, dans un ordre savant, comme s'ils participaient à une revue. Mon père sembla apprécier cette hiérarchie. Ce fut ma fierté de voir un vrai héros, qui avait fait la guerre, jeter un regard sur mon armée rutilante mais secrète.

Puis, mes parents avaient le projet de m'emmener au restaurant à Brighton. Pour eux, cette proposition avait un air de fête. Mais le restaurant, je n'en avais pas envie. La nourriture riche, ajoutée à l'émotion, c'était trop pour moi. D'ailleurs, le restaurant, c'était fatigant, Lady Beckford me l'avait bien dit, elle m'avait déjà tout raconté. Je savais, avant même d'y être allé, comment se déroulait son lourd cérémonial. Au « Grand Hôtel » de Brighton, le sommelier précautionneux commençait par ouvrir une bouteille excellente, tout en vantant les vignes anglaises qui cernaient la ville sur ses coteaux et produisaient à son goût un vin respectable. Puis, on nous servirait des truites grillées garnies de beurre de crabe sous un gratin trompeur, ensuite, on nous mettrait sous le nez des filets de poulet aux bananes nappées de sauce à l'abricot et de crème fraîche, et l'on nous forcerait à reprendre encore un peu de sauce jusqu'à l'écœurement définitif, dans ce moelleux et luxueux décor de palace victorien. Ensuite, ultime épreuve, le chariot de pâtisseries s'avancerait en roulant. On en sortait, paraît-il, étourdi, sous un soleil sucré, l'estomac chargé et au bord de la crise de foie, pour être immédiatement assailli, sur la digue, par les vendeuses d'ice-cream et de sucre candi dont les produits avaient des teintes provocantes et acidulées.

Je fis comprendre à mes parents que je préférais rester à l'hospice et leur faire connaître les autres vieillards. Tant que j'avais la chance de les tenir à mes côtés, je ne voulais pas qu'une seule minute ils ne soient pas tout à fait à moi. Et puis, les maintenir dans la maison où j'habitais et leur faire découvrir ce que je vivais n'avait pas pour seul but de bien profiter de leur présence, mais c'était pour moi le moyen de fixer leur image dans ces lieux où je savais qu'ils ne resteraient pas.

De cette façon, j'inscrivais en mon cœur l'illusion d'une durée illimitée à leur surprenante visite. En les conservant le plus longtemps possible en ce lieu, j'inventais d'avance des recours au chagrin qui me rongeait déjà à l'idée de les voir repartir. Ainsi, quand je serais triste, je pourrais toujours penser à papa, assis face à la mer, fumant une cigarette, ses longues jambes dépassant du fauteuil de rotin du Grand Will, dans lequel il s'était installé sous la véranda ; ou bien à maman, dépliant sa serviette et relevant sa mèche brune d'un geste ravissant, à la table même où quotidiennement je prenais mes repas, entouré de cinq monstres, parmi lesquels trônait juste en face de moi Faïence-Folie.

Faïence-Folie, si capricieuse dans ses humeurs et

grossière dans ses manières, fut soudain métamorphosée en fée, puisque c'est ma mère, en ce jour si doux, qui s'assit à sa place en me souriant à travers une brume de bonheur. Comme si une baguette magique avait enfin frappé le château des cauchemars. L'idée que mes parents se promenaient à l'endroit de mes déambulations quotidiennes m'emplissait d'une joie que j'espérais durable. Je pourrais donc les avoir toujours près de moi, même lorsqu'ils auraient disparu. Autant dire que je ne perdais pas une miette de leur visite.

L'idée de demeurer à l'hospice pour déjeuner avait finalement emporté l'accord de mes parents. C'était merveilleux de les garder dans cette demeure et je considérais aussi que c'était un bonheur pour les habitants de l'asile. D'ailleurs, la fierté du cuisinier Oscar était grande de pouvoir enfin montrer de quoi il était capable à des visiteurs, qui, eux, sauraient certainement apprécier ses efforts. Car l'eau chaude et colorée de quelques rares légumes qu'il servait avec morgue aux vieillards, en guise de potage, avait déchaîné contre lui une hostilité générale et une rage sournoise. On n'osait pas lui manifester de la haine car il détenait les clefs du garde-manger et il pouvait toujours accorder quelques suppléments à ses préférés tandis que les autres restaient sur leur faim.

Ainsi, la frénétique gourmandise des vieillards était un atout pour Oscar qui se jouait d'eux, les montant les uns contre les autres, en leur réservant une portion de plus ou en les privant parfois, suivant une stratégie efficace et sadique. Il avait, en effet, mis au point un stratagème qui déroutait ses pauvres victimes et qui consistait à mitonner de temps en temps un excellent plat qu'il destinait à l'un des pensionnaires, choisi selon sa fantaisie, de manière arbitraire selon une sorte de contrat cruel destiné à le récompenser de sa servilité future. Chacun espérait cette faveur hypothétique et cette attente calmait pour un temps les ardeurs d'une contestation rampante.

Les bruits les plus fantasques couraient sur Oscar. Les pensionnaires, privés de ses faveurs, prétendaient qu'il détournait une partie de l'argent de l'économat qui lui était confié pour engranger dans sa cuisine des provisions de luxe, des confitures rares et du caviar qu'il faisait venir de Londres. On racontait que, la nuit, il invitait des jeunes gens de Brighton, pour festoyer dans l'office, et qu'ensemble ils goûtaient de délicieux canapés au foie gras accompagnés de cherry. On disait même qu'au matin de ces orgies gastronomiques et de ces agapes clandestines, le cuisinier, sans scrupule, livrait aux chiens errants de la plage ses restes de chez Harrods.

La vérité était plus savoureuse. Oscar était gourmand, certes, mais encore plus paresseux. Il détestait sa fonction et préférait traîner au lit. Il n'avait jamais tenu une cuisine de sa vie et ses aptitudes aux fourneaux se réduisaient à celles d'un célibataire endurci. Il avait horreur de ces gestes qu'il trouvait sales, comme découper le poisson, trancher la viande, il détestait vivre dans la vapeur et les mauvaises odeurs de la cuisson qui l'écœuraient. Si, à son âge, il avait accepté ce poste proposé par les bonnes sœurs et fait semblant de connaître ce métier, c'est parce qu'il lui permettait de subsister sans dépenser d'argent et de poursuivre tranquillement sa vie de désordres en continuant à s'offrir ses menus plaisirs — même s'il avait dû les réduire — sous la protection ambiguë, mais commode, d'une entreprise de charité.

C'est ainsi qu'Oscar jouait au cuisinier, tout en se faisant craindre des pensionnaires. Il s'offrait le plaisir malsain de guillotiner l'appétit de vivre des vieux. Il exerçait son terrorisme, en toute impunité. Et dire qu'il n'en jouissait pas serait un mensonge. Lorsqu'il voulait punir un pensionnaire, il lui disait brutalement dès le matin : « Aujourd'hui, vous serez privé de vin. » C'est avec une extraordinaire satisfaction qu'il contemplait alors l'expression atterrée et misérable de celui qu'il venait de frapper comme la foudre en lui retirant le seul plaisir qui reste à ceux qui ont tout perdu : ce lien, ancien et fragile, avec les voluptés du passé.

CHAPITRE 6

Ce jour-là, on nous dressa donc au réfectoire une table à l'écart des vieillards. Et tandis qu'ils remuaient leurs assiettes sur la toile cirée, avec ce bruit déjà pour moi familier, mes parents entrèrent dans la salle. Je les avais précédés à notre table, la seule qui fût recouverte d'une nappe blanche, privilège de ce jour d'exception. Ce dimanche, les vieillards avaient compris qu'il fallait avoir un certain maintien et ils se tenaient à carreau. La plupart adressèrent même à mes parents des petits saluts distingués de la tête pour les accueillir. Je ne sais pourquoi ces témoignages m'emplissaient de fierté. La Supérieure vint nous dire un bonjour avec ce sourire de raie qui m'exaspérait. Elle soulignait avec un peu trop de complaisance l'aspect fête de ce déjeuner, ma foi, presque normal dans un asile de fous.

Oscar, plus hypocrite que jamais, avait mis sa veste blanche. Les vieux n'en revenaient pas. C'était la première fois qu'on le voyait dans cet accoutrement. Il se voulait le parfait maître d'hôtel d'une grande maison. Sa spécialité était la vichyssoise, prétendait-il avec un sourire avenant. Il avait, paraît-il, saisi toutes les subtilités de cette recette sur la Riviera française au res-

58

taurant d'Eden-Roc où il était passé. Mais il ne précisait pas en quelle qualité il s'y était rendu. Et on aurait préféré que ce fût comme marmiton plutôt que comme gigolo d'un lord faisandé et déshonoré. Toutefois, il n'était pas en mesure, ce jour-là, de nous faire goûter sa vichyssoise. Nous l'avions pris au dépourvu en restant déjeuner et il n'avait pas eu le temps de se lancer dans cette préparation. « Laissez-moi vous composer un menu à ma façon », lança-t-il à mes parents, déjà charmés par ce bon gros cuisinier, apparemment si gentil et si indulgent avec leur petit. Et Oscar eut ce sourire indéfinissable de vieille allumeuse, matrone aux joues rouges qu'on voyait trôner, abondante, sur des boîtes de fromage. Je regardais mes parents qui jetaient eux-mêmes des regards furtifs sur les débris humains penchés sur les assiettes autour d'eux et qui, la plupart du temps, mangeaient salement, le crâne incliné vers leurs écuelles, offrant le spectacle de calvities qui auraient coupé l'appétit à des estomacs moins solides que les nôtres. Je leur souriais béatement pour les rassurer. Jusque-là, tout allait pour le mieux. Oscar apporta une belle bouteille de cidre — où l'avait-il trouvée ? Sans doute dans le trésor de son garde-manger — et m'appela devant mes parents « Monsieur Arthur », ce qui me fit pouffer de rire et lui aussi, je crois, mais plus tard dans le couloir.

Je ne pris pas de nouvelles de mes frères, mais je voulus savoir comment se portait Nana, notre nurse. Elle m'avait promis de m'apporter un cyclo-rameur rouge. Quand pensait-elle venir à Brighton ? Voyant que la conversation faiblissait et qu'un silence trop long aurait détourné mes parents de notre étroite communion, je me mis à questionner vite mon père sur les paquebots *Queen Mary* et *Normandie,* leur rapidité respective, la longueur de leurs coques, leurs avantages en mer. Tout cela, c'était autant de temps de gagné pour que mes parents n'examinent pas trop les vieillards et qu'ainsi ils n'aient pas honte de moi, qui faisais désormais partie de cette assemblée. Je les surveillais du coin de l'œil, mes vieux fous. J'aurais voulu que ce déjeuner fût parfait mais je n'étais pas du tout rassuré.

Pour commencer, les soles meunière de notre cuisinier avaient un goût de papier mâché. Et lorsque nous étions passés près de la table où Faïence-Folie avait été exilée, elle avait jeté à ma mère cette réflexion déplacée : « Votre fils a l'air bien plus coquin que votre mari ! »

Une insolence qui était bien dans la manière de l'ancienne courtisane dont j'avais appris avec stupéfaction, par une indiscrétion d'Oscar, qu'elle avait jadis pour surnom, dans son activité coupable, celui de « Miss Coup de fouet ».

Dieu merci, l'abbé Corentin, venu nous saluer à table, avait fait meilleure impression. Le curé breton, aumônier de l'asile, n'avait pu s'empêcher de parler de chemins de fer, mais ayant appris que mon père était diplomate, il lui raconta comment un chauffeur de locomotive avait, un jour, vu Wladimir d'Ormesson, alors ambassadeur au Saint-Siège, assis sur sa grosse valise, sur le quai de la gare de Taormina, s'épongeant le front d'un grand mouchoir, sous un soleil de plomb. Le chef de gare lui avait, paraît-il, fait ouvrir le wagon des premières classes. Histoire passionnante à tous égards. Mon père avait acquiescé avec sa courtoisie charmante. Il riait sous cape, comme un enfant. Je voulais montrer à mes parents que j'avais la maison en main. En ce dimanche culminant de bonheur, je croyais avoir dominé les problèmes de ma vie. J'allais pourtant apprendre qu'il n'en était rien et que même les promesses ne durent que le temps d'un soupir.

Maman me regardait en souriant. Elle avait ses grands yeux d'Asie, ses cheveux noirs abondants aux boucles pleines d'Orient et son beau teint pâle. J'aimais passionnément la finesse du dessin de ses sourcils qui s'étiraient sur ses tempes comme des traits de crayon parfaits dans une épure de rêve. Nous avions été séparés ces derniers temps. Notre pacte n'en avait jamais été rompu. Elle m'aimait et c'était pour toujours. Ma santé s'était améliorée. N'est-ce pas que je me sentais mieux ? Seulement voilà, je ne voulais pas répondre. Nul ne m'avait informé de mon mal. Je ne savais pas ce que j'avais. Soudain, tandis qu'Oscar nous servait le dessert, une crème à la vanille, qui paraissait délicieuse, je décidai de me jeter à l'eau. C'était maintenant ou jamais. Je fronçai les sourcils et m'adressant à mon père :

— Dites-moi la vérité. C'est vrai, papa, que j'ai la peste ?

Le héros de ma vie qui contemplait la mer se tourna vers moi. Il portait des lunettes fines et ses cheveux sombres étaient plaqués en arrière. Il flottait, comme un jeune homme dans un costume anglais d'une belle flanelle grise d'excellente coupe. Son col de chemise était raide, orné d'une cravate club, bleu marine et jaune.

— Comment, Arthur, qu'est-ce que tu dis ?

Il eut l'air vraiment aussi effrayé que moi et tandis que j'éclatais en sanglots, il me fixa, interloqué et accablé. Comme si, à lui aussi, le sens de la vie échappait. Comme si, lui aussi, menait douloureusement le combat perdu d'avance de l'archange contre le dragon de l'absurde. Comme si, pour lui aussi, l'existence était une blessure secrète avec ses labyrinthes, les dédales de ses décisions contradictoires et ces bizarreries si horribles lorsqu'elles remontent du fin fond des fossés obscurs et profonds du cerveau. Alors, pourquoi me semblait-il si lointain ?

Il me paraissait intouchable et distant. Il posait sa pudeur comme un pansement froid sur les plaies vives de sa vie. Il se ressaisit et ne dit plus un mot, j'étais de nouveau tout à fait seul. Les larmes qui coulaient sur mes joues me réconfortaient et, si j'étais humilié d'avoir pleuré, je me sentais aussi infiniment délivré. Le goût salé de ces larmes me rappelait à moi-même. Qu'importe si, les premiers jours de mon arrivée à l'asile, Somerset le marin, me surprenant parfois dans mon affreuse mélancolie, m'avait surnommé « Boule de sanglots ». J'éclatais de chagrin, seul dans les coins, mes larmes explosaient, comme jaillies de l'intérieur de mon corps, sans que je puisse les réprimer.

Notre beau déjeuner tournait court. Oscar était venu desservir la table alors que mes parents avaient à peine terminé leur café. Je sentis qu'il était pressé de retrouver sa joyeuse troupe au « Royal Pavillon ». Il ne jouait plus au grand cuisinier, il ne pensait plus qu'à partir. Il était outrageusement poudré, ce qui sembla tout d'un coup éveiller les soupçons de mes parents. Nous nous levâmes, les vieillards aussi avaient achevé leur repas. Un soleil pâle rebondissait sur les vagues grises au-dehors. Une petite pluie fine cognait contre les vitres. C'était dimanche.

Alors, au lieu de m'absorber dans la contemplation déprimante de la Manche, j'entrepris de faire connaître à mes parents quelques-uns de mes vieux amis présents dans cette salle. Comme mon père adorait les militaires et qu'il sortait lui-même, suivant l'expression de l'époque, d'une « très belle guerre » qu'il avait faite comme lieutenant au Premier Bataillon de choc, je commençai par le présenter au Brigadier général, qui me paraissait l'homme le plus raisonnable de la place. Malheureusement, ce jour-là, il déraillait complètement et, tandis que mon père engageait la conversation sur l'efficacité des Alliés, il lui répondit à propos de la supériorité des archers dans la bataille d'Azincourt. J'entraînai alors mes parents vers le Grand Will, notre poète, ce qui lui donna l'occasion de se lancer dans une grande envolée lyrique, en rencontrant enfin ceux qui avaient donné la vie à son jeune ami français. Mais non, il leur tourna les talons. Il ne comprenait pas, lui, qu'on laissât un enfant dans cet endroit. Inquiet de ces deux échecs, je n'osais aller les présenter à Lady Beckford, je craignais les réactions toujours imprévisibles de la grande dame. Allait-elle anéantir d'un coup toutes mes tentatives courtoises par un de ses mots assassins qu'elle empruntait volontiers à son modèle préféré, la reine Victoria ? Non, ce n'était pas drôle de tenter d'imposer ses jeunes parents à un club de vieux très fermé. Oui, c'était bien triste de constater qu'ils étaient mal acceptés dans une société où, à force de camou-flage des sentiments, de réflexes de survie accrochés à une volonté énergique de me fondre dans cette assem-blée, grâce à mon comportement humble et dissimulé, j'avais finalement été toléré. Eux, non, et j'étais tiraillé entre mon immense joie de les voir et un violent sentiment de honte.

Au bout d'un moment, je sentis que mes parents s'ennuyaient et moi aussi. Ces simagrées de tendres retrouvailles nous avaient usé les nerfs et l'ensemble des vieillards semblaient trop fortement ligués contre nous. D'ailleurs je n'avais qu'une envie, me retrancher dans le dortoir, désert à cette heure, pour aller confier à mon oreiller cette occasion gâchée et ce bonheur aboli. Avec toute la courtoisie que mes parents m'avaient enseignée et la bonne éducation dont ils m'avaient rendu capable, je tentai de leur faire comprendre qu'au fond il valait mieux qu'ils s'en aillent. Nous avions fait le tour de toutes les questions qui restaient sans réponses et des quelques salles angoissantes de cette maison. Qu'aurions-nous pu faire d'autre ? Maintenant, nous devions nous séparer. Il fallait bien compter plus d'une bonne heure de route à mes parents pour regagner Londres avant la nuit, dans cette capitale des brouillards qui, le soir, prenait une couleur de brique et de suie, et où mes frères affamés d'affection et de bonbons les attendaient à Exhibition Road.

Mon père, surpris par ma sage détermination, nous entraîna dehors. L'air du large fouetta nos visages et nous partîmes sur les falaises. La promenade était une solution et la conversation silencieuse avec le bruit pénétrant des vagues, la seule issue à cette incompréhension. Pendant le déjeuner, isolé, j'avais compris que je devais me taire. C'était la règle de survie : rester muet devant l'adversaire. Ou mes parents comprenaient ma situation, ou bien ils ne la voyaient pas et, en ce cas, inutile de les alarmer. Tout était pour le mieux dans l'hospice des vieux qui était le meilleur des mondes. Bizarrement, c'était ce qu'ils semblaient penser et ce que m'avait fait comprendre leur façon d'évoluer avec précaution, mais distinction, dans ce zoo, plein d'animaux préhistoriques non répertoriés dans les ouvrages de sciences naturelles. Mes parents se croyaient innocents et je ne me sentais pas coupable. Que souhaiter d'autre ?

CHAPITRE 7

Les mouettes se posaient au loin, sur le chaume brûlé des champs. Nous marchions sous la bruine, nous dirigeant vers la crête blême des falaises herbeuses. A l'horizon, apparaissait parfois un phare rouge et blanc dans l'opale des eaux. Mon père nous avait distancés ; il était vêtu de son grand imperméable mastic qui se découpait différemment en des silhouettes successives au gré des caprices du vent. Je le laissais tranquille, je supposais qu'il pensait à son destin. C'était de son âge. Moi, je restais avec ma mère à cueillir des fleurs mauves dans cette lande sauvage. Elle avait l'air préoccupé, mais nous nous aimions depuis longtemps ; depuis que, de mon berceau, je la surveillais gentiment afin qu'il ne lui arrive rien. Les gens qui s'aiment n'ont pas besoin de se parler, c'est bien connu. Les couples heureux n'ont pas d'histoire.

Que dire d'ailleurs lorsqu'à Brighton un enfant qui se sent vieux n'ose même plus prendre la main de sa jeune mère alors qu'ensemble ils progressent vers le gouffre, au sommet de la plus haute falaise crayeuse ? Ma mère, j'avais toujours rêvé d'être son préféré. Et malgré ce que j'endurais, je l'étais certainement en cet après-midi sans soleil, devant une mer limpide comme un miroir. Cette trop troublante jeune femme, je ne cherchais pas à la conquérir. Handicapé pour la séduire, je n'étais que le fils délaissé qui rêvait de la garder. D'ailleurs, mes chances de lui plaire s'étaient amenuisées dès ma venue au monde. Quand je naquis, j'étais tellement laid que ma mère craignit que je ne fusse une réincarnation de Gandhi qui venait de mourir. Cinq ans après l'assassinat du Mahatma, les choses ne s'étaient pas arrangées pour moi. En effet, on aurait pu croire que j'avais attrapé, d'un coup, toutes les années du sage religieux de l'Inde le jour de sa mort. Cela m'avait marqué, je marchais courbé comme celui que Winston Churchill avait qualifié de « fakir à demi nu ». Mais, ni saint, ni martyr, j'étais en piteux état.

J'avais attrapé la vieillesse comme d'autres sont surpris par la vérole. Je me sentais décalé, sans futur ni passé, infantile et sénile à la fois.

Je rêvais cependant de métamorphoses merveilleuses comme celle qui avait changé le destin du petit vendeur d'allumettes de Hyde Park. Misérable et sans client, il allumait les cigares des élégants promeneurs et des dandys. Mais nul ne lui demandait rien. Les cavaliers passaient devant lui, sans le voir, des tilburys orgueilleux manquaient de l'écraser. Un jour l'homme le plus fastueux et le plus beau de Londres, le chevalier d'Orsay, s'arrêta. Il le questionna gentiment : « Que veux-tu, mon petit ? » L'enfant lui dit le métier qu'il s'était donné, allumeur de cigares et marchand d'allumettes. Le chevalier lui promit la fortune pour le lendemain même. Le soir dans les cercles huppés de Londres, le chevalier d'Orsay lança la nouvelle mode : rien de plus chic que d'aller faire allumer ses cigares chez le petit garçon du parc. Lui-même prit l'habitude de venir tous les jours chercher pour sa fumée bleue la flamme du petit cockney. Aussitôt, tout Londres se précipita là où se rendait le fameux chevalier pour se procurer ces allumettes déjà célèbres. Et le gamin devint riche.

A mes parents, je n'en demandais pas plus : qu'ils m'éclairent et qu'ils m'aiment encore. En voyant maman, je n'osais que réclamer un geste ou un baiser. Un signe d'amour ! oh oui ! Je me sentais tellement délaissé.

Je regardais ma mère de profil dans le vent vif, sa vaste écharpe écossaise du clan des Mac Gregor couvrait ses épaules et son kilt, plaqué contre ses jambes, était fermé par une grosse épingle à nourrice aux reflets d'argent. Elle tendait le bras pour désigner mon père qui était assis au loin et qui nous attendait. Nous composions, parmi les promeneurs de la lande, une sorte de *conversation piece,* vision apaisante, à la Gainsborough, d'un bonheur familial qui cependant n'existait pas. La lueur orangée du ciel caressait les touffes de bruyère mauves et mon père, tranquille, nous regardait, assis tel un sauvage sur la pierre blanche, posé comme pour l'éternité, devant une ancienne cabane de pêcheur en bois brûlé qui, après avoir été abandonnée, était devenue une remise à filets. Encore un rêve légué par Defoe. Je l'imaginais en Robinson et je me voulais son fidèle Vendredi. Maman serait la dame qui enchanterait notre cabane. Mais les rêves ne ralentissaient pas le temps. Et je savais qu'ils allaient bientôt repartir.

Au retour de la longue promenade, je m'approchai de leur automobile pour renifler comme un chien l'odeur de leur départ. Mon père me prit par l'épaule. Vu les circonstances, il avait décidé de me traiter en homme. C'était un peu dur pour moi. Je le sentais si inquiet de jouer ce rôle, si maladroit de ne savoir comment l'interpréter que, pour le rassurer, je lui offris un bon sourire stupide, afin de mettre un terme à notre angoisse de mauvais acteurs, engagés dans des rôles au-dessus de leurs forces, d'une pièce absurde. Cette solidarité masculine ne convenait pas à un père et à un fils qui vivaient le bouleversant problème des générations inversées. Nous étions deux fils privés de pères et, de plus, anormalement séparés par le temps. Alors qu'au-dessus du capot gris de la Renault, je levai les yeux vers mon père, la forme de ses lunettes en hublots dans son visage si fin me voilait son regard mais éveilla en moi un souvenir fou.

C'était le jour de notre départ des côtes de France vers l'Angleterre. Le ferry vu du quai et illuminé de l'intérieur par ses hublots luisait comme une énorme lanterne japonaise. Nous avions embarqué à Calais le soir même. Des marins aux bras puissants et tatoués s'étaient chargés de nous porter sur la passerelle et nous passions, de l'un à l'autre, comme de simples ballots avec de grands rires de mousse. Cela les amusait sans doute, ces enfants si civils, proprement habillés, et portant des casquettes rondes vissées sur leurs petites têtes. Nous nous étions retrouvés à bord, effrayés et ravis dans nos manteaux à cols de velours, serrés les uns contre les autres et blottis dans les jambes de notre père, terrorisés à l'idée de tomber dans l'eau noire, enchantés du voyage, éperdus d'aventure. Le cargo quitta le port et vogua doucement dans l'obscurité. Frayeur délicieuse de l'inconnu en entendant la rauque sirène du navire qui réveillait au loin sans doute les monstres de la mer pour les écarter de notre passage. Rite magique du départ et tombée subite de la nuit. Voix rassurante du capitaine britannique, à l'accent galonné d'or et d'optimisme. Présence sécurisante de ce familier des flots qui parlait d'une bonne grosse baleine domestique qu'il fréquentait depuis longtemps.

Un bateau dans la nuit, c'est imposant et beau. La découverte de la cabine, aux parois de bois verni, chauffée et bien éclairée : quel paradis rassurant pour un enfant ! Après une brûlante tasse de thé ou de lait chaud, on nous avait fait choisir nos couchettes et j'avais eu la chance de me retrouver seul dans une cabine avec mon père. C'est cet instant parfait qui me revint subitement, à deux pas de mon père, en imperméable, debout près de la portière de la Renault. Souvenir d'une séquence revue dans les hublots de ses lunettes avec une si incroyable précision que je sus en une seconde qu'il m'adressait le même message qui, tel un fantôme flottant, traversait le temps.

Dans la cabine du ferry, mon père est seul avec moi. Il s'est installé dans la couchette du dessus. Je dors dans celle du bas. J'aime mon père. Il est doux. Il est grand. Il est bon. Et lorsqu'il me prend dans ses bras, qu'il me soulève du sol, je suis éperdu de tendresse et troublé parce que envoûté par l'odeur de ses cheveux. Plus tard, je découvrirai qu'il utilise comme eau de parfum du « Pantène Bleu ». Cette lotion me paraît merveilleuse : elle a l'odeur de mon père.

C'est la nuit, avec les hublots cerclés de couronnes cuivrées, les lumières au loin des bateaux de passage, les bruits du pont, le ronronnement des machines, la veilleuse bleue au plafond de la cabine... Nous nous assoupissons. Le marchand de sable est passé au-dessus de la Manche. Dans les couchettes superposées, confortablement vêtus de nos pyjamas de flanelle, nous nous laissons aller au gré de nos songes.

Au milieu de la nuit, mon père, éprouvant le besoin de faire un tour, descendit de sa couchette dans l'obscurité. Entre-temps, dérangé dans mon sommeil par le roulis, j'avais glissé sur le sol avec ma couverture et dormais profondément sur le dos, à même le tapis de la cabine, les paupières soudées de fatigue, la bouche ouverte pour respirer. A tâtons, mon père avança son pied nu cherchant le sol, dans l'ombre. Réveillé en sursaut, par sa chute brutale, je reçus tout le poids de son corps et de ses pieds joints, qui m'écrasèrent le ventre, je n'eus que ce mot : « Pardon, papa ! »

Alors que mon père et moi demeurions face à face, sans doute saisis au même moment par l'identique souvenir halluciné de la cabine, ma mère faisait ses adieux à la Supérieure sur le perron. La conversation se prolongeait et, aux bribes de phrases qui parvenaient jusqu'à nous, je compris qu'il s'agissait de l'un de ces discours théologiques qui la passionnaient. Si j'avais été confié à cet asile de Brighton par mes parents, c'était certainement parce qu'il devait être un des rares en Angleterre dont l'encadrement religieux était catholique. Mais ce qui m'agaçait, c'étaient ces considérations partagées sur le rayonnement du Vatican au moment précis qui précédait celui où l'on allait m'abandonner sans façon à l'enfer. Je trouvais que j'avais mérité par mon attitude un peu plus d'attention et surtout une immense montagne de tendresse. Je voyais bien que cet échange de bondieuseries allait me voler le temps précieux imparti aux caresses maternelles que je désirais tant juste avant le départ. A cause de ce bavardage, j'allais être privé de ce que j'espérais le plus au monde : ces câlins si rares et si charmants. Je n'aurais donc même pas droit aux douces cajoleries des mains de maman dans mes cheveux, ni à sa façon de se mettre à genoux pour me parler, à ma hauteur, nos visages si proches, nos fronts se touchant presque. Je sentais qu'à cause de ce temps perdu ma mère, en partant, ne ferait que m'embrasser brièvement et c'était un épisode de plus de ma sombre histoire.

Mes prévisions les plus pessimistes se confirmèrent. Cela ne rata pas. Après que ma mère eut longuement serré les mains de la Supérieure avec un air fervent et m'eut jeté un rapide baiser sur le front accompagné d'une bénédiction machinale du pouce, elle monta rapidement dans la voiture de papa. C'est ce moment si douloureux pour moi que choisit la Supérieure pour m'approcher, protectrice. Je n'aimais pas la mère Supérieure et elle ne m'aimait pas non plus. Elle voulut me tenir la main pendant que la voiture de mes parents manœuvrait pour quitter l'asile. Je me dégageai brutalement. Je détestais cette attitude fausse comme ces photos factices singeant la joie de vivre qu'on impose aux enfants, lors des vacances sur la plage, en les forçant à prendre l'air heureux, avec le soleil dans l'œil.

Tandis que la *Frégate* s'éloignait dans l'allée ocre qui conduisait à De Courcelles Road et que je ne distinguais plus que la main gantée de ma mère qui s'agitait pour dire au revoir par la vitre ouverte, je me demandais pourquoi tout le monde jouait un jeu. Mes parents, la sœur Supérieure et jusqu'à moi-même... Je mimais la confiance en moi et une soumission mensongère à ma scandaleuse réclusion. J'étais soit un traître soit un enfant trop bien élevé. Je pense que j'étais simplement le second mais j'étais trop fier et trop fatigué. Mes jambes se dérobaient sous moi à l'idée que mes parents étaient définitivement partis. Je frémissais de frayeur. J'avais le cœur sec et le sang remontait dans ma bouche. J'avais envie de vomir. J'avais peur. J'avais froid.

Au loin, ma mère fit un dernier signe de la main. La *Frégate* avait viré à gauche au-delà de la grille. Le pot d'échappement de la voiture avait laissé un petit nuage dans l'allée. Maintenant, c'était fini. Ils étaient partis. L'idée de rentrer à l'asile, d'affronter encore son affreuse odeur, d'avaler une soupe tiède parmi des êtres dont je ne méritais ni le sort ni la piètre situation, de remonter les marches du grand escalier de bois pour aller dormir dans la solitude, me révolta quelques instants. Ma rébellion intérieure était si forte que je demeurais immobile. « Viens », me dit sévèrement la mère Supérieure et elle serra mes doigts humides de fièvre dans sa main de fer dont la crispation subite me fit l'effet d'un étau se resserrant mécaniquement. Elle n'avait plus à jouer la scène mielleuse de notre entente, mes parents étaient loin maintenant. Elle me tira avec brutalité derrière la lourde porte des vieillards de Brighton. J'étais à nouveau englouti au manoir des secrets.

CHAPITRE 8

Le soir même, un événement aurait pu faire office de consolation : la sœur m'avait permis de rester au salon parmi les vieillards, pour écouter le concert hebdomadaire de la BBC. C'était un moment cérémonieux de la semaine et les vieilles se livraient pour le célébrer à un exercice d'une dérisoire coquetterie : une cape de velours élimée couvrant mal des jambes variqueuses de l'une, un ruban mauve, joli et discret, dans les cheveux blancs de la Lady, un châle en crêpe, souvenir d'une joie adolescente de l'âge des premiers bals pour une autre, mais dont le temps et les déplacements avaient terni la couleur d'ivoire. Faïence-Folie profitait de cette soirée pour exhiber toutes les couleurs de son maquillage et elle apparut fardée comme une voiture de pompiers en plein incendie, clignotant des yeux et des joues, autant que de ses lèvres peintes. Les hommes étaient plus sobres, la plupart avaient choisi de nouer, autour de leurs cous fripés d'anciens champions de cricket, les cravates club de leur gloire d'antan. Ils portaient des vestes marine ou marron foncé et les plus désinvoltes se contentaient d'un tweed campagnard mais qu'ils relevaient d'une chemise impeccablement repassée. Le Brigadier général mettait son monocle et c'était moins désagréable que de subir la vue de son affreuse blessure qu'il nous imposait toute la semaine. La salle suait d'un ennui mortel. Aux fenêtres, les carreaux étaient noirs car dehors il faisait nuit.

Parfois, la mer dérangeait par ses mugissements les « violons » du concert. Le public demeurait imperturbable. Et il y avait quelque chose de pathétique à voir ces gens, au bord de la mort, jouer encore la comédie de la vie sociale et imiter, sur des fauteuils défoncés par le temps, un véritable concert public dont ils seraient les auditeurs distingués. Seul Oscar, par goût de la provocation, fumait un cigare en lisant ostensiblement des revues osées, ce qui parfois faisait rire Faïence-Folie en vieille coquine qu'elle était. Pour quelqu'un qui avait une ouïe convenable, ce concert était sans doute insupportable, car les vieillards durs d'oreille tournaient à fond le bouton du vieux poste vénérable de bakélite pour cette soirée qui leur tenait lieu de fête. Malgré cela, certains s'endormaient dès les premières mesures et je levais les yeux, fasciné par ma voisine, une veuve épaisse qui bavait en dormant. Le poste de radio continuait à diffuser du Purcell à toute force, dans la pièce, comme une intense haleine musicale soufflant aux visages livides des auditeurs un air aux accents inspirés de la République cromwellienne. Mais, parmi les pensionnaires de l'asile c'était la débandade. La bonne tenue du début du concert avait vite disparu. Affalés sur leurs fauteuils, somnolant la bouche ouverte, émettant des grognements ou même des ronflements réguliers, les vieillards n'avaient pu tenir jusqu'au bout et ils semblaient s'éteindre les uns après les autres comme les bougies d'un gâteau d'anniversaire. Moi-même, je luttais contre le sommeil et mes paupières se scellaient de fatigue pendant de longues secondes. Puis, les yeux de nouveau ouverts, je faisais mentalement le compte de ceux qui résistaient à la nuit et continuaient à écouter le concert. Oscar avait repéré mon calcul et me souriait malicieusement. Les mains écartelées, les doigts ouverts et le cigare à la bouche, il me signifiait que j'étais devenu son complice dans ce jeu ; lui aussi, il faisait le même décompte — sinistre ! A un moment, même, il me fit signe que seuls sept pensionnaires demeuraient éveillés dans cette espèce de cimetière symphonique, concert au champ d'honneur composé d'airs pour alto, ténor et basse. La *Musique funèbre pour la reine Mary* convenait, en effet, assez bien à cette atmosphère sombre digne d'une veillée funèbre. Composée par Purcell en 1695, elle avait accompagné le cortège solennel des obsèques royales de Whitehall jusqu'à l'abbaye de Westminster.

Soudain, après que les applaudissements de l'entracte eurent réveillé quelques vieillards, Lady Beckford se leva au milieu d'une nouvelle salve d'applaudissements. Sublime, elle se dirigea d'une démarche lente vers la porte-fenêtre. Sans doute, égarée dans son rêve, se croyait-elle au Royal Albert Hall. Oscar échangea avec moi un regard complice. Nous craignîmes le pire. Mais Lady Beckford ouvrit la porte-fenêtre d'un geste sec du poignet qui laissait penser qu'elle se croyait peut-être dans un de ses salons ouverts sur un vaste parc. Tandis qu'une bouffée d'air marin entrait dans la pièce, elle disparut dans la nuit. Le Grand Will, assis au premier rang, se retourna vers les autres, avec ce sourire las et entendu qui était censé faire de lui le confident muet de la grande dame. Il se leva pour aller fermer la porte-fenêtre comme si la Lady n'allait plus jamais revenir. L'antienne avait repris de plus belle, cette fois, c'était la maîtrise qui se faisait entendre et peu à peu se distingua dans la progression de la partition l'excellente partie soliste pour voix de jeune garçon. Le Grand Will avait une passion pour Purcell, qui avait été ténor à la chapelle royale, mais ce qu'il préférait dans sa musique, sans doute, parce que cela correspondait à la couleur de son âme, c'étaient ces trompettes plates aux sons lugubres. Ce qui fascinait Oscar, en revanche, c'était la pureté des voix d'enfants de la chapelle. Il subissait leur magie. Comme la plupart des vieillards étaient tombés dans un sommeil profond, le Grand Will s'approcha du poste dont l'aiguille lumineuse veillait au milieu du cadran des fréquences et, avec une expression qui dans la pénombre paraissait sarcastique, força de ses doigts le bouton de la radio pour tenter d'augmenter encore l'intensité de la retransmission du concert de Purcell. Mais, c'était impossible. Le son était déjà à fond.

Le fracas de la marée heurtait les galets et Lady Beckford, en robe du soir, avançait dans la nuit, vers la mer, sous sa capeline rose. Elle n'avait pu entendre ce morceau de musique qui lui aurait rappelé sans doute l'événement le plus heureux de sa vie. Mais la présence des grabataires risquait de souiller le plus grand moment de sa jeunesse. Elle s'était donc enfuie. Cet air de Purcell lui évoquait un homme qui avait été son unique passion. C'était André, un aviateur français. Ce souvenir, lié au seul moment de son existence où elle avait senti qu'elle vibrait de l'amour le plus intense, la plongeait au pays des délices, au conte de sa seule folie où elle était entrée avec fracas comme dans la tempête de cette nuit. Les effluves de la musique provenant de la maison la portaient encore vers ce songe.

Elle avait dix-sept ans et se trouvait alors avec ses parents à Bath. Lors d'un concert en plein air, dans un parc, sous la clarté d'un kiosque, elle se sentait dévisagée. Face à elle, de l'autre côté de l'orchestre, un jeune homme fort beau la contemplait avec intensité. Tous les mouvements de la musique semblaient les porter l'un vers l'autre, toutes les subtilités graves, charmantes, aiguës ou provocantes du son les isolaient du monde et quand la vibration des voix fraîches de la manécanterie vint pousser cette intensité d'émotion à son point extrême, elle sentit sur sa peau un frémissement. Elle ne quittait pas les yeux verts du jeune homme ; elle s'abandonnait à l'eau de ce regard comme à une promesse. Soudain, elle se reprit, se demandant si son père, qui lui faisait si peur assis sur la chaise voisine, n'avait pas remarqué son état de béatitude totale. Mais le jeune homme la tenait de loin entre ses paupières, elle était prise, éprise, elle ne pouvait plus bouger. Le soir tombant les enveloppait d'un bonheur inconnu. Le parfum des feuilles, l'odeur des arbres étaient leurs complices. Les caresses précises des archets sur les cordes excitaient leur désir, les cuivres tonnaient partout la nouvelle de leur amour tandis que les « violons », plus doux, imprégnaient l'atmosphère de leur sensualité. Ils ne bougeaient plus. Le secret engourdissait leur passion naissante.

Au moment où l'orchestre entama en seconde partie *Blessed are they,* antienne écrite à l'occasion d'un service privé en l'honneur des espoirs de maternité de la reine Mary, la jeune Lady de dix-sept ans vibrait de tout son être et elle se sentit à la fois offerte et immobile. Le jeune homme perçut ce message. Il tenait sa proie, affolée et heureuse, au bout de ses cils. Elle sentit qu'elle avait un corps et qu'il lui imposait sa souveraineté.

CHAPITRE 9

Dès le début du concert, j'avais eu l'impression que Lady Beckford s'était absentée. Sur son visage flottait cette expression, mi-hébétée mi-heureuse, de ceux qui ont retrouvé leurs rêves. Elle avait rejoint le jeune homme aux yeux verts qui se tenait en face d'elle tel un félin. Toute son attitude disait sa souplesse souveraine. Son blouson d'aviateur avec son col de fourrure accentuait encore cette impression animale. Elle se dit qu'elle voulait lui appartenir, découvrir dans ses bras la fête charnelle. Sa bouche était d'une étrange beauté et, en la contemplant, le désir qu'elle éprouvait la fit rougir. Elle comprit que, pour elle à jamais, cette musique de Purcell serait liée à cet homme.

Ses mains, étroites et belles, étaient posées sur ses genoux comme des oiseaux de proie. Elle les voulait sur elle. Elle avait honte de ses pensées mais, en même temps, elle attendait d'être comblée de caresses et d'amour. Affolée soudain, elle se demanda comment il la voyait. Elle fit mentalement un rapide examen de sa tenue, elle sourit d'aise en constatant que ce soir-là, avant de sortir, elle s'était trouvée belle devant sa coiffeuse, parfumée d'une note de Guerlain qu'elle avait subtilisée au flacon de sa mère, robe mauve et cheveux d'or.

Depuis son enfance, son entourage avait célébré sa beauté. Petite fille, elle s'en moquait dans les goûters d'enfant et c'est avec innocence qu'elle troublait déjà les garçons. Elevée dans la solitude par des parents voyageurs, enchaînée aux jardins ancestraux et aux forêts verdoyantes, elle vivait dans son monde peuplé de licornes, de fées, de clairières mystérieuses et de grottes secrètes aux parois humides. La jeune Lady était si belle que Cecil Beaton la photographia, elle fut l'un de ses modèles préférés. Elle incarnait pour tous ceux qui l'approchaient l'irréalité éthérée du bonheur. Elle avait quitté l'âge de raison depuis longtemps. Elle découvrait alors la déraison.

Lorsque, au milieu des applaudissements, le concert s'acheva, la jeune Lady fut soudain rattrapée par la déchirante réalité. Les invités quittaient leur chaise de fer peinte en échangeant d'aimables sourires, les conversations s'engageaient sous les marronniers tandis qu'on aidait les femmes à enfiler leurs manteaux et que les hommes remettaient leurs chapeaux. Son père, après quelques saluts, avait repris sa canne. Il fallait partir. Tout s'effondrait, elle savait qu'elle ne serait plus la même. D'ailleurs elle l'avait perdu de vue. Des gens masquaient sa silhouette. Puis soudain, il fut à nouveau face à elle. Elle crut à une hallucination. Il n'y avait plus que lui dans un désert doré au milieu d'un mirage de dunes. Il se tenait debout, sombre, les mains dans les poches, ses cheveux noirs bouclés. Cela dura l'espace d'une seconde. Après ce silence subit et cette vision inoubliable, les pesanteurs de la terre étaient retombées sur eux. Tout redevint plat ; les bavardages voisins, les gens se retournant dans tous les sens en se penchant vers les graviers pour retrouver un gant perdu, la cohue mondaine, les parfums de femme et les klaxons lointains des voitures venues les chercher. Mais la jeune fille, qu'était alors Lady Beckford, avait conservé cette vision en son cœur.

Le baronet, son père, qui n'avait rien vu, l'entraîna, la saisissant par le coude. Elle se retourna vers la foule qui se dispersait pour tenter de saisir une dernière fois le regard de l'homme qu'elle avait décidé d'aimer. Il avait disparu. Elle se sentit soudain seule au monde, mutilée et idiote. Le goût adolescent des choses dérisoires dont on s'arrange avec grâce lui parut insupportable. Les convenances qu'on subissait par politesse, un grand scandale. Elle était bouleversée par lui, elle aurait voulu, en plein concert, aller s'agenouiller auprès de son seigneur. Mais il lui sembla qu'elle l'avait perdu à jamais. Elle se retrouvait comme une petite fille marchant près de sa mère, Lady Sarah, et traversant, avec elle, un théâtre d'azalées.

Le lendemain, elle errait seule dans l'hôtel tandis que sa Nanny s'entretenait avec le portier de leur départ fixé au lendemain matin. Ses parents étaient allés déjeuner chez des amis et, tandis que l'après-midi s'étirait, elle se promenait, songeuse, dans le palace. Alors qu'elle se dirigeait vers la vaste baie vitrée qui donnait sur les jardins d'où l'on pouvait apercevoir des agapanthes bleues se détachant sur la netteté d'un mur d'ifs, elle passa devant la porte monumentale de la salle du restaurant. Il était là, avec son blouson d'aviateur. Il la fixait ! Saisie de stupeur, elle eut le temps de constater que la salle du restaurant était déserte. Il était six heures du soir et les clients s'étaient rassemblés dans le salon de thé. Le jeune homme se leva, il s'approcha d'elle ; elle ne vit plus que ses yeux de fauve.

Il savait que la salle était déserte, sombre, les rideaux tirés, les tables déjà préparées pour le banquet du soir. Un vaste paravent ouvrait ses ailes, derrière un long piano dont la surface vernie miroitait dans la pénombre. Il la saisit par le bras et la poussa derrière le paravent, dans un salon obscur, aussitôt elle sentit sa bouche contre la sienne et dans un bonheur foudroyant elle s'amarra à son cou cherchant, contre elle, tous les recours de son corps à lui. Une fusée d'infini les traversa à cet instant. Elle caressait sa nuque et ses lèvres buvaient son visage. Il la tenait dans ses bras, par la taille, lui imposait son rythme, ses pressantes volontés, sa manière d'aimer. Subjuguée, courbée en arrière, haletante, elle voyait ses yeux et ses sourcils noirs si fins s'enfoncer dans la blancheur de son cou. Elle n'aurait jamais imaginé ressentir tant de volupté. Elle secouait ses cheveux pour l'empêcher et le retenir à la fois. Elle aimait ses gestes, ses caresses, ses baisers. Elle se révoltait contre ce qui lui arrivait, partagée entre la pudeur et l'ardeur, elle cherchait déjà sa brutalité dans sa douceur. Elle le voulait maintenant à tout prix. Leurs vêtements avaient volé sur l'épais tapis de la salle à manger aux motifs colorés de vert et de rouge. Nue, elle se sentait affrontée à cette sensation inimaginable d'être prise, en un lieu étranger, par un homme inconnu. Elle attira plus fort son amant, lui signifiant son goût pour lui, imprimant de ses mouvements à elle leur volupté violente. Ils avaient perdu la tête tandis que leurs corps trouvaient une merveilleuse harmonie. Elle fut traversée par l'éclair, elle sombra

dans ses yeux verts. Il s'appelait André et elle se nommait Augusta. A l'heure du thé, ils venaient de faire
l'amour. Entente cordiale à Bath.

CHAPITRE 10

Devant le visage bouleversé de la vieille Lady, comment aurais-je pu deviner qu'elle revivait toute la violence de son premier amour ? Le soir même, alors que ses parents étaient rentrés de leur visite à la campagne, d'une humeur massacrante, la jeune Lady était dans la plus grande confusion. Comment avait-elle pu se livrer à un inconnu ? Elle vivait dans un pays où montrer ses épaules au soleil était scandaleux, à une époque où même la seule allusion à sa santé était quelque chose de choquant, dans une actualité où s'intéresser seulement au mouvement des suffragettes était un signe de perversité. Elle n'était même plus en état de comprendre. Elle était inquiète, elle avait commis une grave et irréparable folie, un péché mortel. Elle n'aurait jamais assez de toute sa vie pour payer cette faute impardonnable. Elle était persuadée que son bel après-midi se lisait sur sa figure.

Elle dîna avec ses parents, différente et indifférente. Autour d'elle, tout semblait avoir changé de forme et de teinte, y compris la vaisselle Wedgwood et la belle argenterie de l'hôtel. Elle était traversée de pensées contradictoires. Elle se sentait comblée, heureuse, étrangère et rêveuse. Cet homme ne devait pas être loin, peut-être même à seulement une table derrière elle. Il habitait l'hôtel. L'idée d'avoir un amour, un homme, et même ce qu'elle appelait en secret, pour la première fois, un amant, la métamorphosait.

Elle n'osait jeter un regard sur le tapis près du paravent où tout s'était passé. Elle dégusta en fin de soirée son *crumble* avec un tel appétit que sa mère, Lady Sarah, la regarda d'un drôle d'air. Aurait-elle deviné ? Son père, nerveusement, se resservit souvent de la carafe à vin. Ce signe inhabituel de fébrilité la remplit de méfiance. Elle était sur ses gardes. Et surtout, elle préparait son plan pour tout à l'heure. Il lui parut de la plus haute audace. Elle avait dix-sept ans et se croyait aux portes de l'enfer.

La nuit venue, elle osa pourtant l'impossible. Elle s'était arrangée pour connaître le numéro de sa chambre. Déjouant la surveillance de sa Nanny, au risque de se faire tuer par Barbe Rousse son père, le familier du roi, qui ronflait dans la suite voisine de son appartement, elle décida d'aller rejoindre André dans sa chambre. Il l'attendait, debout près de la fenêtre grande ouverte, fumant en regardant la lumière laiteuse des réverbères dans la nuit bleue. Dès qu'elle fut entrée dans la pièce, il se mit à pleuvoir violemment. Ils sortirent. Sur la promenade, le vent faisait rage et il tombait des cordes. Il la serra contre lui et ils disparurent dans l'obscurité. Ils s'embrassèrent follement, lui refoulant de son visage ses cheveux trempés pour mieux boire à sa bouche leur fiévreux désir. Puis, après une balade de défi aux éléments déchaînés, ils revinrent à l'hôtel et, bravant le regard du concierge, ils remontèrent par l'ascenseur dans la chambre. C'est là que commença la plus belle et la plus brûlante des cérémonies secrètes. André se montra délicat et exigeant. En six heures de temps, la jeune Lady était devenue la plus amoureuse et la plus intuitive des femmes. Il célébra son corps d'un amour infini. Et cette nuit, crépuscule de leur amour, fut aussi leur éternité.

Dans la nuit profonde, ils se mirent à parler. Il la caressa longuement avec une sorte de vénération. Elle cachait sa figure dans l'oreiller, écoutant dans son corps le cheminement de ses mains. Puis elle revenait dans ses bras cherchant sa protection. Il lui raconta comment était née sa passion de l'aviation.

Un matin, un appareil anglais atterrit en catastrophe sur la plage d'Anglet, au Pays basque, où il passait ses vacances. Un miracle à la portée de sa main. Il avait pu approcher le monstre à hélice, engager la conversation avec le pilote, monter aux commandes de l'avion enlisé dans les sables et c'est ainsi que tout avait commencé.

Elle lui confia ses doutes d'enfant. Elle se croyait prédestinée, elle se demandait si elle était bien la fille de ses parents, ils lui paraissaient tellement bizarres. Elle s'interdisait de sourire devant les photographes de la Cour, elle pensait dès l'âge de six ans être promise à un destin exceptionnel, sûre que, sur cette terre, elle avait une mission. Mais jusqu'ici rien ne lui avait été révélé. Et en disant cela, elle levait la tête vers lui pour voir s'il allait se moquer d'elle. Elle n'aimait pas les autres jeunes filles qui avaient des conversations stupides.

Elle approcha son visage de son épaule. Les yeux mi-clos, elle suivait les dessins de son torse. Elle pensait qu'elle n'oublierait jamais son odeur, proche des muffins tièdes et du parfum des chairs d'enfant. Elle lui confia qu'elle idolâtrait Mary Shelley, qui, dès dix-neuf ans, avait écrit le fameux *Frankenstein ou le Pro-méthée moderne,* lecture envoûtante qui l'avait fait frissonner de frayeur. Elle aimait avoir peur. Elle se voulait fantasque. Elle le fut, Augusta, cette nuit-là.

Après qu'ils se furent étreints, il la caressa, posa ses lèvres entre ses yeux et puis il s'étendit sur elle. Ils se tenaient ainsi tous les deux les mains unies, les doigts croisés, prisonniers et délivrés de leurs désirs. Il lui murmura des choses ravissantes en français qu'elle ne pouvait comprendre. Il s'assoupit dans ses bras. Alors elle se redressa et, tandis que pointait la lueur du petit matin, elle le regarda, pour la première fois, responsable.

Sans qu'elle le sache, peut-être, alors qu'à travers les rideaux blancs filtraient les lumières roses de l'aurore, elle organisait déjà leur amour. Elle ne s'imaginait plus vivant sans André. Sa propension aux songes lui fit se décrire à elle-même un monde délicat où leur bonheur serait protégé. Elle ne rêvait que de se retrouver seule avec son amant dans une maison isolée de la campagne du Gloucestershire ou dans une chaumière cachée au fond des vallons du Kent. Elle pourrait enfin fuir cette vie de cour que lui imposaient ses parents, parce que son père était le meilleur ami du souverain ; l'été à Balmoral, le Noël à Windsor et le jour de l'An à Sandringham. Elle ne se voyait pas vieillir, en Angleterre, sans son amant français, dans ce pays de bières amères et de dimanches tristes.

Elle rêvait de landes et de balades. Ensemble, ils iraient surprendre le vol des oies grises vers le nord. Enfermée dans ses pensées successives, elle parcourait trop rapidement les étapes de leur vie rêvée. Soudain, le spectacle de l'accident se présenta à elle. Etait-ce déjà de la vieillesse qu'elle avait peur ? Roméo et Juliette pouvaient-ils vivre leur amour en barbe blanche ? Elle se souvint soudain qu'elle avait toujours eu peur de l'avenir. Lorsqu'elle était toute petite, ses parents, dans leurs déplacements de richissimes migrateurs jamais satisfaits, l'avaient emmenée à Leamington, ville d'eaux, rendue célèbre par Valery Larbaud.

Cette villégiature l'avait frappée par son décor et l'étrange climat qui y régnait. C'était une cité de cure près de Warwick où les malades se promenaient dans des chaises longues recouvertes de paniers rectangulaires comme des boîtes, en forme de cercueil. Ce sinistre présage l'avait réveillée de sa douce somnolence. André avait eu un accident d'avion. Il était brisé. Digne, belle et malheureuse, elle poussait l'héroïque infirme à boire de l'eau de magnésium dans son cercueil à roulettes. Deviendrait-il, lui aussi, un vieillard de Lemington ?

Effarée par ce sombre pressentiment, elle quitta silencieusement le lit et s'enfuit de sa chambre d'amour. Elle devait rentrer avant que son père ne s'éveillât ou que sa nurse ne s'inquiétât de son absence. Quelques heures plus tard, alors qu'elle quittait l'hôtel avec ses parents, en passant dans le tambour de la porte d'entrée, elle crut avoir oublié ses boucles d'oreilles sur sa table de nuit. Elle fouilla dans son sac et toucha quelque chose de dur. C'était la boucle du ceinturon d'André que la veille au soir il lui avait laissée. Elle sourit.

CHAPITRE 11

Ainsi rêvait Lady Beckford de son amour perdu, vieille dame digne au bord de la mer. Elle avait rencontré le prince phantasme et ils s'étaient aimés. Est-ce que ce n'était pas un rêve ? Où était-il, André, désormais ? Dans les nuages, toujours les nuages. Tant de jours angoissants s'étaient succédé où chaque matin, à l'arrivée du courrier, un mal au ventre affreux la tenaillait lorsqu'elle apercevait une lettre portant un timbre de France. Elle n'avait plus jamais eu de nouvelles de lui.

Le temps avait passé, interminable, avant que n'éclate la Seconde Guerre. Alors, lasse et pressée d'en finir, poussée par la belle et impitoyable Sarah sa mère et par son père, elle avait fini par épouser son cher Alaistair, compagnon de jeux, délicieux et distingué en tous points, avec lequel elle s'entendait parfaitement. Leurs caractères se complétaient car ils aimaient vivre dans le désordre : les chevaux, les beaux-arts, la campagne et les livres précieux. Bien sûr, elle ne lui avait rien dit du déplorable incident de Bath ni d'une autre passion aussi soudaine que marquante. Mais Lord Beckford était de ces hommes qui n'ont jamais besoin de rien demander parce qu'ils se doutent toujours de tout. Lorsqu'ils se retrouvaient comme un frère et une sœur se chamaillant dans leur grand lit armorié, Alaistair savait que, malgré toute sa tendresse, elle ne parvenait jamais avec lui à la vraie joie. Il évita d'abord ce sujet comme tout autre qui aurait pu la froisser. C'était un être délicat et conduit par la plus extrême bonté.

Lady Beckford regardait souvent son cher Alaistair. Ils formaient un couple élégant et lorsqu'on les voyait arriver quelque part, élancés et superbes, on pouvait penser qu'ils étaient un de ces croquis rares et parfaits de la vie conjugale. Ils n'avaient pas d'enfants, mais les avaient remplacés par une meute de chiens racés aux regards implorants, humides de tendresse. Alaistair et Augusta passaient pour des modèles et leur sérénité convenue dégageait une impression de paix. Peu de gens résistaient à leur charme singulier. Toute sa vie, Lady Beckford tenta de préserver cette apparence qui, même mensongère, deviendrait, avec le temps, le gage d'un vrai bonheur.

Lady Beckford était satisfaite de son charmant mari. Parfois, elle s'octroyait le droit de revenir à son seul grand souvenir. Ainsi, pour la société, ils vécurent heureux dans leur propriété, au château de Fonhill, méditant et chassant et la Lady ne laissait rien voir de ses pensées. Parfois un piqueux, l'admirant debout près de son cheval dans la cour du château, mélancolique et fruitée à la fois, les seins réprimés par son spencer aux boutons noirs, osait suggérer qu'elle avait pu avoir — peut-être — un passé. Comment deviner qu'il avait été si bref et si violent à Bath, la plus élégante ville d'eaux de la West Country ?

Mais, quelques mois après la déclaration des hostilités en Europe, André était réapparu dans la chronique des exploits d'une chevalerie qui venait de naître. Il sentait des ailes d'archange lui pousser dans le dos et cela lui faisait mal, à ce centaure du ciel. Aviateur par plaisir, pilote volontaire, il avait pensé, dès l'annonce des événements, s'engager dans la chasse. Augusta l'imaginait, cabrant son avion dans des combats aériens obstinés et hasardeux. Elle entendait encore son rire d'enfant dans la victoire, au bal des maudits. Elle le voyait, réjoui après l'atterrissage, passant ses doigts dans les trous d'éclats que l'ennemi avait percés dans sa carlingue. C'était son enfance basque qui lui avait mis ces mauvaises idées dans la tête.

Elevé sur la plage d'Anglet, dans les sentiers de sable, près de la Villa Delphine, il avait précédé Georges Guynemer dont il était l'aîné et qu'il suivrait ensuite jusqu'au bout de sa dangereuse balade. Ils se retrouvèrent à la base aérienne de Pau, dans la graisse des moteurs comme mécaniciens, puis ils devinrent élèves pilotes. Bientôt on dirait d'eux « les As ». Ensemble, ils furent mutés à Vauciennes. Avec son avion, André s'amusait à frôler la toiture du château de ses parents, faisant des acrobaties ahurissantes au-dessus des douves et laissant tomber, avant de filer dans les nuages, des messages en papier pour ses chères petites sœurs. Guynemer s'amusait, le suivait, puis le dépassa. Idole de la France, poursuivi par les femmes, il pensera souvent, en leur échappant, à l'image de ces petites filles qui, en robes claires entre

92

toits d'ardoises et forêts vertes, levaient au ciel leurs paumes comme pour empêcher les avions de tomber !

André, parfois, est traversé par le souvenir brûlant de Bath. Au milieu des combats dans le feu qui éclate et la fumée des vaincus qui en piqué salissent la pureté du ciel, il voit le kiosque à musique du concert de Purcell. Peut-être un jour, une permission, à la fin de la guerre, lui permettra de revenir en Angleterre et un miracle lui donnera la joie de revoir Augusta. Depuis longtemps ses yeux verts n'abattent plus que des avions ennemis. Il est entré, ardent au bal des ardents, avec son amour fou pour l'Anglaise, sa boussole, son altimètre et son compte-tours. Maintenant il appartient à la Patrouille des Cigognes. Il finira dans les flammes, foudroyé en plein ciel. Et chaque fois qu'elle entend du Purcell, Lady Beckford revit sa passion.

CHAPITRE 12

Lorsqu'elle eut appris la mort du héros français par les journaux, Lady Beckford décida de se consacrer désormais à ses devoirs. Augusta aimait son mari et lui était reconnaissante de sa patiente tendresse. Aussi, pour lui exprimer son affection, s'était-elle lancée dans le « gardening », maladie commune chez « les ladies » atteintes de la même langueur qu'elle. Elle voulait offrir à son époux un paradis de tulipes et de jasmins, révolutionner la nature et donner au décor de sa vie le chatoiement voluptueux qui manquait à leur mariage : avec une équipe de jardiniers, elle entreprit, dans le parc de Fonhill, des travaux d'aménagement et de ter- rassement, dessinant elle-même des espaces « Roman- tic » tels qu'ils apparurent à l'aube du dix-huitième siècle en Angleterre.

Ce n'étaient que labyrinthes de verdure et surprises de rocaille, sentiers propices à la rêverie et pittoresques cours d'eau qui reliaient les bassins au lac. Lady Beck- ford ne vivait plus qu'un sécateur à la main. Elle ne parlait plus que de lauriers roses, mimosas, azalées, iris, mûriers, groseilliers.

Lord Beckford laissait son épouse s'épuiser à cette

occupation. Il passait, de temps en temps, avec son canotier, parmi ses charmilles en coupelles et ses massifs bombés. Il tâchait de garder tout son flegme et y parvenait sans trop d'effort. Ensemble, en fin d'après-midi, ils se reposaient sous une tonnelle en écoutant le bruit des jets d'eau.

Leur vie était belle, triste et vide. Les cerfs en liberté et les biches au regard tendre leur étaient comme un perpétuel reproche. Cela rendait Alaistair fou de mélancolie. Il se réfugiait dans la salle des armures. Bien souvent, il pensa dans cette galerie d'ancêtres à se donner la mort. Il sortait de moins en moins et avait des idées sombres.

Lady Beckford s'étonnait qu'il n'ait même pas réagi lorsque, sans l'en avoir avisé, elle avait fait pousser de la vigne vierge sur l'aile de style « New Renaissance » qu'il venait de faire bâtir. Il adorait ce qui était fabriqué, restauré, inventé en matière de maison et d'histoire. Il descendait de l'un des personnages les plus singuliers de l'Histoire de l'Angleterre. Le fameux auteur de *Vathek,* livre licencieux qui l'avait fait bannir. Beckford, son ancêtre, aimait aussi les choses truquées, les faux noms sur les vrais livres, les pseudonymes, les mauvaises réputations, les bruits qui courent et les rumeurs d'orgies. Cela lui avait coûté cher. Trahi, abandonné, ruiné, il avait tout perdu ; sa vie, sa fortune, sa réputation, son amour pour le jeune Lord Courtenay, son voisin, un enfant de treize ans dont il attendait tout.

Mais le visage de Beckford demeurait sans blessures sur le beau tableau peint par Romney, dans l'entrée du château. Il avait, pour l'éternité, cette simplicité dans le vêtement et cette désinvolture dans le maintien.

L'enfant prodigue avait sombré dans le martyre dangereux des esthètes lorsqu'ils sont anglais. A trois ans, il savait le français, à cinq ans, il prenait des leçons de musique avec Mozart alors en tournée à Londres. A treize ans, il analysait l'essai de Locke sur l'entendement. Aussi, son avenir était bouché. Il allait finir mal. Sa crise tardive d'adolescence, il la passa à Paris pendant la Révolution française. Il était l'ami de Marat et du marquis de Sade, alors secrétaire de la Section des piques. Tandis que la guillotine découpait les destins en rondelles, Beckford faisait passer des tableaux de France en Angleterre. Il festoyait avec les furieux de la Terreur. On pensait même qu'il leur apprenait à vivre.

Rentré en Angleterre, en son abbaye de Fonhill, à Landsow, non loin de Bath, il se compliqua énormément la vie avec sa cousine Kitty et fit construire, en 1800, une tour élevée qui s'écroula presque aussitôt. Son dernier descendant, le mari de la Lady, trouva très drôle de la faire rebâtir. Il ne cessait de la restaurer. Elle ne cessait de tomber. Cela lui plaisait. Beckford se déchaînait dans sa vraie passion du faux. Il passait son temps à certifier authentique de la pure brocante, il allait le plus souvent jusqu'au procès. Il devenait maniaque et procédurier et accumulait chez lui des objets sans valeur. Ses lubies, sa nervosité, ses caprices coûteux inquiétaient sa femme. Elle tentait de le calmer, de l'adoucir, de l'aimer. Un nouvel échec dans leur grand lit carré lui fut fatal. C'est alors qu'il devint fou.

Cette fois, il avait trouvé sa voie ; une nouvelle passion allait le détruire. Il raconta à Augusta qu'il avait eu une révélation. Il était la réincarnation de Walter

Scott et devait racheter tout ce qui avait appartenu à l'illustre écrivain. Son admiration sans bornes pour ce boiteux qui avait épousé une Française avait encore augmenté quand il avait su qu'à l'âge de quinze ans Scott avait appris l'italien pour lire *La Divine Comédie* de Dante.

Lady Beckford aimait les romans de Walter Scott, mais redoutait l'agitation qui avait saisi son mari. Augusta prit peur. Walter Scott était, comme lui, un délirant baroque. Avec ses fabuleux droits d'auteur, il avait décidé de vivre à la mesure de ses romans. Il avait quitté sa petite maison donnant sur la Tweed, une jolie rivière dans un paysage de bruyères, pour se faire construire un vrai château complètement faux.

Il fallut, bien entendu, aller d'abord visiter le château d'Abbotsford, surchargé de souvenirs. Puis il y eut une période d'accalmie ; l'hiver était venu et Alaistair se taisait. En fait, il pensait à son nouveau plan. Il se retirait des journées entières dans sa bibliothèque, relisant inlassablement *Ivanhoé, La Dame du lac,* et *Rob Roy* et, le soir au souper, il répétait à sa pauvre compagne que le roi George IV avait fait Walter Scott baronet comme si ce titre justifiait sa folie à lui.

Afin de mesurer le désarroi de son épouse — car il lui arrivait de jouer de sa démence — il lui raconta qu'il allait faire construire la copie du faux château de Walter Scott dans son parc. Il se lança dans une description où le nouveau bâtiment, inspiré du Moyen Age, s'élancerait dans un cadre majestueux entouré d'immenses saules pleureurs. Des cèdres magnifiques et de ravissants magnolias compléteraient cet ensemble nostalgique. Augusta pourrait s'en occuper. Mais le ton de sa voix sonnait faux et il avait les yeux fixes. Alors que, dans un accès nerveux, elle s'était mise à pleurer, il l'embrassa et la consola avec la tendresse d'antan.

Ils étaient restés une heure dans les bras l'un de l'autre comme des enfants apeurés. Il lui avait promis que tout allait redevenir normal.

Le printemps était venu et tout semblait apaisé. Les fleurs des parterres donnaient le signal. La nature avait pardonné le péché de Bath. Bientôt, quand viendrait le mois de juillet, ils pourraient voir fleurir l'étonnant rhododendron *Polar Bear,* un arbre aux fleurs blanches fortement parfumées. Ils recommencèrent à aller aux courses, à fréquenter les parties sur les pelouses des châteaux voisins. Ils se tenaient par la main et découvraient ensemble, dans des parcs inconnus, des allées bordées de *lenenius* aux teintes de feu.

Un beau matin, devant un massif de roses, ils étaient tombés sur un cadran solaire à la pierre moussue par le temps. L'inscription qui y était gravée les avait encouragés à vivre : « Que d'autres racontent les heures d'ombre, les heures de soleil, je les dénombre. » Lady Beckford en avait fait sa devise.

En rentrant à Fonhill son mari lui fit découvrir les plans de John Tradescant, le jardinier du roi Charles Ier, et elle crut qu'il était guéri. Bien sûr, Lord Beckford n'avait pas perdu l'habitude de s'enfermer chaque jour à clef dans la bibliothèque. Mais n'était-ce pas normal pour un érudit ?

Lorsque des visiteurs, qui ne s'étaient pas annoncés, arrivaient le matin au château de Fonhill, ils pouvaient saisir le spectacle enchanteur d'un homme et d'une femme cueillant dans la roseraie, en contrebas des murailles, des roses rouges et tenant leurs sécateurs dans des gants de satin.

Un jour qu'elle avait invité quelques amis à déjeuner, par un temps splendide, Lord Beckford demanda que la table soit mise dehors sur la terrasse. Mais pendant le repas, Alaistair tenait sur ses genoux un étui de cuir et il en avait extrait une imposante paire de jumelles de marine dont il se servait, chaque fois qu'il parlait à l'un de ses convives, pour l'observer. Tandis qu'il le questionnait ou écoutait ses propos alors qu'ils étaient à table, il réglait la vision de ses jumelles en les fixant sur lui comme s'il était à trois kilomètres. La Lady tenta de faire croire à une plaisanterie mais les invités avaient déjà compris.

Au dessert, Lord Beckford disparut. Il revint avec, sous le bras, un immense rouleau de papier, le plan du faux château qu'il allait faire construire dans le parc. Ainsi, remarqua-t-il, sa femme et lui pourraient habiter dans des demeures face à face, elle au château de Fonhill et lui à quelques mètres au château d'Abbotsford transplanté. Ce serait amusant, n'est-ce pas, de se faire signe aux fenêtres avec des mouchoirs de batiste blanche ?

Il allait le bâtir, ici même, avec ses murailles crénelées, percées de meurtrières, ses embellissements médiévaux et, comme suprême ornement sur ses remparts, les authentiques boulets de canon utilisés au siège de Roxburgh. Lord Beckford jubilait devant ses amis atterrés. Il devenait de plus en plus fébrile. Il s'exaltait. Il défia même le fantôme de Walter.

Lui, Beckford, ne doutait pas de voir le château sur

la pelouse, d'ici à cinq ans à peine. Cette certitude avait apporté un peu de sérénité à son monologue. Aussi, est-ce avec le charme inimitable, qu'on lui connaissait jadis, et cette courtoisie seigneuriale, presque enfantine, qu'il fit l'inventaire de ses rêves : des reliques de Waterloo qu'il avait commandées à un ferronnier de Bath, des cheminées de granit qui respectaient la rugosité de la pierre d'origine et, parmi les trompe-l'œil à n'en plus finir, les chausse-trappes pour historiens gogos et les cabinets italiens à tiroirs secrets, mille autres objets faux, témoignages saisissants de l'imposture de l'art. Il ne lui manquerait peut-être que deux pièces, les plus rares. Elles étaient exposées au vrai château d'Abbotsford chez Walter Scott. Qu'importe s'il ne pouvait les acquérir à prix d'or, il irait jusqu'à les voler ! C'était une gourde de chasse ayant appartenu à Jacques II et une urne d'argent offerte par Byron. Indignés, les invités avaient quitté la table.

Le fou et sa femme les voyaient dévaler les monticules de gazon et s'égailler comme des oiseaux de mauvais augure.

Ce soir-là, Lady Beckford alla prier dans la chapelle. Lorsqu'elle rentra, il faisait nuit. Le château de Fonhill était sinistre dans la pénombre avec sa tour, distincte du corps de bâtiment solitaire et maléfique, qui avait déjà tant vu de malheurs et de crimes. Rassurée par l'éclat blanc de la lumière qui émanait des fenêtres à meneaux de leur chambre à coucher, elle courut dans l'escalier pour rejoindre Alaistair. Lorsqu'elle eut poussé la porte, à la hauteur de son visage, il n'y avait que ses genoux nus. L'homme privé d'amour s'était pendu au sommet de la haute armature de leur monumental lit à baldaquin. Il était mort étranglé, dans une

100

érection formidable, après une vie de souffrance cachée et de démence ouverte.

Ainsi avait fini le dernier des Beckford dont l'ancêtre avait fasciné à la fois Edgar Poe et Charles Baudelaire. Son décès, le 21 décembre 1932, survenait un siècle, jour pour jour, après celui de Walter Scott dont il se croyait la réincarnation. Mort ruiné après avoir remboursé toutes ses dettes, l'écrivain avait, à la fin de ses jours, l'esprit dérangé. Agonisant dans son faux château d'Abbotsford, il se croyait à Venise et réclamait qu'on lui montrât une dernière fois le pont des Soupirs.

Lady Beckford demeura encore quelque temps au château de Fonhill. Elle vivait entourée de ses chiens et donnait à manger à ses « corgis » dans des gamelles en argent. On commença à craindre pour sa raison. On avait peur qu'elle se mît à aboyer comme l'avait fait une de ses vieilles tantes devenue folle. Elle prit elle-même la sage décision de se retirer après cette tragédie dans une maison de retraite. Elle avait choisi Brighton.

DEUXIÈME PARTIE

> Les parents ont de ces caprices cruels...
>
> Valery LARBAUD.

> Enfant, ô folie, je reçus le costume d'un mélancolique vieillard.
>
> Soeren KIERKEGAARD.

> L'enfance, cette préhistoire oubliée de la vie.
>
> Charles DICKENS.

> Les vieillards, ces enfants sans avenir.
>
> Paul MORAND.

CHAPITRE 13

Le concert venait à peine de s'achever et après que les applaudissements, comme les crépitements de la pluie, eurent décliné, on n'entendit plus dans le lointain que la voix précieuse du commentateur qui insistait sur la qualité des chœurs pendant l'interprétation de Purcell, durant toute cette soirée. Lady Beckford se retrouvait dehors, vieille dame sous la pluie, devant les flots, tandis que j'étais sorti pour aller la chercher au bout du jardin. Je la tirais par la main pour la ramener au salon où somnolaient les vieillards. C'est la porte-fenêtre, légèrement ouverte dans un halo jaune, qui guidait nos pas. Je traînais la Lady avec difficulté vers ce refuge. Elle se laissait faire avec son air hagard et sa robe trempée. J'éprouvais une immense compassion pour cette pauvre femme égarée

Le bruit de la mer s'était atténué à mesure que nous approchions de la maison. Nous percevions mieux maintenant la voix agaçante du speaker qui venait de prononcer une expression latine : *Verse anthem* et puis il y eut cette bribe de phrase, détachée dans la nuit, « un genre assez semblable à la cantate », qui me frappa parce qu'il était isolé, dans ce moment de silence insolite, dans la tempête. C'est à cet instant précis, sur le mot « cantate » que se produisit un incident fantasmagorique.

Au-dessus de nous au dernier étage du bâtiment où l'on parquait les déments, les volets d'une fenêtre s'ouvrirent brusquement, claquant avec violence contre la façade. Un homme échevelé apparut à la fenêtre, en manches de chemise. Il tenait une baguette à la main et avait les yeux révulsés. Puis, avec un calme et une autorité extraordinaires, il se mit à faire des gestes lents qui devenaient de plus en plus déliés, subissant dans une géométrie variable des impulsions successives. L'homme bougeant ses grands bras semblait maintenant ordonner à la mer des mouvements harmonieux. On aurait dit qu'il voulait dompter le rythme des vagues.

Il avait les yeux levés au ciel comme transportés par une musique intérieure et ses mèches, encore belles, imitaient la frise écumeuse de la surface des flots. Ce n'était plus la mer qu'il dirigeait, c'était cette musique qu'il avait servie toute sa vie, qu'il ne pouvait plus entendre et qui le hantait toujours. La mer, immense, lui répondait comme si c'était son propre orchestre. Il avait su que la radio diffusait ce soir-là un concert. Et il le dirigeait de sa fenêtre. Sa physionomie était animée d'une symphonie intérieure. Ses paupières étaient closes. Tout bougeait à partir de son cou. Ses épaules, ses bras ouverts, ses belles mains ordonnaient un ballet de mouettes. On le sentait emporté par quelque chose de plus grand que lui. Soudain, il se figea. C'était la fin du mouvement. Il attendait les réactions de la salle, les mains posées sur le pupitre qu'était le rebord de sa fenêtre. Les applaudissements ne se firent pas attendre. Un triomphe venu du fracas des vagues. Lady

Beckford et moi-même, la tête levée vers la fenêtre de l'étage où l'on avait cantonné les plus atteints, nous recevions des gouttes de pluie sur les yeux, le front, mais nous ne pouvions nous arracher au spectacle que nous donnait le vieux chef d'orchestre, oublié, devenu sourd, mais qui avait cru diriger la mer.

« Ne t'inquiète pas, ce n'est qu'un brave fou », me chuchota Lady Beckford. Mais, dans ma main, je sentis que tremblait affreusement celle de la Lady.

Au salon, il ne restait presque plus personne. Minuit avait sonné. Seul le Grand Will attendait Lady Beckford avec le Brigadier général. Ils se levèrent quand nous entrâmes. Ils étaient demeurés impassibles, en vrais gentlemen. Je crois qu'ils furent touchés de voir qu'elle, toujours impeccable, était pour une fois dévastée, décoiffée, si émouvante. Ces hommes âgés qui avaient tant vécu et tant souffert n'avaient pas besoin de la questionner pour deviner qu'en sortant tout à l'heure, Lady Beckford était allée faire son petit voyage dans le passé. Mais il ne fallait pas que cela recommençât. Il ne le fallait plus.

On revenait forcément abîmé de ce genre d'excursion. Ils en avaient l'expérience. Ils étaient de vieux éléphants fatigués que la vie avait trompés énormément et, se dirigeant vers leur cimetière, ils souffraient que la vieillesse gardât une si prodigieuse mémoire de ce qu'avait été leur jeunesse. J'avais en effet remarqué, chez mes compagnons de réclusion, qu'ils oubliaient toujours ce qui s'était passé la veille ou quelques semaines auparavant tandis qu'ils conservaient un souvenir extrêmement précis des jours heureux de leur adolescence ou des moments bénis de leur maturité d'adulte.

Les deux hommes debout et la Lady, qui s'était à demi étendue dans un sofa pour se reposer et reprendre ses esprits, entamèrent alors une conversation. Cet échange de propos avait un but : finir la soirée comme ils avaient voulu la commencer, dans une illusion de mondanité réussie. Le Grand Will, toujours macabre, rapporta que le compositeur avait écrit pour une commande funèbre qu'on lui avait faite, mais, quelques mois plus tard, c'est à son propre enterrement qu'elle avait été chantée. Cette ironie du sort semblait réjouir extrêmement notre vieux shakespearien. Il souriait aux anges en rappelant ce fait. Sans doute, le poète, décati et maudit, que sa gloire passée avait déçu, espérait-il que la fatalité du destin lui offrirait au moins les privilèges de l'art et qu'on lirait l'un de ses sonnets, le jour de sa mise en terre sur sa propre tombe. Le Brigadier général releva qu'on avait découvert un manuscrit inédit de Purcell, conservé à Oriel College, à Oxford, et qu'il avait lu dans le programme de la BBC qu'il serait prochainement orchestré. Sur ces propos et ces bavardages inconsistants, qui rassuraient tout le monde, mais n'engageaient à rien d'autre qu'à se considérer comme de perpétuels vivants, les vieillards se séparèrent, enchantés. Il se faisait tard.

Je raccompagnai Lady Beckford jusqu'à la porte de sa chambre. Je lui baisai la main en m'inclinant dans ma robe de chambre rouge comme j'avais vu le Grand Will le faire et retournai dans le couloir cheminant vers le dortoir des hommes. J'avais à peine fait quelques pas que j'entendis la plainte indignée, stupéfaite et douloureuse que m'adressait Lady Beckford : « Comment, André, vous ne restez pas ? »

CHAPITRE 14

Le lendemain, la journée fut grise et longue à périr...
J'attendais que la nuit tombât. J'aimais cette heure du
soir où tout semblait tranquille dans l'asile. Les couloirs étaient vides, les dortoirs encore bien rangés. La
lumière électrique donnait aux pièces un air civilisé,
et les vieillards devenaient sages en attendant l'heure
de la soupe. Il y avait ainsi un moment de grande paix
entre l'heure du thé et celle du dîner qui était servi
tôt. Souvent, je rendais une visite à Lady Beckford qui
était la seule dans l'asile à posséder sa suite. Elle me
recevait sans façon et nous passions ensemble des instants insignifiants et doux qui me rassuraient. Je prenais plaisir à l'interroger sur les objets qu'elle avait
accumulés. Elle possédait dans un long coffret des
cannes à pêche merveilleuses. Elle était propriétaire
d'une paire de jumelles qu'elle rangeait à côté de son
pot de chambre dans la table de nuit. Elle avait une
collection de flacons de parfums impressionnante et
chacun correspondait à une anecdote personnelle. Elle
possédait encore un ravissant étui à ciseaux vert et or.
On disait même que la Lady cachait un revolver
quelque part. J'en étais resté à un superbe coupe-papier

armorié et je rêvais qu'elle me l'offre pour m'en faire un poignard.

De son château de Fonhill, Lady Beckford avait rapporté quelques toiles, du mobilier, des cadres d'argent entourant des photos en noir et blanc, de belles couvertures de lit et l'insolite gantelet d'une armure médiévale. A fouiller dans ce bric-à-brac, j'éprouvais un immense bonheur. Cela retardait le moment affreux où il me faudrait descendre au réfectoire pour dîner en compagnie des vieillards. Avec la lumière du jour, le déjeuner passait sans trop de désagrément mais le dîner était un spectacle sinistre qui me replongeait dans mes frayeurs. L'approche de la nuit faisait ressortir toutes mes angoisses les plus sombres et je me sentais sans défense près de Somerset le marin qui ne manquait pas de se moquer de moi, lorsque, le soir au dortoir, la sœur m'aidait à me déshabiller avant que j'enfile mon pyjama. A ce moment-là, ma pudeur était violée par les propos graveleux de Somerset qui s'en donnait à cœur joie. Même si je ne comprenais pas grand-chose à ses paroles, je me sentais gêné par les regards et les sarcasmes de ce voisin vicieux. Mais cette épreuve était réservée à l'après-dîner. Pour l'instant, j'étais bien et Lady Beckford me tenait lieu de famille.

La belle lampe de chevet qui éclairait son lit diffusait une lumière douce sur ses souvenirs entassés, ses bibelots baroques et sa robe de nuit, aux dentelles ouvragées, qui ressemblait à une robe de mariée. Sa coiffure rappelait un peu la sombre tour du château de Fonhill par temps d'orage.

Lady Beckford ne bougeait pas et j'examinais en silence ses longues mains posées sur le drap comme des poissons morts rejetés sur la plage. Elle avait fait installer le lit conjugal à baldaquin du château de Fonhill et, depuis le décès de son mari, elle faisait en sorte de reconstituer sa silhouette à côté d'elle, en entassant les journaux, auxquels il s'était abonné, qui continuaient de lui arriver et qu'elle ne décachetait pas. Quand la silhouette du mari, en papier journal, prenait tellement de volume qu'elle risquait de masquer la vue qu'avait la Lady sur le rebord de la fenêtre, elle me disait, gentiment : « Arthur, veux-tu aider Alaistair à prendre un peu moins de place, s'il te plaît ? » Je jetais alors quelques journaux dans la corbeille à papiers et tout rentrait dans l'ordre. Il y avait aussi la veste du mari qui était sur le dos de la chaise du petit bureau où j'avais le droit de m'asseoir pour dessiner avec les crayons de maquillage de la Lady. Cette mise en scène montrait l'estime qu'elle avait gardée pour son « bon ami », lui qui n'était jamais venu à Brighton que pour assister aux courses de chevaux.

Lady Beckford possédait aussi un réchaud et parfois elle offrait une tasse de thé à son visiteur. Quand elle mettait son châle rose en laine tricotée sur ses épaules et se redressait dans son lit, cela voulait dire qu'elle avait envie d'égrener ses souvenirs, de tenir salon. Alors, je tendais l'oreille car les histoires de la Lady se révélaient toujours insolites et hautes en couleur. Sa lucidité était blessante, sa verve surréaliste, son inspiration surprenante. Mais quand je m'approchais d'elle pour l'écouter, j'attendais aussi de sa part un peu de tendresse maternelle. Peut-être allait-elle me caresser les cheveux, effleurer ma joue ou tracer sur mon front avec son pouce une croix comme le faisait maman le soir après la prière. Certains soirs, j'aurais voulu sangloter dans ses bras car elle était un peu comme cette grand-mère que je n'avais pas connue.

Hélas ! Lady Beckford était glaciale ; les horreurs de la vie l'avaient éloignée de tout apitoiement. Le laisser-aller sentimental était, pour elle, la pire des choses. C'était une illusion de croire qu'elle aurait pu être tendre. Elle était cependant très gentille avec moi quand j'étais contrarié et, au bord des larmes, elle me disait avec un peu de raideur :

— Tu ne vas tout de même pas pleurer comme Winston !

Elle faisait allusion à son compagnon d'enfance, Winston Churchill, né le même jour qu'elle et avec qui elle avait passé plusieurs étés au château de Blenheim, le fief des ducs de Marlborough.

— Il faisait comme toi, Winston. Il pleurnichait tout le temps. Il était amoureux de sa mère, une Américaine égoïste, qui ne le regardait pas. Pensionnaire, ici à Brighton, au collège, il avait créé une pièce de théâtre avec ses camarades. Pauvre naïf, il croyait que l'Américaine allait venir le voir jouer ! Il lui écrivait des lettres de reproches. Il la suppliait. Elle ne vint jamais. Et Winston pleurnichait. Il pleurait tellement qu'on l'avait surnommé « Cry Baby ». Avec les femmes, ne l'oublie pas, Arthur, il ne faut jamais pleurer.

Ce soir-là, c'est l'histoire de Mary Stuart que Lady Beckford eut envie de me raconter. « Elle était somptueuse, tu sais, la petite Mary, avec l'ovale délicat de son visage, son regard plein de mystère à l'éclat voilé. Sa voix était ravissante quand elle chantait et s'accompagnait au luth. Brantôme parlait de la neige de son visage et n'était-ce pas Ronsard lui-même qui célébrait "l'or de sa chevelure bouclée et tressée" ? » Tandis qu'elle racontait, la Lady tira de son sac un petit livre relié de cuir bleu et frappé d'une fleur de lys, elle en tournait les pages en papier bible comme si c'était un missel.

— Revenons en arrière pour savoir qui était Mary. C'était la fille de Marie de Lorraine, la sœur du duc de Guise, le balafré, qui mena la vie dure aux Valois et à Catherine de Médicis et que finalement Henri II fit assassiner à Blois. A neuf mois, elle fut couronnée reine des Ecossais, mais une lourde hérédité pesait sur les épaules de cette petite. Fille d'Henri VII d'Angleterre, c'était donc la nièce d'Henri VIII, notre Barbe Bleue, est-ce que tu m'écoutes, tu te rends compte Arthur ?

Il n'y avait pas de grand homme pour Lady Beckford. Le seul héros qu'elle avait connu s'était envolé. Alaistair, son mari, était fou et faible, quant à Winston, il avait pleurniché jusqu'à ce qu'il fasse la guerre des Boers. Elle disait du Grand Will qu'il était un distrait et de Somerset le marin, un imposteur. Il fallait voir avec quel mépris elle accueillait les compliments mielleux d'Oscar le cuisinier qui l'admirait follement. « Ça, c'est une grande dame », disait-il, en lui portant son dîner au lit. Il vouait à la Lady la passion du conservateur pour le monument historique. Ayant eu l'habitude des domestiques, elle le traitait comme tel. Lui aussi avait accès à son bric-à-brac. Son instinct d'antiquaire mondain reprenait du poil de la bête. Dans la pièce, il se sentait chez lui, remettant les objets à leur place, époussetant les meubles en grommelant les noms de leurs ébénistes célèbres. Mais la visite du cuisinier annonçait la fin de ma parenthèse de bonheur. J'allais devoir quitter la chambre sans que ma soif de tendresse ait été apaisée. L'heure horrible du dîner approchait. Je craignais l'instant où sonnerait la cloche, signal sans pitié de la fin de cette intimité préservée où je jouais, auprès de la vieille dame excentrique, le rôle de son petit mari.

Mais avant que je ne quitte la pièce, la grande dame me lança un regard mauve :

— Je sais que tu te fais monter la tête par le Grand Will en ce moment. Je ne sais pas ce qu'il te raconte mais tu files un mauvais coton. Ce n'est pourtant pas un exemple. Regarde où cela l'a mené.

Et dans un geste théâtral, elle désigna le mur :

— Je ne veux pas que tu finisses comme un artiste.

La gravure de Hogarth était des plus éloquente. Elle représentait un poète mourant dans un grenier. L'image était convaincante. Du moins dans l'esprit de la Lady pour qui la pauvreté était une tare. Pour elle, tous les poètes finissaient dans la misère, la perversion ou en prison. D'ailleurs, il suffisait de se souvenir de la chute d'Oscar Wilde. Ou même d'observer le Grand Will, pour mesurer l'étendue du désastre.

CHAPITRE 15

Le lendemain, comme il pleuvait, j'allai me réfugier, de nouveau, chez Lady Beckford. Visiblement, elle avait envie de me parler.

— Connais-tu l'histoire de Mary Sanglante ?

— Non, lui répondis-je, un peu alarmé par la fixité de son regard.

— Ah bon ! reprit Lady Beckford, comme soulagée.

Mes yeux s'agrandirent. Tout à coup, je pris peur. Au-dehors, après l'averse, le ciel était beau, le couchant couleur de miel se confondait avec l'horizon mauve, la mer était étale, silencieuse. Mais Lady Beckford était agitée. Je ne l'avais jamais vue ainsi. « Elle avait de si longs cils, si tu savais », avait chuchoté la Lady. « Qui, Mary Sanglante ? » questionnais-je, car je sentais qu'elle voulait se confier. En effet, elle était repartie dans ses songes et commença de la sorte : « Je ne devrais pas te raconter cela. Ce n'est pas une histoire pour un petit garçon. Mais, quand j'étais petite, ma meilleure amie s'appelait Mary Sanglante. J'étais fascinée par sa peau très pâle et, quand elle baissait les yeux, j'admirais ses cils immenses. » Elle ajouta, énigmatique : « Si tu savais... » Je compris qu'elle me parlait comme à un homme, comme si j'étais déjà grand.

Lady Beckford était étendue sur son sofa de velours fané. De profil, elle ressemblait à un oiseau épuisé. Seules ses narines vibraient intensément et toujours, à son nez, cette goutte, hélas, seul défaut à son élégance. Elle poursuivit son récit. Oui, elle avait une très belle amie qui s'appelait Mary. Ombrageuse et racée, orgueilleuse et folle, tyrannique et délicieuse. Toutes les autres filles en étaient amoureuses.

Et puis le temps passa et vint l'époque des bals et des jeunes gens. Mary n'avait plus le même succès auprès des garçons. Dans sa robe, elle restait des heures au balcon à regarder la lune sans répondre lorsqu'on l'invitait à danser. Elle faisait peur aux garçons, trop insolente, indifférente et méchante. On commença à raconter de drôles d'histoires sur elle et sur son père. Ils voyageaient ensemble en Europe et longtemps on ne les vit plus à Londres. Puis, la guerre éclata, Mary était alors en Italie. Elle devint infirmière. Elle s'engagea aussitôt sur un bateau-hôpital. En disant ces derniers mots, Lady Beckford s'était retournée vers moi et me scrutait, comme effrayée. Que voulait-elle donc me dire ? Avait-elle des choses si importantes à me révéler ? Après tout, elle me traitait comme son compagnon et elle savait qu'un jour je serais vraiment grand. Elle voulait vraiment parler. Elle m'examina de nouveau et eut l'air satisfaite. Je me tenais assis droit sur ma chaise. Elle m'avait appris le calme et la patience. J'étais prêt à tout entendre. Elle se racla la gorge et me dit :

— Il faut que tu saches que j'ai toujours trouvé Mary un peu étrange.

116

J'étais aux aguets. Surtout, ne pas bouger !

— Tu ne peux pas comprendre, ajouta Lady Beckford, soudain sereine.

Je ne pouvais pas comprendre et c'est sans doute pourquoi elle pouvait me dire la vérité. Elle souriait dans le vague. Comme elle l'avait aimée, Mary Sanglante !

« Quand la guerre éclata, Mary m'écrivait tous les jours. Sur le bateau-hôpital, elle soignait les blessés. Des blessures horribles, invraisemblables, qu'elle me dépeignait avec les couleurs violentes des entrailles comme des tableaux de maître. Elle était la plus courageuse. Cela étonnait les médecins. Elle se portait toujours volontaire pour assurer les gardes de nuit. Toujours. Dès qu'une collègue était malade ou fatiguée, elle se proposait pour la remplacer. Elle faisait son devoir avec des yeux brillants de fièvre. Son visage était devenu plus anguleux, mais son regard noir restait calme. Même les jours de joie où l'on célébrait une guérison ou une bataille gagnée, elle restait seule, seule et souveraine parmi les blessés gémissants. »

— Mais que faisait-elle donc ? dit soudain en criant Lady Beckford.

Gêné par son trouble, je tournai la tête vers la mer. Au loin, il y avait la silhouette d'un homme, avec sa thermos, assis sur les galets à contempler l'infini. Depuis plusieurs jours déjà, je le voyais rôder autour de l'asile et, en moi-même, je l'avais surnommé « le fou de la plage ». Parfois, l'inconnu se retournait et, de la plage, fixait l'une ou l'autre des fenêtres de l'asile. Mais, à ce moment-là, je détournais les yeux car cette présence insistante m'inquiétait. Puis mon regard revint se poser sur Lady Beckford. Quelques gouttes de sueur perlaient sur son front mais elle gardait son air altier. La journée était presque achevée. Dans quelques instants, la cloche du dîner allait sonner. Je pourrais descendre au réfectoire. Et pour une fois, le réfectoire me rassurait, alors que la Lady m'inquiétait de plus en plus.

Elle poursuivit : « Le personnel du bateau-hôpital s'était bien rendu compte du comportement bizarre de Mary. Dès qu'un grand blessé entrait dans la salle, elle avait ce regard magnétique. Si un chariot passait avec un corps mutilé, un jeune homme gémissant, un héros déchiqueté, elle le fixait avec une sorte de sauvagerie. De quelle patience d'ange témoignait-elle cependant pour ôter les morceaux de pansements, imprégnés de sang séché et collés aux blessures ! Quelle précision aussi ! Parfois ceux qu'elle soignait comprenaient tout. Dans leurs yeux se lisait une peur indicible. Ils avaient deviné Mary Sanglante. Ils savaient qu'elle ne se nourrissait plus de rations ou de l'air du pont mais qu'elle se repaissait de blessures, qu'un bonheur ignoble la troublait au fond d'elle-même devant les membres disloqués, les poitrines crevées, les nez arrachés par les éclats d'obus, les fronts perforés de ceux qui pourtant rêvaient, quelques instants après l'assaut, d'être enfin ramenés sur les lignes arrière. »

Lady Beckford prit un temps avant d'achever :
— La nuit où le médecin-chef la surprit, fouillant les entrailles d'un blessé qui râlait, les mains ensanglantées jusqu'aux poignets, le visage extatique, les doigts engagés dans les cratères de la peau, sous la lumière bleue de la veilleuse du couloir, il comprit

qu'elle n'avait qu'une passion : caresser les plaies, arracher les pansements, torturer doucement les mutilés. Sans plus attendre, il l'arracha à sa victime. Elle était comme une somnambule. On la ramena à Londres. On étouffa l'affaire. Mais il fallut l'enfermer.

La cloche de l'asile sonna, annonçant le dîner, comme une délivrance. Avant de s'assoupir, Lady Beckford eut le temps d'ajouter : « Elle avait de si longs cils, tu comprends ? » Alors, je remontai ses draps sur ses épaules puis je mis de l'ordre dans ses cheveux. Et pour la première fois, le plus naturellement du monde, je me penchai sur elle pour l'embrasser. Je ne savais plus si elle me faisait peur ou si elle m'inspirait de la pitié.

CHAPITRE 16

Durant le dîner, je fus incapable de prononcer le moindre mot. Celle qui jusqu'à présent faisait figure de grand-mère rassurante venait de m'imposer l'épreuve de sa folie. Je me sentais plus seul que jamais. Qui allait, désormais, me protéger ?

Agité par ces réflexions, j'étais assis à la table du Grand Will qui ne m'avait pas quitté des yeux. Je savais qu'il n'était pas le plus fort mais je mesurais sa supériorité : son esprit de haut vol dominait tous les autres. Il avait le détachement et la générosité d'un grand seigneur.

Et puis subsistait en lui quelque chose d'incroyablement vivant tandis que les autres pensionnaires non seulement semblaient s'être enterrés mais en outre se plaignaient avec mesquinerie de l'étroitesse de leurs cercueils. Ecœuré par l'odeur de la mort, je choisis de respirer le grand large de la poésie. Le Grand Will était pour moi un symbole de liberté. En plus, j'aimais bien qu'il ait l'air d'être le plus fêlé de tous les pensionnaires. Ça, c'était amusant. J'aimais sa folie douce comme une preuve de sa tendresse mais je savais aussi qu'il passait son temps à lire et à écrire. Tandis que les autres pensionnaires se regardaient décliner, le Grand Will, chenu parmi les chenus, était comme un arbre vert. Il ressemblait à ces figures de la peinture de Greuze où la vieillesse triomphe de l'usure. A nous deux, nous incarnions les deux âges extrêmes de la vie : l'enfant et le vieillard, également exclus du monde des adultes. S'il me voyait l'air triste, il me prenait la main pour me faire entrer dans l'alchimie de ses secrets.

Certains soirs, avant le dîner, il me conduisait, au bas de l'escalier ciré, devant un tableau austère qui était la fierté de l'asile. C'était une toile de Paul Gerson datant de 1901. Elle représentait une jeune fille pauvre qui lisait la Bible à ses parents. Au regard respectueux que le père lui portait, on comprenait qu'il ne savait sans doute pas lire. Son œil admiratif me faisait assez peur. La mère, qui filait la laine, fixait le plafond, insensible à la science de sa fille, rêvant à l'avenir amoureux que son éducation pourrait lui assurer. Le père, dans cette affaire, ne savait quelle attitude adopter. Et, moi-même, je ne savais pas comment interpréter cette toile. Mais le Grand Will appréciait la simplicité de la scène. Respect et piété. Don du savoir et noblesse de l'ignorance. Tout cela nous ressemblait, un peu, à lui et à moi.

Le Grand Will me rassurait et puis je l'avais choisi. Il était l'être que j'aimais. Mon père, mon enfant, mon grand frère. Nous étions tous les deux d'un âge innocent et nous voulions ignorer le passage du temps, l'humiliation de vieillir et l'enfance exilée.

Au lieu d'être en fin de parcours, le Grand Will se retrouvait avec moi, à l'orée de la forêt. Il pouvait enfin m'enseigner ce qu'il avait éprouvé plutôt que de laisser filer ce qui l'avait maintenu en vie. Parce qu'un enfant guettait ses moindres réactions, il avait soudain toutes les raisons de ne pas céder au grand naufrage. J'étais arrivé au bon moment quand le poète égaré allait tout lâcher. Il avait fallu du temps pour que le Grand Will, tel un vieux roi, me considère comme son page. Désormais, un pacte était scellé entre nous.

Il savait que la vie faisait bien des tours d'horloge, avant de sonner l'heure, et il s'émerveillait de pouvoir léguer les biens de sa chasse au trésor à un être inattendu et jeune. Il allait transmettre, à l'enfant que j'étais, ses leçons de vie. Le Grand Will, fortifié par cette mission nouvelle, voyait de nouveau sa vie en perspective. Le gâchis somptueux de ses jours et de ses nuits, les hasards violents qui avaient secoué son destin et les chances magnifiques qu'il avait su servir trouvaient enfin une cohérence. A sa manière, après une vie d'artiste, le Grand Will allait donner la vie.

Ce jour-là, assis dans son fauteuil d'osier, sous la véranda, le Grand Will se prit à sourire en regardant la mer. Il venait de retrouver le goût de la vie, oublié depuis longtemps. Il me regardait au loin, jouer dans le sable de l'allée et contourner le gazon de l'asile. Il ne pouvait s'empêcher de me rêver un destin. Il songeait, sans doute, à l'étape prochaine où je courrais seul avec le flambeau, tandis que le vieux lutteur se serait retiré. Je devrais rendre les coups que le Grand Will avait reçus sans se défendre et peut-être en donner d'autres.

Je le vis allumer une cigarette. Il fumait des « Players » qu'Oscar lui fournissait, je ne sais par quel trafic. Il pensait déjà aux leçons de littérature qu'il

122

allait pouvoir me donner. Mais il fallait commencer par m'expliquer pourquoi je me trouvais là. Il eut l'idée, grâce à des exemples tirés de la littérature, de justifier le cheminement étrange d'un enfant adopté par une tribu de vieillards. Enfance malheureuse et écriture allaient-elles de pair ? Il disait qu'en effet certaines existences d'écrivains en donnaient la preuve. Le Grand Will en savait quelque chose. Les comparaisons abondaient dans la tête du vieillard. Décidément, la vie avait un sens. Il fallait du temps pour s'en apercevoir. Tout ce qu'il avait vécu et les milliers de pages qu'il avait lues lui donnaient une solution. Il se sentait heureux. N'était-ce pas cela, la grande récompense ?

Une lumière de fin d'après-midi caressait le beau visage du Grand Will. Des années plus tard, j'ai enfin compris que j'étais pour lui l'enfant du désir, impossible à concevoir par les liens du sang. Un être qui pourrait, peut-être, entre ses mains, devenir un poème. Will en cherchait la rime, au-delà de toute raison, il se plut alors à penser qu'il était si proche de moi que, désormais, l'âge était aboli. Et ses vieilles lèvres grises se remirent à murmurer des vers.

CHAPITRE 17

Un matin d'avril, il fit incroyablement chaud. Un soleil d'été éclairait Brighton et les fleurs du jardin charmaient les pensionnaires par leur rouge éclatant et leur bleu lavande. J'avais quitté le salon où les mouches grésillaient contre les vitres. Je m'étais assis sur le gazon pour goûter la bonne odeur de l'herbe. C'est alors que je vis passer, dans l'allée de sable, l'abbé Corentin, aumônier de l'asile, qui se rendait à la petite chapelle située sur le côté gauche du jardin. Il avançait courbé, à petits pas, comme accablé par les péchés du monde. L'abbé était le confesseur de la plupart des pensionnaires et sa discrétion était exemplaire. Sous le soleil, sa soutane élimée révélait des taches brillantes. Il entra dans la chapelle. Après quelques secondes d'hésitation, je poussai à mon tour la porte de cet oratoire et la fraîcheur merveilleuse de l'endroit m'assaillit, les couleurs presque pimpantes de ses boiseries, rose et vert pâle, ses vitraux en ogives, le petit autel où s'affairait l'abbé pour préparer les vêpres et la robe blanche et bleue de la Sainte Vierge au regard nuageux et doux, me donnèrent l'impression d'un petit paradis.

Silencieux et à demi caché derrière un banc, je pus observer la manipulation des ornements, des cierges, le nettoyage raffiné du calice auquel procédait l'abbé avec délicatesse tandis que la patène d'or, brillant dans la lumière du vitrail, m'éblouissait. Il me semblait que le Sacré et la propreté étaient liés et que je me retrouvais très loin de l'hospice sordide. J'étais comme enivré de bonheur, peut-être à cause de la sérénité du lieu qui me transportait dans ce ciel sur la terre dont les statues étaient les ornements. J'avais enfin le sentiment de pouvoir me laisser aller à l'infini. La statue de saint Georges, avec sa belle armure, ses cheveux blonds bouclés, son poing énergique tenant la lance qui transperçait le dragon, me fascinait. Serais-je un jour assez fort, moi aussi, pour terrasser mes ennemis ?

Quelques vieillards étaient entrés. L'abbé Corentin agita la clochette puis s'agenouilla. Les vêpres allaient commencer. Je m'inclinais devant Dieu sans savoir si c'était le père avec sa barbe blanche, vieillard autoritaire que je redoutais, ou le fils, allongé sur la croix, visage de douceur et de souffrance.

Depuis sa primitive enfance en Bretagne, l'abbé Corentin avait deux vocations : la prière et les chemins de fer. La première l'avait emporté mais, en vieillissant, il avait eu des doutes : son amour des trains était devenu dévorant. C'était parce que l'asile des vieillards de Brighton ne recevait que des sujets britanniques de religion catholique et quelques Français, envoyés à l'ambassade, venus mourir en Angleterre, qu'on avait fait appel à lui pour être leur aumônier. Il avait longtemps servi dans sa paroisse du Cotentin, où il aurait pu finir ses jours mais la disparition de sa mère l'avait résolu à partir ainsi que l'avance du Royaume-Uni dans le domaine ferroviaire. L'idée de voir, enfin, le fameux train de Brighton, le Volks Railway, premier train électrique de Grande-Bretagne dont la ligne allait du Palace Pier au Black Rock, l'avait exalté.

Il fallait remonter loin dans le passé de l'abbé Corentin pour comprendre sa passion des chemins de fer. Son premier souvenir d'enfance, c'était « Le Réseau Breton ». Il était né dans la région qui, non loin du Méné-Bré, délimite la Cornouaille et le Trégor. Un pays de landes et de solitude mais la nuit, lorsqu'on était attentif, on pouvait entendre rouler puissamment le train de la « grande ligne ». Ce roulement du Paris-Brest avait été la seule joie des premières années de Corentin, et, de sa vie, cette sensation intense de la présence ferroviaire n'avait pu le quitter, sorte de manifestation divine d'une puissance qui le dépassait.

Un jour de marché, alors qu'avec son père il s'était rendu dans la vallée, entre Guingamp et Pont-Melvez, il avait eu le bonheur d'apercevoir le petit train du réseau breton qui lui avait révélé sa passion. Il sifflait à chaque passage à niveau et il passait avec une telle régularité que ses coups de sifflet permettaient de connaître l'heure sans erreur. Son rêve s'était fixé : chef de gare ou garde-barrière. Dans cet espoir, il s'appliqua à ses études. Le temps passa sans qu'il se détourne de cette idée. Lorsqu'il eut vingt-cinq ans, il décida pourtant de rentrer dans les ordres. C'était l'année où l'administration cléricale avait supprimé le tortillard de la Basse-Bretagne. Les gens du pays s'étaient insurgés contre cette disparition, mais Gaël Corentin n'avait rien dit. Il s'était contenté de prier et de demander à son père la permission d'entrer au séminaire.

Il quitta les paysages familiers de son enfance où les lavandières n'interrompaient leur travail au bord de l'eau que pour regarder passer l'autorail Carhaix-Châteaulin. Mais avant de partir pour une vie de curé, il fit soigneusement tous les derniers trajets possibles, au départ de Carhaix sur les lignes qui reliaient l'Argoat, pays des bois, à l'Armor, pays de la mer. D'abord il se rendit à Camaret et à Paimpol puis il prit la direction de Morlaix et de Rosporden, ligne sur le trajet de laquelle on pouvait apercevoir le célèbre viaduc. Enfin il acheva son pèlerinage en cheminant à l'intérieur des terres pour quitter vers Loudéac la Bretagne bretonnante, et à travers le pays « gallo », gagner La Brohinière. C'était sa façon à lui de faire ses adieux au monde.

Il y avait déjà sept ans que l'abbé Corentin disait la messe dans la petite chapelle devant des fidèles un peu déments, au regard fixe, qui, au moment de la communion, avaient le plus grand mal à retenir l'hostie dans leur bouche. De temps en temps, l'abbé laissait flotter son regard vers la mer à travers un vitrail brisé, par le losange duquel passaient les oiseaux. Il y avait une différence entre les flots de Bretagne et ceux de Brighton. Il trouvait même que, sur les rochers anglais, la mer ne rebondissait pas de la même façon. Il commença alors à manifester une étrange gaieté, une euphorie de santon stupide, figée dans un air de perpétuel ravissement. Cet air d'idiot du village agaçait ses fidèles. Mais l'abbé Corentin les fixait de ses grands yeux bleus rayonnants. Il avait la rage d'aimer.

Seul, le sortait de cette attitude d'image pieuse, son engouement pour les trains. Il passait comme un rapide d'une ferveur à l'autre. Le plus clair de son temps était consacré à la religion du rail. D'abord l'occupait énormément la connaissance de tous les horaires des trains de France et l'Angleterre. Il ne cessait de se mettre à jour, de recevoir par la poste des modifications d'horaires. Il connaissait par cœur tous les changements. C'était une des plaisanteries de l'asile de le soumettre à de périlleuses interrogations sur ce sujet dont il sortait toujours vainqueur, l'air grave. Souvent les visites des bigotes lui gâchaient son plaisir et puis il devait assumer de longues séances de confession. Le dimanche, il s'offrait une petite détente en allant prendre, après la messe, le Bluebell Railway, ce vieux train à vapeur dont le parcours de Sheffield Park à Horsted Keynes le remplissait de nostalgie. Il ne savait plus très bien où il en était de Dieu ou de la chaudière. « Parfois, il déraille », disait, en se moquant de lui, Oscar, en français.

Entre les annuaires du Chaix, les pages de son bréviaire et les versets de la Bible, le vieil abbé déraillait en effet. Et en gare de Brighton les plaques des destinations lointaines sur les wagons lui paraissaient mériter autant de vénération que les images pieuses. Dans sa vie de prêtre, l'abbé Corentin avait des envies folles qu'il ne pouvait partager avec ses paroissiens. Il portait dans son cœur comme des saints vénérés, des noms merveilleux : « Oiseau Bleu », « Etoile du Nord », qu'il invoquait parfois à la place de « Vierge Marie » ou « Archange Gabriel ». Pour lui, les noms des gares, Montparnasse, Saint-Lazare, Austerlitz sonnaient comme Lourdes, Lisieux, Fatima. Il n'était jamais allé à Rome mais il connaissait son Vatican comme sa poche ; c'était Victoria Station. Il s'y était inventé l'itinéraire de la montée aux cieux : Paris-Londres par Rouen, Dieppe et Newhaven.

Dans la petite chapelle, l'abbé Corentin officiait avec une sorte de minutie désabusée mais l'éclat bleu de ses yeux disait l'intensité de ce qu'il vivait auprès de l'autel. Ce curé était distrait, absent, un humble à la figure de primitif celte. Il avait un air penché, légèrement souffreteux. « La Vierge est notre mère », disait-il souvent avec un sourire de bienheureux. Il avait trouvé en elle la dame de sa vie. Sous sa protection, il ne pouvait rien craindre, ni l'alcoolisme de ses cousins, ni les sorcelleries de Bretagne, ni les grossièretés des conscrits, ni l'anticléricalisme des brutes qui le traitaient de « corbeau ». En le voyant s'agenouiller, avec cette dévotion profonde, je me demandais quel péché il avait à se faire pardonner.

Tandis que je regardais, fasciné, les broderies dorées de son étole, l'abbé se retourna et dans un parfum d'encens, les bras ouverts, dit ses intentions de prière. Il parla pour toute une assemblée et c'est au pluriel qu'il adressa au ciel l'expression de sa compassion.

« Nos prières iront aujourd'hui aux victimes de la catastrophe de l'Ohio. » Il avait l'air accablé en prononçant ces mots. Et, soudain, d'une voix brisée, il se mit à raconter la catastrophe : un train express roulant à 129 kilomètres à l'heure avait déraillé et était entré en collision avec un train de marchandises. Et puis, voilà qu'un troisième train avait heurté, à son tour, ces deux épaves. C'était un express roulant à grande vitesse. La collision s'était produite dans un endroit désert et un homme avait dû courir pendant cinq kilomètres avant de donner l'alarme. « Rendons grâce à Dieu, ajouta l'abbé, il n'y a eu que 21 morts et 60 blessés. Pour une catastrophe pareille, c'est un miracle, un véritable miracle. »

L'abbé fit une bénédiction dans le vide. J'eus alors la vision, dans les vapeurs d'encens, de la fumée noire de la catastrophe, des locomotives détruites montées les unes sur les autres, des wagons renversés sur les rebords de la voie et des sauveteurs cherchant les cadavres dans les débris. Soudain, mon refuge était mis en péril. J'étais rattrapé par la tristesse. Comment faisait-il, lui, l'abbé, pour rester aussi serein ? Puis, l'abbé Corentin s'absorba dans sa prière et voyant son dos frissonner, je compris que cette tragédie réveillait en lui un drame caché.

Les vêpres achevées, je l'aidais à ôter ses vêtements sacerdotaux dans la sacristie. Je rêvais de devenir prêtre un jour. L'abbé me sourit doucement en refermant la porte de la sacristie. Nous nous séparâmes dans le jardin. Le ciel était clair.

CHAPITRE 18

Lorsqu'il entrait dans un dortoir, le jeune médecin sentait la présence de la mort. Non sans angoisse, il se demandait quelle surprise elle lui aurait encore préparée. En dévisageant ses patients, tristement rangés les uns à côté des autres, le Docteur Algernon Matthews avait l'impression de passer en revue une armée en retraite. Il lui fallait lutter avec efficacité et toute sa compétence contre la fatalité.

Il prodiguait ses soins aux vieillards, avec le plus grand respect et une certaine tendresse, mais je ne comprenais pas comment il pouvait chaque jour se livrer à ses sordides travaux pratiques. Sa passion pour les mécanismes du corps humain et les détails de sa décrépitude devait être aussi ardente que son désir de soulager les malades. Devant les cœurs qui s'emballaient, les accidents vasculaires, les congestions cérébrales, le Docteur Matthews était rarement pris au dépourvu. Mais chaque matin, devant l'ampleur de la tâche ou des catastrophes survenues pendant la nuit, il lui arrivait de douter.

Je n'assistais pas à ses visites mais, certains jours, je devinais sa lassitude. En passant en revue ses troupes décimées par avance, il ne pouvait que constater les progrès de l'ennemi parmi ses soldats dont la moyenne d'âge était de quatre-vingts ans. Ceux qui ne voulaient plus vivre refusaient de se lever, ne parlaient qu'à mi-mot et refusaient de s'alimenter. C'était le « syndrome de glissement ». D'autres étaient en proie à des vertiges labyrinthiques : héros brisés qui n'auraient pas renoncé à se battre, malgré leurs troubles de l'équilibre, ils s'acharnaient à vouloir marcher et allaient de chute en chute.

Je regardais passer, toujours étonné, la procession que formait le docteur, suivi de ses aides-soignantes, dont l'une poussait un antique chariot métallique, cliquetant et vibrant de tous ses instruments de torture : flacons, liquides inquiétants et bandages de toutes sortes. Devant chaque lit, la troupe s'arrêtait et s'engageait alors un dialogue, résigné la plupart du temps mais parfois belliqueux. Ce n'était pas rien, en effet, de faire lever les vieillards, de les laver, de les habiller, de leur donner à manger et de procéder à des soins plus pénibles de propreté. Il fallait se soucier de leurs escarres, se préoccuper de leurs ulcères et surveiller leurs affections.

Algernon Matthews se battait dans sa blouse blanche, contre le dragon funeste et invisible qui se cachait peut-être sous les lits de ces vieux malades. En guise de lance, son stéthoscope dans la main, il devait penser que seul le génie du mal pouvait être le dramaturge de cette comédie tragique. D'ailleurs, à plusieurs reprises, je l'entendis dire à une sœur qu'il lui semblait repérer la trace du Malin dans certaines infections horribles, dans certaines plaies indescriptibles, dans certains comportements aux effets saisissants. Par exemple, un cancer du maxillaire ou de lourdes séquelles d'hémiplégie. Satan laissait ainsi sa signature sur certains vieillards, comme un grand artiste sur un tableau inoubliable. Je me souviens de cet homme énorme et rigolard, un bon vivant qui finit son existence de gourmet avec la bouche à jamais tordue, séquelle d'une paralysie faciale. Un autre, ancien orateur du barreau, réputé pour son éloquence et la mobilité de son expression, se retrouvait frappé d'une maladie de Parkinson associée à une akinésie du visage. Son agonie devenait alors une caricature des plus grands moments de sa vie. Tandis que ses mains étaient agitées de tremblements incessants, il offrait un visage inexpressif, pauvre en mimiques. Ses membres tremblaient aussi fort que sa figure était rigide. Le jeune docteur saluait chaque jour avec pitié l'homme désemparé, quitté par les facultés qui avaient fait sa gloire durant sa carrière au tribunal. « Décidément, le diable seul peut inventer une fin de vie aussi cruelle », disait, accablé, Algernon.

Mais au cours de cette visite du matin, je sentais aussi que le Docteur Algernon Matthews n'était pas insensible au réconfort qu'il pouvait apporter. Il n'était pas seulement médecin, il était aussi l'exemple, en chair et en os, d'un homme en bonne santé. Aussi apaisait-il les vieillards dont la nuit avait été difficile ou ceux qui étaient le jouet d'hallucinations qui leur faisaient redouter le moindre bruit, le moindre geste. Certains croyaient entendre dans les ténèbres des insultes ou des bruits alarmants. Il fallait toujours rassurer, réconforter. Le docteur caressait gentiment des mains déformées par les rhumatismes, tachées d'éphélides. Il s'adressait, avec une sorte de respect, au combattant, gazé dans les tranchées, qui lissait inlassablement ses draps entre ses doigts fanés, persuadé qu'une troupe d'insectes affamés lui donnait l'assaut.

Ainsi allait Algernon, jeune, bien vêtu et d'humeur égale, semblait-il, parmi les vieillards. Moi, fasciné, je les observais, car dans ces visages ridés subsistait la beauté de leurs yeux. L'âge avait prise sur tout mais pas sur les regards. Dans la vieillesse, les nuances des yeux demeuraient ; marron clair, bleu ciel ou d'un beau noir. Et je crois qu'Algernon Matthews était touché par des détails qui en disaient long sur la vie qu'ils avaient menée : les objets, par exemple, témoins familiers d'une passion ou d'années écoulées. Un vieux couteau suisse, une montre à gousset, la photo omniprésente du conjoint décédé qui souriait des résidences de l'au-delà. En le suivant de loin, je ne me posais qu'une question, toujours la même : les vieillards étaient-ils de la même race que nous ? Est-ce qu'ils n'appartenaient pas à une autre espèce venue d'un autre monde, d'un autre âge, née sur une autre planète ? N'avaient-ils pas toujours été vieux ? Les photos prétendaient le contraire. Mais pouvait-on croire les photos ? Les vieillards auraient été un jour des bébés ? Non, cela me paraissait impossible... Et, moi-même, à force de vivre avec eux, quel âge avais-je donc et ne m'étais-je pas mis à leur ressembler ?

CHAPITRE 19

Si certains vieillards me paraissaient murés dans leur indifférence, il en était un dont l'œil aux aguets témoignait d'une curiosité toujours en éveil.

Chauve, le Brigadier général avait un regard de batracien, extrêmement mobile, aux éclats vert et brun. Son corps massif tel un vieux pachyderme se déplaçait avec une économie de mouvement et, dans les couloirs de l'asile, son pas lourd retentissait, témoignant d'une énergie que l'on connaissait à bien peu des pensionnaires.

Sa curiosité maniaque s'accompagnait d'une indifférence souveraine à l'égard des êtres humains. Ce mépris s'affichait chez lui avec une telle détermination qu'il finissait par provoquer une sorte de déférence. Le Brigadier, n'ayant jamais été affecté par la mort d'autrui, ni en temps de guerre ni en temps de paix, avait une sorte de carapace d'insensibilité qui l'immunisait contre tous les autres accidents de la vie. Seuls comptaient pour lui les résultats de l'enquête qu'il menait sur ses semblables. La vie était une sorte de jeu de piste. Et grâce à sa recherche inlassable, son passage parmi les pensionnaires faisait figure de mission provisoire alors que son destin, comme celui de tous les vieillards de Brighton, était de finir au bord de la mer.

Mais le Brigadier général observait les autres et leurs évolutions avec une telle acuité qu'on en était impressionné, comme scruté par ce regard de juge. De cette manière, il échappait lui-même au tribunal du temps. Son indifférence à mon égard était plus qu'intimidante. Alors que les vieilles femmes passaient une main distraite et caressante sur mon front, que le Grand Will me traitait comme son fils, qu'Oscar me contemplait comme un objet de désir, que Faïence-Folie croyait voir en moi un de ces petits hommes qu'elle connaissait si bien, que Lady Beckford fantasmait sur moi comme sur un portrait d'adolescent par Reynolds, que Somerset le marin rêvait de me torturer pour affirmer sa puissance, le Brigadier général considérait l'enfant que j'étais, contraint à une vieillesse précoce, comme une mouche qui s'obstinerait à se cogner contre l'indifférence d'une vitre.

Cuirassé dans ses pensées, le Brigadier général voyageait en lui-même et la mort ou le déclin autour de lui ne faisaient que le ragaillardir dans ses convictions concernant la fragilité de l'espèce et la cruauté de la vie, seules certitudes profondément ancrées en lui qui, ayant cessé depuis longtemps de le choquer, le ravissaient désormais. Il avait ainsi quelques obsessions dont la plus légendaire était la traversée de la Manche. Lui-même, jadis, avait accompli cet exploit. Il en avait gardé l'attitude raide du sportif satisfait des performances de son corps. Je dois dire qu'il m'impressionnait parce que sa vaste stature incarnait une autorité qui n'avait plus cours dans ces murs. Monolithique, il semblait résister au temps. Son visage de planète lointaine laissait passer des éclairs de malice qui montraient

136

à quel point il n'ignorait rien des ruses humaines, des manœuvres humiliantes mais nécessaires pour assurer la survie. Egoïste et brutal, indifférent et froid, méprisant et cassant, le Brigadier se complaisait dans une méchanceté systématique qui constituait sa carapace. Il avait compris que dans la constance de son attitude résidait sa perfection et qu'il se mettait ainsi à l'abri de tout jugement moral. Cet homme, au regard fixe et implacable, pouvait rester immobile pendant des heures à scruter les autres vieillards et leurs irrémédiables faiblesses.

Je crois qu'il jugeait ma présence aussi incongrue qu'insupportable. Son regard glissait sur moi comme s'il ne me voyait pas. Je ne l'intéressais pas, je n'étais pas un sujet sur lequel on pouvait enquêter. Perverti par ses propres pensées, il ne pouvait plus concevoir le dépassement humain sans le tourner en dérision. A cela résistait cependant sa passion pour les tentatives de traversée de la Manche, et ceci par tous les moyens. Ce sujet le comblait de bonheur.

Souvent il partait seul, en direction des vagues, dans une buée vert-de-gris et sous une pluie fine, à la recherche des fantômes de l'exploit le plus fou. Un jour, je l'entendis raconter un séjour à Calais où il s'était rendu jadis. Comme dans un guide touristique, il évoquait Calais avec ses fameux bourgeois sculptés par Rodin, Calais et ses constructions en brique sur pilotis, Calais capitale du désespoir pour les Anglais rejetés par la mer et ville d'exil pour le dandy Brummell.

J'imaginais le Brigadier général parcourant la rue Royale où, pendant quatorze ans, le favori déchu avait promené son élégance crépusculaire jusqu'à l'immense jetée du port d'où il pouvait contempler, amer, les côtes de l'ingrate Angleterre. Il n'éprouvait pas la moindre pitié pour tous ceux qui s'étaient retrouvés exilés dans cette ville, que ce fût un insolent qui s'était cru l'égal du Régent ou Oscar Wilde, ou encore Emma Lyon, la légendaire Lady Hamilton, ex-maîtresse de Nelson qui, après avoir régné sur les salons de Naples, était venue s'éteindre, misérable et oubliée dans cette cité amarrée aux rêves anciens où les dunes couleur de crème imitaient des monuments en ruine. Un seul souvenir vif lui restait. C'était le mariage de son ami, le capitaine français, Charles de Gaulle, en 1921, avec Yvonne Vendroux.

Arrivé la veille par le bateau, et à peine débarqué, il avait couru acheter son cadeau boulevard Jacquard. Ensuite, il avait pris le temps de faire une longue promenade sur les hauteurs du cap Blanc-Nez. Le lendemain de la cérémonie, il avait découvert le village d'Escalles, une des belles surprises de la Manche, avec sa faille dans la craie sur la plage de sable fin de la baie de Wisant. Il y était retourné une fois, après la guerre, et en avait savouré le vent violent. Mais ce qui le captivait vraiment c'étaient les moyens déployés par l'imagination humaine au service de son obsession : la traversée du Channel. Ainsi avait-il appris que certaines tentatives des plus fantaisistes s'étaient révélées efficaces, que les folies les plus grandes s'étaient concrétisées dans des conditions elles-mêmes considérées comme les plus difficiles.

Cette obsession constituait le carburant de l'esprit loufoque du Brigadier général. Voilà ce qui compensait les échecs de sa pauvre vie. Dans l'existence, importaient seules des énergies bandées vers un but unique, des obsessions salutaires, des folies finalement accomplies. Ainsi, les moyens les plus insensés pour traverser la Manche avaient été parfois couronnés de succès. Les trente-huit kilomètres séparant Douvres de Calais avaient été franchis des plus étranges façons. A la nage, bien sûr, mais aussi en canoë, en kayak, sur un tronc d'arbre, dans un tonneau à whisky ou même en drakkar. Le Brigadier, qui prétendait toujours en savoir plus, pouvait assurer qu'on avait aussi traversé le Channel sur un sommier, en cerf-volant, dans une baignoire et, fin du fin, pour célébrer l'entente historique et cordiale... dans un lit à baldaquin !

Voilà donc comment le Brigadier général étonnait les pensionnaires par l'étrangeté de ses lubies. Ainsi, l'heure de l'arrivée du courrier provoquait chaque jour chez lui une grande agitation. Il attendait les lettres de ses correspondants. Il les assaillait de questions écrites sur des affaires énigmatiques qui avaient su retenir son attention. A la fois fébrile et précis, il ouvrait son courrier, les mains tremblantes, compulsant les coupures de journaux contenues dans les enveloppes qui lui étaient adressées ou les rapports griffonnés à la main de ceux qu'il appelait encore avec supériorité ses « agents ».

Je crois que le Brigadier tenait beaucoup à nous donner l'impression qu'il était à la tête de tout un réseau de correspondants internationaux. Il s'agissait, en réalité, d'un club occulte de maniaques, de chercheurs et de curieux qu'il avait su constituer, tout au long de sa carrière, aux quatre coins du monde mais nous ne l'apprîmes que beaucoup plus tard. Ce militaire hors normes, ancien des services secrets, voyait le monde comme un vaste complot permanent. Il lui avait suffi

139

de faire part de cette vision pour trouver des adeptes car l'idée que les gens et les choses sont mus par des ressorts secrets et simultanés est assez répandue chez une certaine catégorie de personnes.

Le Brigadier général avait ainsi vu sa vie dévorée par la passion du renseignement. Sa carrière dans l'Intelligence Service lui avait appris que tout était caché, mais que tout était aussi relié. L'orgueil de tout savoir sert de refuge à ceux que la vie a fait vaciller. Les échecs de leur existence y trouvent même de hautes justifications. Pour ces gens-là, c'est la toile d'araignée du mal qui les a empêchés de prendre leur envol. Selon eux, les chefs d'Etat ne sont que des marionnettes reliées entre elles par des ficelles invisibles et manipulées par un ordre supérieur et secret. Les obscurs et sans-grade appartiennent tous, parfois même sans le savoir, à des réseaux eux-mêmes dirigés par de puissants groupes d'influence.

Ces discours véhéments auxquels, je dois le dire, je ne comprenais pas grand-chose à cette époque, m'inquiétaient un peu et m'étonnaient souvent.

Un matin, c'est avec nervosité que je vis le Brigadier général déchirer l'enveloppe frappée d'un cachet hollandais. Grâce au Grand Will, je savais que ce qui ces derniers temps agitait le Brigadier était l'enquête passionnante qu'il menait, à distance, sur la mort de Rembrandt. Pour ce détective de l'indicible, le temps n'était pas un obstacle. Tout mystère, même lointain, devait être déchiffré. Il s'agissait cette fois de retrouver dans une église d'Amsterdam les restes du peintre, mort misérable et solitaire en 1669. Le Brigadier avait convaincu l'un de ses disciples, un vieux professeur de l'Université de Leyde, d'aller creuser le sol d'une église protestante pour retrouver les restes du peintre. Le professeur dans sa lettre parlait de « la suprême intelligence du clair-obscur » de l'artiste. Cela agaçait le Brigadier qui rejetait la glose au profit de l'aspect pratique de l'enquête. On ignorait, en effet, ce qu'était devenu le corps de Rembrandt, enterré avec parcimonie dans la paroisse de Westerkerk, sans fleurs ni couronne, dans l'église même où reposait son fils Titus, mort un an auparavant. Pour le Brigadier, un enterrement qui n'avait coûté que quinze florins ne pouvait être un enterrement normal. Ce n'était même pas le prix d'une tombe. Son idée à lui était simple ; on avait enterré le père dans la tombe de son fils Titus... Encore fallait-il le vérifier !

Le Brigadier général imaginait le vieux professeur, avec un ou deux étudiants illuminés, en train d'obéir de nuit à ses ordres envoyés d'Angleterre. Il partit d'un rire sonore entrecoupé de hoquets sinistres. A l'idée que ses disciples allaient bientôt remuer les tibias et les crânes de la tombe numérotée 143, il ne se tenait plus de joie. Peut-être seraient-ils surpris en pleine opération par *La Ronde de nuit* ! On entendit alors le rire du Brigadier général retentir dans les couloirs de l'asile.

En fin d'après-midi, le Brigadier général montait péniblement les escaliers vers la petite bibliothèque qu'il s'était constituée dans un réduit auprès des commodités et qui servait de refuge à ses recherches. Il rédigeait rapidement sur une planchette de bois, pour son correspondant d'Amsterdam, une note indicative faisant référence à leur cause commune pour encourager le vieux professeur de Leyde dans son activité morbide. Pour mettre son disciple hollandais sur la voie, le Brigadier général lui rapportait une correspondance récente qui lui racontait comment on avait aussi retrouvé le corps de Buffon perdu au milieu d'une dizaine de cadavres dans son caveau familial. Remuer tous ces morts, même par la plume, procurait au chercheur fébrile une volupté indicible.

Après une vie de renommée et de gloire, le grand Rembrandt n'était plus qu'un tas d'os sans couleurs. Bien sûr, il était mort oublié, mais c'est grâce à moi, nous disait le Brigadier général, que la résurrection de sa dépouille deviendrait mémorable.

Le Brigadier général s'arrêta un instant dans sa réflexion. Il s'agissait de donner des instructions à un correspondant lointain moins éclairé que lui dans les sciences de l'obscur. Aussi reprit-il sa plume pour inscrire, dans le papier à lettres d'un vélin épais, ses instructions précises : « Pour retrouver en toute certitude les restes de Rembrandt, mort à soixante-trois ans, les fouilleurs devraient chercher un corps portant les premiers signes de sénescence : perte osseuse au niveau de l'orbite, usure dentaire, fermeture des sulfures du crâne, modification du dessin de l'articulation de la facette du pubis. Ils devront aussi déterminer le sexe en se basant sur l'épaisseur des os, le développement des arcades sourcilières, la largeur du bassin et l'échancrure sciatique. » La cloche, annonçant l'heure du dîner, interrompit le Brigadier général dans la rédaction de ses consignes. Rapidement, il cacha sa lettre inachevée dans un grand volume, prit une gourde d'argent dans son petit tiroir, avala en vitesse une rasade de whisky et se mit à descendre lentement et gravement l'escalier, sans se rendre compte que je l'avais épié, caché dans un recoin du couloir.

CHAPITRE 20

J'aurais tant aimé savoir quelles étaient les pensées du Grand Will quand il avait son air mélancolique et lointain, quand la couleur grise de la vie noyait son regard. L'accumulation de promesses non tenues avait-elle fini par le décourager ? Le Grand Will se raccrochait-il à un brouhaha lointain qui venait de Dublin ?

Il raconta un jour à Oscar les habitudes qu'il avait au restaurant chez *Jammet*, le *Maxim's* de Dublin. On y pénétrait, disait-il, par un fumoir qui permettait ensuite d'accéder au bar à huîtres. C'était là que les plus belles femmes avaient rendez-vous avec les plus grands désirs. On y racontait l'histoire, en deux bières, du distillateur Henry Roe qui avait mis son immense fortune au service de Dieu en faisant restaurer, avec ses deniers, St Patrick's Cathedral. Le chef français avait travaillé chez lui avant de devenir plus tard le cuisinier préféré du Lord Lieutenant, Earl Cadogan en 1859. A ces mots, le regard d'Oscar hésitait entre l'admiration et la jalousie. S'y croisaient l'esprit, la beauté, la célébrité, le bon goût qui n'a pas de limite et le mauvais dont les bornes sont étroites. Il régnait là un esprit de rébellion et de victoire, l'envie de vivre et la satisfaction d'être, quelque chose de béni et de maudit à la fois. On y trouvait une carte remarquable et une cave de vins français, l'une des plus belles d'Irlande.

Installé dans son fauteuil, que personne à l'hospice n'aurait osé occuper, le Grand Will racontait qu'il lui était arrivé de passer des heures, accoudé au bar, à toiser de son regard insolent tous ceux qui entraient. Chez *Jammet,* les jeunes gens aux regards pleins de colère devenaient les dieux de la mode. Le talent côtoyait l'imposture et tous deux se donnaient la réplique. Entre la sole *Jammet* et le minute steak béarnaise, le Grand Will avait connu en ces lieux ses plus grands bonheurs. On lui réservait toujours la même table, non loin de l'entrée. Son insolence ou ses silences ne laissaient pas indifférent. Parfois dans des effusions de joie, il se levait pour saluer un ami ou quelques gloires sulfureuses. Lorsqu'il venait souper avec une de ses conquêtes, il souriait triomphant et, de toute sa personne, émanait la béatitude d'un corps récompensé. Ah ! Je l'ai vu, un soir, hésitant entre la rage impuissante et la tristesse, s'écrier : « Si seulement je pouvais revenir chez *Jammet,* à la même table, au même âge, et à la même heure, avec la même personne. Mon Dieu, pourquoi n'est-ce possible qu'en pensées ? C'était un fragment de paradis terrestre au coin de South Andrew Street et Church Lane. » On y croisait Orson Welles et Rita Hayworth, Lilian Gish, James Cagney ou Paulette Goddard. Leurs visages s'étaient effacés. Ne subsistait dans la mémoire de Will qu'un tableau, une peinture de l'un des artistes de ce groupe d'avant-garde qui se réunissait chez *Jammet* et qu'on appelait *The White Stag.*

Le Grand Will tentait désespérément de retrouver

dans sa mémoire le motif du tableau qui l'avait tant frappé. Mais son cerveau le trahissait, capitulant juste avant le plaisir suprême. L'image était tremblée, le bonheur qui en émanait, dépassé et sa recherche même, désespérée. Le jeune poète, plein de promesses, convoqué au parloir de la mémoire, n'était plus qu'un pauvre vieux.

Les jours de grand vent, s'il ne pleuvait pas, le Grand Will m'entraînait dans une marche le long de la côte.

« Les destins brisés, cela me connaît », marmonnait le Grand Will.

Dans le vent qui soufflait dur, j'avais du mal à bien saisir ce qu'il me disait. D'ailleurs il parlait pour lui-même, obsédé par l'idée qu'on laisse toujours une trace sur cette terre. Lorsqu'il apprit la mort du professeur français de son enfance, en 1896, à l'âge de cinquante-deux ans, Will qui avait alors trente et un ans considéra qu'il était de son devoir de rechercher quels avaient été les chemins de traverse du poète français dans l'ancienne Albion. Il enquêta donc sur l'étrange itinéraire de son maître lors de son séjour en Angleterre.

Lorsque Verlaine arrive en Angleterre, car ce maître, c'était lui, il vient de traverser la pire crise de son existence. Il hésite encore entre sa femme et Rimbaud. Mathilde est venue le relancer avec sa mère, provoquant les sarcasmes de Rimbaud. Là-dessus, après l'épisode belge, Verlaine se retrouve seul à Londres, dans le brouillard. Il se sent « positivement crever ». Rimbaud ne tarde pas à le rejoindre. Tous deux se mettent à la recherche d'un travail. Ils passent des annonces dans les journaux : « Leçon de français, en français — perfection, finesse — par deux gentlemen français. » En fin de course ils ne trouvent qu'un seul élève. En matière de perfection, ce sont des maîtres ; ils passent leurs soirées à flâner dans les bas-fonds de Londres, dans les docks sordides. En matière de perversion, ce sont des pédagogues un peu particuliers ; passionnés par les armes blanches ils se battent souvent à coups de couteau en s'arrêtant juste à temps pour aller se réconcilier devant un verre de brandy ou une pinte de bière. Aux enfants de la société, ils veulent enseigner les bonnes manières du continent, mais ils sont des fauves qui rugissent dans les rues. « Nous avons des amours de tigres », note Paul Verlaine à cette époque. Et pendant ce temps-là, les responsables de la Bibliothèque du British Museum refusent de prêter des livres de Sade à Arthur Rimbaud parce qu'il n'a que dix-neuf ans.

Le Grand Will ne savait pas très bien comment me raconter cette fugue maudite. Il choisit de prendre l'histoire plus tard, en mars 1875, au moment où Paul Verlaine avait trouvé la sérénité d'un contemplatif. Rimbaud, depuis, s'était enfui, tel un bonheur éclatant.

A Londres, à l'Hotel Fitzroy près de Holland Street, Verlaine déclare être heureux d'avoir retrouvé ce pays. Vagabonder, n'est-ce pas son métier ? Fidèle à ses songes, il part alors, vers cette campagne idéale, quadrillée de haies dans la douceur du crépuscule et peuplée de moutons. A Stickney, dans un village de huit cents âmes du Lincolnshire, il trouve un emploi de professeur de dessin, à la Grammar School. C'est l'illusion du repos, la perspective d'une vie tranquille. Dans les bâtiments néo-gothiques, il passe son temps à lire du Tennyson. Souvent, il écrit à sa mère. Sa femme ne veut plus de lui, c'est fini. « Je mène une vie follement calme », confie-t-il. En fin d'après-midi, il va écouter des hymnes anglais dans les temples. La beauté des voix l'enthousiasme. « Il est donc une vie limpide », pense-t-il, et il respire à pleins poumons l'air du soir.

Lorsque sa mère se décide à venir lui rendre visite, il change encore d'adresse. Il s'installe alors à Boston, dans l'« Auberge de la Baleine », un lieu haut en couleur, digne d'un décor pour Somerset le marin. C'est plutôt une taverne qu'une auberge, avec quelques chambres au premier, au-dessus d'un débit de boissons. Le charme de cet endroit c'est sa cave ; un sous-sol comme une grotte secrète, tapissée de coquillages, et surtout, me dit le Grand Will, le squelette d'une baleine échouée quarante ans plus tôt à l'embouchure du fleuve, le Witharm qui n'aurait pas manqué de t'intriguer. Il y a là aussi un cheval qui s'appelle Tiffi, à qui la mère de Verlaine offre du sucre candi. Mais elle ne peut pas demeurer trop longtemps et elle repart donc. Verlaine poursuit son errance dans le Royaume et un jour il tombe, enfin, sur la petite pension où Will a été élevé et où l'attend un poste de professeur.

A ce moment-là, le Grand Will sortit de sa poche une vieille photo jaunie où il apparaissait au milieu d'un groupe d'élèves. C'était bien lui, déjà, ce grand échalas, certes, beaucoup plus jeune, mais l'air si mélancolique que je ne pus m'empêcher de lui faire remarquer :

— Tu as l'air triste sur cette photo.

Will sourit sans répondre, se demandant comme pour

lui-même pourquoi il avait eu un tel besoin de se lancer sur les traces de ce maître.

— C'est peut-être ma peur de la vie qui me rendait si curieux d'autrui, dit-il, l'air songeur. N'est-ce pas mon principal péché de vouloir vivre à travers les autres, de vouloir suivre ces poètes, d'imiter ces modèles maudits ? Mon plus terrible échec, c'est sans doute d'avoir vécu par procuration.

Le Grand Will retourna la photo qu'il m'avait tendue et me dit :

— Ecoute la musique de ces vers de Verlaine :

Il fait un temps ainsi que je les aime
Ni brume ni soleil, le soleil deviné
Pressenti du brouillard, mourant, dansant à même
Le ciel très haut qui tourne et fuit, rose de crème
L'atmosphère est de perle et la mer d'or fané.

Emu, le Grand Will extirpa une autre photo d'une poche de son grand manteau. Le cliché était gris et craquelé comme une peau d'éléphant. Le Grand Will me le tendit, sans comprendre que, pour un enfant, un vieux monsieur ne peut pas avoir été jeune. Etait-ce lui, le monsieur chauve aux yeux orientaux et embués d'alcool, ou bien l'autre, cet adolescent rêveur, aux grandes jambes, sur l'épaule duquel l'homme plus âgé posait une main féminine ? Cette photo semblait figée comme une mise en scène du studio Harcourt, transplantée dans la campagne.

— C'était mon professeur et mon maître, me dit le Grand Will en désignant l'homme aux yeux bridés, au crâne dégarni, qui avait des moustaches et une barbe de peintre.

Et il ajouta simplement :

— Il est mort quand j'avais trente et un ans.

— Et là, c'est donc toi ? lui demandai-je, en désignant l'enfant sur la photo.

— Oui, j'avais dix ans, dit le Grand Will.

— Il était gentil ton professeur ?

— Oui et non, en tout cas, il était français, comme toi, précisa Will.

Puis, le Grand Will se tut. Il y eut un silence plein de brumes de mer. Le Grand Will avait été jeune et il avait conservé ses grandes jambes. Au fond, il avait la même tête et toujours les mêmes cheveux. C'était déjà un enfant noyé, déjà un pêcheur de raretés, déjà un poète dessalé.

— J'étais pensionnaire, comme toi aujourd'hui, confia Will en souriant. C'était à Bournemouth, face à l'île de Wight. Si j'y pense aujourd'hui, c'est qu'avec mon professeur nous déambulions, comme avec toi aujourd'hui, sur les falaises abruptes, parmi les petites villas blanches et les cimetières en terrasse au-dessus de la Manche. En retrait s'élevait le pensionnat de Saint Aloysius, un gros chalet d'où l'on avait une large vue sur la mer.

Le Grand Will s'était toujours demandé comment Paul Verlaine avait échoué là, dans ce pensionnat pour enfants de santé délicate, où le poète enseignait le français et le latin à douze élèves, pour la plupart des fils de famille payant un prix exorbitant pour leurs études. Sur la photo, Paul Verlaine est raide comme un clergyman, et Will, souple comme un garçon rêveur. Will ne m'en dit pas davantage sur cet énigmatique Paul Verlaine. C'était trop compliqué. Mais il connaissait son histoire, il savait tout désormais de ses chemins de traverse et de sa course buissonnière dans cette « joyeuse vieille Angleterre » que, maudit, le poète avait fini par aimer.

CHAPITRE 21

J'avais perçu, depuis mon arrivée dans cet hospice, qu'une histoire scabreuse, toujours racontée à mots couverts, unissait par des liens invisibles la plupart des pensionnaires. Mais, j'étais égaré par ces récits inquiétants dont je ne saisissais d'ailleurs que des bribes et il m'était impossible de démêler l'écheveau embrouillé de cette affaire policière.

Depuis plusieurs jours déjà, le Brigadier général passait et repassait avec un air de conspirateur et un épais dossier de carton beige sur lequel était inscrit au crayon rouge *Dossier Whitechapel*. Visiblement, il préparait quelque chose, mais c'était secret, sinon confidentiel. Un matin, il nous annonça qu'il avait des révélations fracassantes à faire sur l'affaire du siècle : les crimes de Jack l'Eventreur ! Il se proposait d'étaler les pièces du dossier, de ressusciter la vague de terreur qui avait déferlé sur la capitale anglaise à l'automne 1888 mais aussi de faire ce que nul n'avait été capable de réussir jusque-là, c'est-à-dire de désigner le ou les coupables de ce mystère criminel. Quelques jours plus tard, tous les pensionnaires de l'asile furent conviés à cette communication.

Je n'osai pas demander si je serais autorisé à y assister mais c'était bien mon intention quitte à devoir me cacher derrière les doubles rideaux. L'évocation de ces crimes avait, me semblait-il, singulièrement échauffé les esprits et il ne m'avait pas échappé que Somerset le marin et Oscar le cuisinier avaient l'air particulièrement mal à l'aise. C'est ainsi que, un après-midi, vers trois heures, je vis les pensionnaires se diriger, avec des airs de conspirateurs, vers le « drawing room ». Ça allait donc commencer. J'attendis qu'ils soient tous installés et occupés à s'entretenir à voix basse pour me glisser derrière un canapé. Le Brigadier général prit la parole, l'air grave.

« Comment ne pas se souvenir de ce vendredi 31 août 1887 où Charles Cross, un ouvrier de Bethnal Green, qui se rendait à son travail, s'engagea dans une ruelle étroite située derrière l'actuelle station de métro de Whitechapel et tomba sur une bâche abandonnée sur le trottoir ? Intrigué par sa forme, il s'approcha et découvrit qu'elle dissimulait un corps de femme.

« Ainsi fut révélée la première victime de Jack l'Eventreur. A la morgue, on mesura avec horreur l'étendue et la gravité des blessures de la victime. Les intestins débordaient d'une plaie béante dans l'abdomen. On lui avait ouvert la gorge à deux reprises, les incisions coupant les chairs jusqu'à l'os. Ses organes génitaux avaient également été entaillés à coups de couteau. A Whitechapel, les morts violentes n'étaient pas rares. D'autres ont suivi. Le 3 avril 1888, Emma Smith, une prostituée, avait été agressée par des jeunes gens. L'un d'eux lui avait enfoncé un instrument contondant dans le vagin si violemment que la blessure avait été fatale. Le 6 août, une autre prostituée de Whitechapel, Martha Tabram, était morte, criblée de trente-neuf coups de couteau. Mais ces crimes n'atteignaient pas le degré d'horreur des mutilations infligées à cette victime qui fut identifiée dans l'après-midi du 1er septembre comme étant Mary Anne Nichols.

« Ce jeudi soir, elle avait passé un moment au *Frying Pan,* un pub dans Brick Lane, avant de rejoindre l'asile situé au 18, Thrawd Street où elle comptait passer la nuit. Là, le gardien s'aperçut qu'elle n'avait pas les quatre pennies qu'il lui réclamait pour la nuit et lui déclara qu'elle devait partir. Elle ne s'étonna pas et dit en riant : "Je vais vite gagner cela", puis elle sortit. Elle parvint à se "procurer" l'argent. Emily Holland, une autre pensionnaire du même asile, la rencontra peu après dans Whitechapel Road. Elle était complètement ivre et lui déclara : "J'ai gagné trois fois de quoi payer mon lit ce soir. Je rentre bientôt." L'horloge de l'église sonnait deux heures trente quand elle partit en titubant vers Whitechapel et sa mort. »

Là-dessus, le Brigadier général, toujours soucieux de ménager ses effets, marqua un temps d'arrêt. Il savait pertinemment qu'aucun des pensionnaires de l'asile de Brighton n'avait pu oublier cette affaire qui avait secoué toute l'Angleterre et plongé dans la tourbe de la perplexité chaque homme et chaque femme de la perfide Albion. Dans ce roman de la nuit et de l'ignominie qu'avait ressuscité, pour ses auditeurs affamés de sensations, le Brigadier général, aucun ingrédient ne manquait : attaques nocturnes, guet-apens sexuels, viols ignobles, mystère épais et crimes sadiques.

Le Brigadier général avait repris son récit. Devant lui, son public attentif était pétrifié par cette histoire. Au premier rang était assise la Lady. Dans la salle comble, le Brigadier avait repéré Oscar et Somerset comme soudés l'un à l'autre par l'angoisse et la complicité. Quant à Faïence-Folie, était-ce son passé de courtisane qui lui faisait venir des larmes qui coulaient, noires de rimmel ? Seul le Grand Will affichait un air dégagé. Il avait refusé de s'asseoir parmi les autres et était debout, adossé à la cheminée. Le Brigadier dévisagea ses auditeurs avec un regard pénétrant. Il tenait sa salle.

Il commença par planter le décor avec son verbe tranchant et les nuances de ses multiples détails. Il décrivait la misère de Londres : prostitution, prison, pauvreté effarante, dégradation de l'habitat, travail des enfants, bagnes, hospices. Il établissait un rapport, évident, entre les attaques nocturnes, les guet-apens sanglants et la situation de la société britannique de l'époque. Pour lui, ces crimes monstrueux étaient le symptôme du malaise créé par des fortunes trop vite acquises et une extrême pauvreté.

« Mary Anne Nichols était surnommée "Polly la jolie". L'indignation, causée par son assassinat, commençait à se propager dans la ville, relayée par les manchettes de la presse. Une peur tenace s'empara de l'East End. Elle tourna au cauchemar, quelques jours plus tard », rappela le Brigadier général, après la découverte d'un nouveau cadavre.

« A six heures du matin, le samedi 8 septembre, un homme âgé, nommé John Davis, pénétra dans l'arrière-cour du 29, Hanbury Street où se trouvait sa chambre. Il vit, dans la lumière blême du petit matin, le corps d'une femme étendue à côté d'une palissade. La victime, Annie Chapman, avait été terriblement mutilée. Elle avait eu la gorge tranchée jusqu'à la colonne vertébrale, le meurtrier semblant avoir essayé de séparer la tête du corps. » Le Brigadier laissa planer un silence menaçant, puis enchaîna : « La nature des blessures amena le médecin légiste, George Bagster Philips, à penser que le tueur devait avoir des notions de chirurgie ou, tout du moins, des connaissances en anatomie. Du coup, une rumeur courut selon laquelle le meurtrier de Whitechapel était un médecin ou un étudiant en médecine.

« La seconde victime de Whitechapel était l'une des cinq enfants d'un Life Guard, ces cavaliers appartenant à la maison du roi. La police était sur les dents, la panique frappa les habitants à tel point qu'on vit se constituer des groupes d'autodéfense dont les membres patrouillaient dans les rues. Plus les semaines passaient, plus la tension qui régnait dans le quartier augmenta. La paranoïa était à son comble à Whitechapel. Ceux qui, pour une raison ou pour une autre, éveillaient le moindre soupçon, se retrouvaient cernés par une foule en colère. Et parfois, seule l'intervention rapide de la police évitait un lynchage. Les imaginations étaient surchauffées, il fallait à tout prix capturer le coupable. Un journaliste tenta même d'attirer le meurtrier dans un piège en parcourant les rues, habillé en femme. Sa mascarade absurde fut bientôt démasquée et il dut se mettre à l'abri d'une foule menaçante : en effet, une rumeur disait que Jack l'Eventreur utilisait ce genre de déguisement. Après la mort d'Annie Chapman, aucun fait nouveau ne survint pendant trois semaines. Pourtant, un climat de terreur régnait dans les rues de Whitechapel et de Spitalfields et chaque jour de nouvelles rumeurs circulaient à propos du meurtrier. Puis, dans la nuit du 29 au 30 septembre, un double meurtre fit à nouveau frémir l'East End de Londres.

« Elisabeth Stride, une prostituée surnommée "La Grande Liz", venait d'être assassinée après une vie de malheurs. Quand elle était encore en vie, elle racontait que son mari et ses enfants avaient péri à bord du *Princess Alice,* un bateau à vapeur qui avait coulé dans la Tamise. »

Le Brigadier général avait levé son sourcil car, à ce point du récit, il voulait ajouter : « Elle avait certainement inventé cette histoire pour toucher de l'argent, en dédommagement, mais pour moi il existe un lien ténu avec les meurtres. C'est dans un pub de Commercial Street, le *City Darts,* appelé auparavant le *Princess Alice,* du nom du vapeur, que le premier suspect de l'affaire de Jack l'Eventreur, "Tablier de Cuir", venait boire régulièrement. Quant à Mary Jane Kelly, l'autre victime, elle avait commencé à se prostituer dans un bordel du West End de Londres tenu par une Française quand un "gentleman" l'aurait enlevée sous prétexte de l'emmener à Paris. Son corps, lorsqu'il fut retrouvé, faisait pitié. Il était entaillé si profondément que la victime était devenue méconnaissable : les tendons autour du cou avaient été sectionnés jusqu'aux cervicales, les seins de Mary Jane et ses reins avaient été posés sur la table. Le tueur avait emporté le cœur. »

J'avais fini par me redresser pour ne pas perdre un mot de ce récit. Le silence était absolu et les visages blêmes. Celui de Faïence-Folie, ravagé.

Pour détendre l'atmosphère devant son public crispé, le Brigadier général lança : « Suivez-moi bien car ce ne sont pas les détectives de salon qui vous donneront la solution.

« Le 10 septembre 1889, un corps, sans tête ni

jambes, fut trouvé sous un pont de chemin de fer dans Pinchin Street à Whitechapel. On se demanda encore une fois si le crime n'était pas une nouvelle atrocité commise par le meurtrier, connu sous le nom devenu horriblement familier de "Jack l'Eventreur". »

A mon plus grand étonnement, je constatais que, ce jour-là, un de mes vieillards paraissait particulièrement vulnérable, ce qui ne lui ressemblait guère. Il demeurait silencieux et écoutait, accablé, le récit du Brigadier général. Cet homme, c'était Somerset le marin. Il serrait nerveusement l'avant-bras de son voisin, le cuisinier Oscar, montrant pour la première fois un grand désarroi.

« L'année 1890 prit fin sans qu'aucun autre meurtre ne fût attribué à Jack l'Eventreur. Ce n'est qu'en février 1892 que Frances Coles fut assassinée dans Swallows Garden. Mais les circonstances du crime rendaient improbable que cela fût un nouvel exploit de Jack l'Eventreur. »

Alors, le Brigadier marqua un temps d'arrêt, fixa un long moment les yeux de Somerset le marin avant de poursuivre : « Ce jour-là, les soupçons se portèrent sur un marin, Thomas Sadler, mais les indices ne suffirent pas à l'inculper. Il est cependant clair que la police était convaincue de sa culpabilité. En 1892, la police referma le dossier de Jack l'Eventreur. Pour l'époque, l'enquête avait duré assez longtemps. Mais avait-elle été close parce qu'elle avait débouché sur une impasse ou bien au contraire parce que la police désormais savait ? C'est toute la question. »

La petite assemblée qui écoutait le Brigadier général mourait d'impatience d'en savoir plus.

Somerset le marin avait apporté sa contribution à l'enquête. Ayant travaillé au service des douanes, Somerset s'était fait une idée de l'assassin et une idée fixe : ce ne pouvait être qu'un marin ! Il avait noté en effet que les délais, qui séparaient les meurtres de Jack l'Eventreur, indiquaient que le meurtrier était un marin. Il avait finalement établi, après des recherches minutieuses, que deux navires seulement étaient arrivés à Londres peu de temps avant chaque meurtre : le *City of Porto* et le *City of Cork*.

Dans l'assemblée, il y avait un autre homme que ce drame concernait au plus haut point, c'était le Grand Will. Car, dans sa jeunesse, on l'avait jeté sur cette affaire comme reporter dès le début de la série des crimes. Observateur remarquable, enquêteur perspicace et investigateur pénétrant, il s'était fait, après un certain temps, sa propre idée sur les faits. Les notes, qu'il avait écrites alors, méritaient d'être étudiées et montraient quelque chose d'incroyable pour l'époque : dans les hautes sphères de la police, on pensait avoir démasqué Jack l'Eventreur. Le Grand Will avait poursuivi cette piste. Dans l'article qu'il avait publié, il affirmait que le suspect avait été identifié dans une « maison de repos » sur la côte, au sud de Londres.

Il s'agissait d'une maison de repos pour policiers, située en bord de mer, à Brighton. La propriété avait été achetée en novembre 1890 et fut transformée en maison de repos en mars de l'année suivante. D'autres maisons de convalescence avaient servi de lieu de séjour à des policiers la même année.

A la date où le Grand Will émit sa thèse, selon

laquelle l'assassin était dans la police, l'établissement de Brighton existait depuis vingt ans.

Soudain, la tension des vieillards grimpa de quelques degrés. Au nom de Brighton, plusieurs fois prononcé, ils avaient frémi. Cette maison de repos située au bord de la mer, n'était-ce pas la leur ? Jack l'Eventreur était-il un voisin ou pire un prédécesseur ? Tous, unis dans la même frayeur, nous nous sommes mis à redouter la présence fantomatique de l'assassin. Le suspense était à son comble.

Le Brigadier général poursuivit son récit. Il évoquait maintenant l'assassinat de Miller's Court et la réaction indignée de John Mac Carthy devant ce macabre spectacle : « Ce que nous avons vu, je n'arrive pas à le chasser de mon esprit. Cela ressemblait à l'œuvre du diable. »

Je voyais bien que le Brigadier général, tout en parlant, regardait le Grand Will parce qu'il savait que le Grand Will savait. Mais, respectueux de la police, il ne comptait pas ébranler la certitude d'Anderson selon laquelle, pour ne pas déshonorer les forces de l'ordre, on aurait finalement décidé de mettre en sûreté Jack l'Eventreur dans un asile. Et un asile à Brighton.

Une fiche avait été établie sur le rôle des policiers dans l'affaire de Whitechapel, mais le Brigadier ne la sortit pas. Je n'en eus connaissance que beaucoup plus tard, en lisant dans la presse un dossier sur cette affaire. Sur cette fiche, quelques indications étaient notées : « Sir Robert Anderson naquit en 1841 à Dublin. Dès le début de sa carrière, il travailla pour les services secrets, en tant que conseiller aux affaires irlandaises, auprès du ministère de l'Intérieur. Il fut nommé à la tête du CID au début de septembre, mais ne prit part à l'enquête qu'à partir de 1888. Les recherches étaient dirigées par Donald Sutherland Swanson, un Ecossais érudit. Il était entré dans la police à vingt ans et était devenu inspecteur principal. Swanson considérait la police comme un "service résolument secret" et il n'écrivit jamais ses mémoires. Il demeura l'ami d'Anderson jusqu'à la mort de celui-ci en novembre 1918. Il mourut six ans plus tard. »

Le Brigadier général avait griffonné, au bas de cette fiche : « Vérifier les liens du Grand Will, journaliste, avec les Fenians, organisation irlandaise aux Etats-Unis. »

Au moment où le Brigadier général achevait sa conférence, il ne put s'empêcher de noter que deux hommes avaient subrepticement quitté le salon. Moi aussi, je les avais vus filer. Tous deux étaient-ils donc liés à l'affaire de Whitechapel ?

Seul, le Brigadier aurait pu me le dire car il savait, lui, que l'un était le fils d'une domestique de Wandsworth, mère de cinq enfants, alcoolique, prostituée, victime de Jack l'Eventreur et surnommée « Polly la jolie ». Cet homme c'était Somerset le marin. Quant à l'autre, il avait osé écrire, dans les colonnes d'un grand quotidien anglais, la vérité qu'il aurait mieux fait de taire : Jack l'Eventreur était un policier.

Et l'auteur de cette révélation, qui en fin de course avait tant coûté à sa carrière, au point peut-être de le mener, lui aussi, à Brighton entre les murs du silence, je compris en tremblant que c'était le Grand Will.

CHAPITRE 22

Chaque fois que je croisais Somerset, je ne pouvais m'empêcher de frémir car j'étais hanté par l'histoire de Jack l'Eventreur, par le carnaval de ses horreurs et par le soupçon qu'il avait peut-être quelque chose à voir avec cette ténébreuse affaire. En regardant Somerset, j'avais toujours l'impression que s'élevait, menaçant devant moi, le pavillon noir des pirates, frappé d'une tête de mort et de tibias entrecroisés. J'avais confié ma hantise au Grand Will. Il avait essayé de me rassurer en m'expliquant que les corsaires ne s'en prenaient qu'aux navires chargés d'or et de métaux précieux et que je ne risquais donc rien. Sa théorie était que les escadres noires de la flibuste ne se livraient qu'à la chasse aux richesses. D'après lui, tout avait commencé avec la bande de Cortés qui avait fait main basse sur l'or des Aztèques et s'était emparée des pierreries des Indiens. C'est pourquoi les caravelles des conquistadors étaient, à ses yeux, de véritables coffres-forts flottants, lourdement chargés.

Ce jour-là, le Grand Will m'avait conté l'histoire de la piraterie ; comment elle s'était étendue sur toutes les mers avec les tortures sous les haubans et les gibets sous la voilure. Sans oublier la cruauté fameuse des « Seadog » de l'île de la Tortue.

— Je comprends que tu aies peur de ce « jambe de bois » caricatural. Même s'il a trop l'air d'être un marin de théâtre pour être un vrai loup de mer ! me dit le Grand Will.

Toujours inquiet, je pris cette phrase pour une mise en garde, car avec sa tête de rouleur de dés, dans une taverne maudite, et son air de « grand saigneur », rôdant autour de la potence, Somerset le marin pouvait se mettre à hurler à tout instant sous l'étendard noir : « *Revenge* ! Vengeance ! »

Il peuplait tous mes cauchemars, ahanant avec la chiourme, les mains tuméfiées à force de serrer les huniers sous le cri du bosco, s'affairant à l'approche du grain, bouffant du bambou dans les déferlantes, vomissant ses tripes sous le choc dévastateur des lames quand la peur suinte par tous les pores. Dans cet hospice, Somerset le marin était le seul adversaire dont j'étais sûr que je ne pourrais jamais le vaincre. L'imaginer battu m'était impossible et je ne pouvais admettre ou même soupçonner l'idée qu'il serait un jour immobilisé, encordé à un mât à perpétuité !

Nul n'osait l'affronter et pourtant le moindre effritement de sa statue de naufragé m'aurait donné du courage. Je rêvais que ce héros honni, hurlant dans la tempête, soit enfin délogé de son fauteuil de granit. Cela faillit arriver un jour, lors d'une grave altercation avec Faïence-Folie.

— Tes rêves de marin, c'est une pissotière à métaphores ! lui décocha-t-elle, brutalement.

Somerset blêmit sous l'outrage et ne trouva, pour

162

seule parade, que l'insulte, lui hurlant au visage en la couvrant de postillons : Catin décatie !

— Boucanier de mon cul ! lui répliqua Faïence-Folie, levant le pouce comme si elle montait à l'abordage.

Et telle une hydre revancharde, broyant les trirèmes, elle l'assomma d'un brutal aller-retour :

— Tu nous fatigues avec tes songes salés. La mer avec toi n'est plus qu'un sujet bateau !

Mais, même à mes yeux d'enfant, cette brutalité soudaine ne pouvait nuire à mon ennemi mortel. Je perçus, sans vraiment le comprendre, que la violence, entre ces deux-là, était celle d'un couple où tous les coups sont permis, où l'on sait où et comment frapper pour faire mal mais où peuvent s'effacer les plus violentes tempêtes pour laisser soudain surgir la paix d'une éclaircie.

D'ailleurs, peu de temps après, j'eus l'impression confuse que les deux protagonistes qui échangeaient injures et crachats s'étaient réconciliés dans un coin de la pièce. Ils étaient debout en silence, blottis l'un contre l'autre, comme hébétés par le déferlement de leur propre violence. Faïence-Folie en avait pris l'initiative et avec la vulgarité et la violence qui lui étaient coutumières, elle lui glissa : « Viens, je vais te traire les couilles. »

Avec ces vieillards, je découvrais le couple sous son pire aspect : non pas cette harmonie gaie dont découle un bonheur simple, mais une sorte d'attachement morbide à un être qu'on n'aime plus mais dont on mesure avec une sombre volupté qu'on peut encore le faire souffrir.

CHAPITRE 23

« La vie est tout de même étrange, tu ne trouves pas ? On dit que les voyages forment la jeunesse et toi, ils t'ont conduit tout droit à la vieillesse. »

Le Grand Will me regardait gravement lorsque je tentais de faire rouler mon *Dinky Toy* sur le rebord de bois blanc d'une fenêtre à guillotine. Intrigué, il me dit doucement : « Toi, mon petit Arthur, tu es un voyageur sans bagages. »

Un rayon de soleil surgit entre deux nuages. Le Grand Will leva les yeux au ciel en souriant. Son voyage en Italie lui revenait à l'esprit.

« C'est une phrase de Léonard de Vinci qui m'a donné envie d'aller en Toscane, confia le Grand Will : "La peinture est une poésie qui se voit, au lieu de se sentir, et la poésie est une peinture qui se sent, au lieu de se voir." Cette impression, je l'ai ressentie dès le début de mon séjour dans le monastère où je m'étais arrêté, non loin du petit village de Vinci. Dans la salle à manger, je prenais mes repas en admirant les fresques d'autrefois et, de ma chambre, j'avais une vue sur les vignobles alentour et les collines rondes. A une époque très sombre de ma vie, l'Italie me redonna le goût d'écrire. Je compris pourquoi j'avançais et je me mis à prendre des notes sur un petit carnet qui ne m'a jamais quitté : "J'écris pour me parcourir." »

Quelques années plus tard, les livres du Grand Will connurent un grand succès d'estime. C'était l'époque où Lady Cuffe, Vernon Lee, Osbert Sitwell et Violet Trefusis avaient transformé la Toscane en colonie d'intellectuels britanniques et le Grand Will faisait partie de leur cercle d'amis. Il savait que cette brise d'anglomanie avait déjà soufflé sur la Toscane dans la seconde moitié du dix-huitième siècle où Florence était l'étape préférée du Grand Tour des étudiants anglais. Il se promenait parmi les parterres de la villa « La Pietra » en pensant à l'étrange destin de cette demeure. Une famille italienne, les Capponi, avait jadis donné aux jardins leur caractère anglais et une famille d'Albion, les Acton, leur avait redonné un style florentin. Ainsi, Lord Sir Arthur et Lady Hortense Acton, dès qu'ils devinrent maîtres des lieux en 1904, firent reconstruire les terrasses, créèrent des théâtres de verdure en plantant des buis et des cyprès, édifièrent des temples et parsemèrent les parterres de statues. Le Grand Will marchait des heures dans la campagne toscane et, le soir, retrouvait ses amis. C'étaient des moments enchanteurs. « Le bonheur, ce n'est jamais que la bonne heure... » se disait le Grand Will, un soir de juillet, sur la terrasse ornée de pots en terre cuite où les jardins à l'italienne, piqués de chênes verts et de parasols, accueillaient dans leur radieuse jeunesse la sagesse soumise d'un très vieux tilleul.

Ce soir-là, bien après que le soleil se fut couché derrière les collines hérissées de cyprès, le Grand Will était rentré dans la villa, en compagnie d'une invitée ravissante, encore inconnue de lui trois heures plus tôt. Tous deux goûtaient l'exquise sérénité de cette marche nocturne sous les cyprès, tandis qu'entre eux le désir naissait. Son prénom était une invite à l'amour : « Allegra ». De son souffle, il avait effleuré sa bouche, ses lèvres entrouvertes. Ses mains, parties de sa taille étroite, avaient caressé ses seins gonflés comme des voiles. Tous deux s'étaient déshabillés dans la pénombre de la grande chambre.

Le Grand Will, les yeux mi-clos, nageait encore dans son rêve d'amour toscan quand la brutalité d'un propos du Brigadier sonna le réveil : « Vous qui aimez tant les étrangères et qui avez si souvent dans votre carrière amoureuse placé votre cœur sous la botte d'Italie, aurai-je l'honneur de vous apprendre qu'en Europe nos belles Anglaises sont partout chez votre cher Balzac ? La comtesse Guidoboni-Visconti n'avait de la péninsule que le patronyme. Elle était une authentique Anglaise de naissance, âgée de trente ans. Sarah Lowell, issue d'une famille assez extravagante où l'on compte trois suicidés, une dévote, une alcoolique et une nymphomane. »

Sur ces entrefaites, Faïence-Folie, le teint encore rosi par les confidences toscanes du Grand Will, revint sur ses propres amours et dans les beaux draps de ses souvenirs. Un mot, aussi soudain que sublime, lui échappa alors : « La souffrance est humaine, la jouissance, seule, est divine. »

Lady Beckford, surprise, sursauta puis, se reprenant, posa sa tasse de Darjeeling sur la soucoupe, se leva avec son éternel grand air, observa un instant l'immensité marine, puis, se tournant vers l'assemblée, lâcha, avant de quitter la véranda : « Le Grand Will, il a eu les moissons avant les semailles ! »

A son tour, mal élevé, mal embouché, toujours désagréable, Somerset le marin ne put s'empêcher de balancer une perfidie : « C'est vrai Will, ça, que vous n'avez plus l'air que d'un vieux parapluie ! »

J'étais assis sur un tabouret aux pieds de Faïence-Folie qui, dans un geste maternel, attira ma tête sur sa grosse poitrine flasque : « Ne les écoute pas, mon petit garçon, ils parlent de cette chose incompréhensible qui s'appelle l'amour. Un jour, je t'expliquerai tout. Mais pour le moment écoute la première phrase de *Peter Pan,* car elle te concerne : "Tous les enfants grandissent, sauf un !" »

CHAPITRE 24

Le vendredi en fin d'après-midi, c'était le moment
où je me rendais chez Lady Beckford. Elle me lisait
Alice au pays des merveilles. Je m'y sentais en sécurité. J'y retrouvais avec plaisir tous ces objets qui donnaient à cette pièce un charme particulier ; la bibliothèque à tablettes d'acajou, faisant face à la cheminée,
la pendule en marbre jaune, les livres reliés en mou-
ton rouge et en maroquin vert, sa couverture de drap
aux lettres brodées en poil de chèvre, sa mousseline
des Indes jetée sur le haut fauteuil, un dessin de Tur-
ner représentant la Loire, ce tableau attribué à Holbein
parmi des débris de la splendeur du château de Fonhill, le Gainsborough, la glace, le lustre de vermeil,
les flambeaux et les cachemires.

Et puis, il y avait cette cathèdre gothique sur laquelle
j'avais du mal à grimper. La Lady me regardait, atten-
drie, et me laissait tenter de m'y hisser tout seul. Je
me revois devant ce monument de souveraineté,
désemparé comme un petit sherpa avant l'ascension
d'un Himalaya social.

« Viens plutôt sur mes genoux, mon petit », me dit

ce jour-là la Lady qui commença à me conter l'histoire du lapin blanc chapeauté, du chat mathématicien, du mille-pattes, du narguilé et de ces vastes champignons aux effets hallucinogènes... Je n'y comprenais rien et, en plus, ce conte de fées insolite me mettait fort mal à l'aise. Je m'enhardis à le lui dire. Elle tenta de tout éclaircir et me raconta d'où était issue l'histoire d'*Alice*. Comment le timide et très pieux Charles Lutwidge Dodgson, futur Lewis Carroll, accompagné de son pair d'Oxford, Robinson Duckworth invita les trois filles Liddell, Ina, Alice et Edith pour une simple partie de campagne et un déjeuner sur l'herbe qui devait devenir le plus célèbre pique-nique de tous les temps. Comment, à cette occasion, à l'heure du thé, sur les rives de la rivière Godstow, cette équipée se prolongea encore par ce qu'il avait commencé à raconter le conte d'*Alice's Adventures in Wonderland* destiné à être écrit pour Alice. Comment il fallut trois ans pour que ce projet prît la forme d'un conte de fées et comment il fut édité pour la première fois le 4 juillet 1865.

« Des années plus tard, dit la Lady, le pauvre Lewis Carroll, qui à mon avis était un triste sire, en était encore à pleurer le temps où Alice avait sept ans, regrettant ses mots d'enfant et son air de petite fée coiffée d'une couronne de fleurs blanches. Il pouvait rêver des heures sur les photos qu'il avait prises de la petite fille !

« Puisqu'il était si amoureux d'elle, il n'avait qu'à l'épouser ! clama Lady Beckford, précisant en haussant encore la voix : A l'époque, on pouvait se marier à partir de douze ans ! »

Alors, la vieille dame fouilla longuement dans les tiroirs d'acajou de sa commode. Enfin, fière de sa trouvaille, la mine réjouie, elle me tendit un tirage aluminé, numéroté à l'encre violette, encadré de velours mauve.

« Tu vois, ce portrait photographique a aujourd'hui presque cent ans. Il provient de ma maison de l'île de Wight. On y perçoit autant de fraîcheur que de nostalgie parce que c'est le visage d'Alice dont Lewis Carroll a capté la tristesse alors qu'elle venait d'avoir dix-huit ans. Avoue que, pour une fille qui revient du pays des merveilles, elle n'a vraiment pas l'air heureuse ! »

J'examinais la mine ennuyée et l'air si mélancolique de la jeune fille sur ce cliché. Alors, je levai les yeux vers la Lady et ne pus m'empêcher d'émettre un doute et de poser une de ces questions bêtes dont j'avais le secret :

— Et si les fées n'existaient pas ?

CHAPITRE 25

Un jour, à l'heure de la sieste, le Grand Will me proposa une équipée au troisième étage. Alors que nous gravissions l'escalier, le Grand Will m'expliqua qu'à cet étage étaient relégués les vieillards dont la santé mentale était atteinte. On appelait cet étage « l'étage des déments », me dit-il, en prenant un air étrange. Puis il se pencha vers mon oreille et prononça ces mots qui me remplirent d'effroi : « *Sympathy for devil.* »

Entre le deuxième et le troisième étage, l'escalier devenait plus étroit et plus sombre. Les murs peints en marron étaient nus. Soudain, le Grand Will s'arrêta, essoufflé, pour me dire : « C'est une Descente aux enfers, je te préviens. Tu es bien prêt ? me dit-il, en saisissant ma menotte. Car, ce que tu vas voir au troisième étage, je te préviens, c'est bien pire qu'en bas. Mais, hélas, il faut que tu saches que ça existe. »

Je lui avais donné ma main en toute confiance. Je l'aurais suivi au bout du monde, au fin fond de l'Afrique d'où David Livingstone était parti chercher les sources du Nil. Il m'avait raconté cette aventure prodigieuse de l'explorateur et du grand reporter lancé à sa recherche et je considérais, depuis, que j'étais son Stanley et qu'il était mon Livingstone.

En montant vers ce troisième étage dont j'avais entendu parler et qui m'était toujours resté interdit, je me demandais quelle cohorte de monstres le Grand Will allait me faire rencontrer.

Parvenus au sommet de l'escalier, le Grand Will me tenant par la main, nous nous trouvâmes devant une porte capitonnée. Je n'en avais jamais vu. En haut à droite, une sonnerie électrique sur laquelle il appuya sans hésiter. Après deux minutes d'attente, la porte fut entrebâillée et j'eus la surprise de voir que c'était le Docteur Matthews qui se trouvait là. Je ne le reconnus pas d'emblée. Il n'avait pas son visage habituel. L'expression de douceur avait disparu. Je crus comprendre qu'il était en colère, indigné de notre visite et les traits durcis par la surprise et le mécontentement. C'était un autre Docteur Matthews aux allures stupéfiantes de Mister Hyde. « Qui vous a permis de monter ? » demanda-t-il au Grand Will. « Nous sommes venus pour saluer le Français centenaire. C'est aujourd'hui son anniversaire. Et vous conviendrez, Docteur, que cela n'arrive pas tous les jours. » Matthews demeura impassible : « Mais pourquoi avez-vous amené l'enfant ? » dit-il en reprenant peu à peu son visage habituel. « Simplement pour lui enseigner le temps », dit le Grand Will en avançant d'un pas, sans plus se préoccuper de l'attitude réticente du médecin. Ce dernier prononça encore quelques mots : « Vous savez, ce n'est pas un spectacle pour un enfant, ces infirmes, ces frénétiques, ces idiots, ces aliénés. » Et le Docteur Matthews nous laissa entrer, accablé et mécontent.

Assise devant une petite table, au bout du couloir, une vieille tremblait de tous ses membres, agitée comme une chèvre, l'air égaré. En face d'elle, le chef d'orchestre fou pianotait en chantant avec fougue. Un héros de la guerre des Boers arpentait le couloir, l'œil fixe, les bras fièrement croisés, ses décorations épinglées sur son pyjama. Un autre surgit, nu et décharné, et entreprit de se masturber vigoureusement, tandis qu'une vieille aux cheveux défaits se peignait en minaudant devant l'homme nu. Une unijambiste, qui disait avoir été danseuse étoile, essayait de montrer ses moulinets. Un ancien ambassadeur, qui avait perdu tout lien avec la vie élégante de jadis, ne pouvant attacher ses boutons, était uniquement absorbé par une tâche obsessionnelle : s'installer sur le rebord de la fenêtre grillagée pour compter les pigeons.

Je sentais que le Grand Will regrettait de m'avoir emmené. Pour faire face et ne pas m'inquiéter, il avait adopté un étrange sourire et saluait avec gentillesse tous ceux que nous croisions.

L'étage était vaste, composé d'un grand dortoir central, rectangulaire, et de deux longues pièces à chaque extrémité. Dans celle de gauche, avaient lieu les soins d'hydrothérapie. Un vieillard en sortait, les cheveux longs et blancs plaqués par l'eau sur son visage émacié. Il ressemblait à un Dieu le Père, déchu, ou à Noé, sous le Déluge.

La pièce de droite avait été transformée en une cellule matelassée où l'on plaçait les malades les plus agités. En progressant dans ce cortège de malheurs, en quête d'un heureux centenaire qui avait, on ne sait comment, échappé à ces atrocités, le Grand Will sentait ma main s'agripper à la sienne. C'est que je venais de voir un dément à quatre pattes qui aboyait en léchant les murs. Il était d'une maigreur effrayante. Je marquai aussi un temps d'arrêt devant un vieillard à demi nu dont les testicules exhibés ressemblaient à un moineau tombé du nid au duvet cotonneux mais pauvrement clairsemé. Le vieux s'approcha de nous pour se plaindre.

Pour moi, c'était comme la visite d'un zoo où la diversité des espèces animales et les monstruosités de la nature vous poussent à formuler des exclamations étonnées. Dans l'univers qui était devenu le mien, ces formes mouvantes et sans nom dont je ne pouvais définir la nature me plongeaient dans un immense malaise. Je voyageais dans ce monde en tentant de me dire que je n'assistais là qu'à des numéros de cirque dont le Docteur Matthews était le dompteur. Des numéros d'acrobates, qu'on qualifiait d'emportements et d'excès, ou, après l'entracte, d'hallucinations et de vomissements. Le Grand Will se baissa vers moi, gêné, tentant de m'expliquer : « Tu vois, d'une façon ou d'une autre, ils ont le *spleen*. En anglais, cela signifie la rate. C'est le siège de la bile noire, dont l'excès produit la mélancolie. » J'avais levé la tête et je regardais gravement le Grand Will, sans vraiment saisir le sens de ses mots. J'étais simplement rassuré de constater que mon protecteur bien-aimé n'était pas aussi atteint que les vieux animaux du zoo. Je me serrai encore un peu plus contre lui, effrayé que j'étais par le délire des pensionnaires, mais secrètement enchanté de découvrir, en explorateur après une longue marche, les ombres vertes de la forêt des fous, les brûlures jaunes de la savane des déments.

Le Docteur Matthews nous rejoignit et expliqua au Grand Will les maux des malades les plus atteints. Puis, s'approchant d'une grosse femme tassée dans un petit fauteuil en tapisserie, il lui demanda aimablement : « Comment allez-vous aujourd'hui, Majesté ? » Avant même qu'elle ne répondît, se tournant vers le Grand Will, il lui glissa à l'oreille : « Avec elle, vous allez voyager dans le temps : victime d'un délire prononcé, elle se croit reine de France, se prend pour Marie-Antoinette et voit en chacun de ses visiteurs un personnage historique. » Sans se lever, la grosse dame avait ouvert ses bras flasques : « Ah ! Mon bon Louis ! Que de malheurs en cette Conciergerie ! » Puis se tournant vers moi, elle ajouta : « Vous avez bien fait de venir avec notre gentil Dauphin. » Là-dessus, elle voulut me serrer contre son cœur et tenta de m'embrasser. Je ne pus m'empêcher de la repousser brutalement, révulsé par son odeur répugnante.

« Allez, viens avec moi, Louis XVII ! » me dit en riant le Grand Will. J'eus soudain peur que le Grand Will ne soit entré dans la danse mais je savais que c'était un magicien. Capable de métamorphoser tout ce que la vie avait de redoutable. A travers le philtre magique de ses lectures, les histoires horribles devenaient des contes de fées et le Grand Will paraissait même posséder le pouvoir d'apprivoiser le fantastique. Le Docteur Matthews nous dit avec son air affable : « Vous voilà arrivés. Votre centenaire vous attend. Mais ne restez pas trop longtemps près de lui. Un demi-siècle serait de trop. »

Nous étions parvenus à bon port. Au-delà de la tempête de la démence et de l'écume de la folie, allions-nous enfin rencontrer la sagesse des cent ans ? Un détail cependant me tarabustait. J'avais entraperçu, et cette vision depuis m'obsédait, une image saisissante : un lit ouvert, aux sangles défaites. Ainsi, me disais-je, on peut même emprisonner le sommeil et cadenasser les rêves !

Le monsieur français, recroquevillé dans son fauteuil roulant, attendait ses visiteurs. Il était ravi de nous recevoir et enchanté de célébrer l'événement en racontant des épisodes de sa vie. Avec volupté, il s'apprêtait à pérorer. Mais c'était sa fiancée de quatre-vingt-dix-neuf ans qui lui volait la vedette. Elle voulait tout nous dire de sa vie. Elle se mit à nous raconter comment sa tante suffragette s'était jetée sous les sabots d'un cheval pendant le Derby d'Epsom.

A force de patience, il nous fut possible d'extraire du naufrage de sa mémoire quelques souvenirs phares du centenaire. Il se mit à égrener son chapelet. C'étaient les inondations de 1910, le Paris des tramways, celui des fortifs et des barrières d'octroi. Le Grand Will le questionnait en français. Alors le centenaire, en confiance, raconta avec plaisir les événements qui l'avaient marqué : l'Exposition universelle, la tour Eiffel et surtout la grosse Bertha.

Le centenaire s'appelait Constant. C'était un paysan français dont le destin avait basculé à l'âge de vingt ans. L'Anjou, son pays d'origine, était frappé par l'exode rural. Le travail manquant dans les campagnes, il était monté à Paris quand Georges Clemenceau présidait le Conseil. « J'étais émerveillé par tout. J'ouvrais de grands yeux. Ah ! la tour Eiffel. » Quand il devint cheminot, on venait de voter l'instauration du repos hebdomadaire obligatoire, l'aviateur Santos-Dumont venait de battre le record du monde : deux cent vingt mètres en douze secondes... A la gare, Constant avait croisé les célébrités de l'époque : le sculpteur Auguste Rodin, le compositeur Claude Debussy, l'écrivain Guillaume Apollinaire et le peintre Claude Monet.

Alors, le Grand Will ne put s'empêcher de lui demander :

— Et le goût du bonheur, c'était quoi, à cette époque-là, le goût du bonheur ?

— Le goût du bonheur, c'était celui du Chambéry Fraise ! et le centenaire eut, à cet instant, un sourire superbe, émergeant comme en plein midi, d'une terrasse ensoleillée.

Le centenaire tourna vers nous ses yeux hagards. Il tentait de recomposer la mosaïque des moments qu'il avait vécus et qui étaient entrés dans l'Histoire. Etait-ce à Douvres que le prince Albert avait passé la nuit afin d'être à pied d'œuvre pour recevoir les souverains français ? Il ne se souvenait que d'un brouillard intense et d'une atmosphère opaque. Ce qui lui revenait à l'esprit, c'étaient les bals champêtres auxquels assistait le couple impérial, invité par la reine Victoria. Ce qui l'avait frappé c'était la cordialité de Napoléon III et la beauté altière de l'impératrice Eugénie en visite en Angleterre et surtout les courses de ces chiens au poil flottant appelés *greyhounds,* si appréciés alors des sportsmen d'outre-Manche. Quant à affirmer que le Yacht royal avait poussé jusqu'à Cherbourg et jeté l'ancre devant sa digue, cela non, le centenaire ne le pouvait pas car les souvenirs sont comme ça : souvent ce sont eux qui vous laissent en rade !

Alors que la visite se terminait, le centenaire accrocha le Grand Will par le revers de sa veste. S'il n'avait pas pu tout dire, il tenait tout de même à conclure :

« Je ne garde pas un mauvais souvenir de la vie, elle n'a pas été trop méchante pour moi. Sauf qu'à la fin, ils sont tous morts ! »

CHAPITRE 26

« Qu'est-ce que tu lis ? » C'était ce moment tiède du milieu d'après-midi où je pouvais enfin me laisser aller. Ce moment où je n'avais pas peur de me coller contre l'épaule de mon vieux protecteur pour profiter de sa chaleur. Le Grand Will me répondit : « Melville, et haussant le ton, lut à voix haute : "Quand je me sens des plis amers autour de la bouche, quand je me surprends arrêté devant une boutique de pompes funèbres, ou suivant chaque enterrement que je rencontre, et surtout lorsque mon cafard prend tellement le dessus que je dois me tenir à quatre pour ne pas descendre dans la rue et y envoyer dinguer le chapeau des gens, je comprends qu'il est grand temps de prendre le large, cela remplace pour moi le suicide." »

Le Grand Will lisait avec une telle conviction qu'on aurait pu penser que c'était de lui qu'il parlait.

— Est-ce que les écrivains sont toujours malheureux, Grand Will ?

— Pas toujours, répondit-il et il poursuivit avec une histoire : Quand Melville se rendit chez les Taipi, il savait bien qu'ils étaient les plus féroces cannibales des mers du Sud. Il en avait si peur qu'il ne cherchait même pas à dissimuler sa trouille. Et pourtant, tout s'est bien passé. C'était la surprise. Les Taipi étaient gentils et lui ont offert un doux farniente. Ils transportèrent chaque jour Melville au « Ti », où l'on rit et ripaille, à la cascade où se baignent les jeunes filles.

Le Grand Will revint à sa lecture : « Si je laisse errer mes yeux sur ces flots romantiques, ils rencontraient les formes à demi émergées d'une belle fille, debout dans l'onde transparente. »

Il se remit à parler, reprenant le fil de son histoire : « Chaque soir les jeunes filles viennent oindre Melville d'huile odorante et une idylle se noue avec la belle "Faia Whai". » Et puis, après un silence assez long, il se tourna vers moi pour ajouter, comme si nous étions tous deux en pleine force de l'âge, adultes et complices : « Mais tu vois comme sont les hommes, même Melville, qui cherchait le vrai paradis et qui semblait l'avoir trouvé au milieu des sauvages, ne pouvait jamais s'y tenir. »

CHAPITRE 27

Ce jour-là, ce fut une rude journée mais, en même temps, une journée ordinaire. A l'asile, il faut dire que l'horreur tranquille était notre lot quotidien. Mais on s'habitue à tout et il faut bien se distraire, même du malheur des autres. Après le petit déjeuner, j'avais fait ma tournée habituelle et tandis que les infirmières retapaient les lits ou que les femmes de chambre répandaient l'eau de Javel sur les carreaux, personne n'avait l'idée de faire attention à moi pour me surveiller ou me suivre. Je pouvais donc mener ma petite enquête sans déranger personne.

La surprise du jour, c'était cette femme qu'on avait retrouvée couchée par terre, une corde autour du cou. Tout à coup, me revinrent ces propos, qui m'avaient tant troublé, tenus par le Brigadier général sur les manies criminelles de Jack l'Eventreur : « Sans doute a-t-elle voulu se donner la mort ! » avait dit la sœur, mais je n'en croyais rien. N'était-ce pas plutôt le début d'une série de crimes commis dans notre hospice ?

A partir de ce moment, je me tins constamment en alerte, tout pouvait éveiller mes soupçons. Par la fenêtre, en ce matin clair, je vis une autre femme dans le jardin. Elle se frappait, proférait des insultes puis soudain se mit à courir. Plus tard, alors que je rentrais dans le grand dortoir en suivant l'infirmière avec son chariot métallique, je vis le fou : il avait ouvert un parapluie au-dessus de son lit. Mais la journée maudite n'était pas encore achevée. Il y avait aussi la routine, le couple indissociable que formaient Rose et Albert. On ne pouvait pas dire qu'il la négligeait ; il semblait toujours s'adresser à elle. Etait-ce par amour ou par un phénomène mécanique ? Nul ne pouvait le savoir, puisqu'il était affecté d'un tic qui lui faisait tourner violemment la tête du même côté.

Le soir venu, je n'osais pas trop m'approcher des douches ; car des hurlements s'en échappaient et je savais que c'était Somerset le marin qui faisait la même crise et criait : « C'est trop chaud ! » et qui parfois s'échappait en courant, au grand dam de la religieuse chargée de surveiller les ablutions. Il y avait aussi ce malade qui donnait des bénédictions dans le vide. Quand il me croisait, il me fixait avec ses immenses yeux bleu ciel, s'inclinait avec componction et disait tout bas : « Je prie pour Renée, elle voulait me tuer. »

Je ne sais plus très bien comment je résistais à tous ces cris, ces scènes et autres bizarreries. Je m'étonnais parfois, j'avais souvent peur et puis, peu à peu, j'ai sans doute appris à me blinder.

Au fur et à mesure que la journée avançait, je redoutais la venue du soir. Pourquoi ? A cause d'une vision que je n'oublierais jamais. C'était l'heure de l'extinction des feux et le dortoir était plongé dans l'obscurité. J'avais perçu un petit scintillement de braise. Un homme, avec son mégot à la bouche encore allumé, était étendu sur un des lits. Qui guettait-il ? Sa figure à demi cachée par la pénombre m'était inconnue. Lorsqu'il tourna la tête, je pris peur : c'était le visage d'un tueur. Soudain, il me fut impossible de rester une seconde de plus dans cette pièce et je m'enfuis du dortoir.

J'arrivai, essoufflé, dans le salon et, dans l'ombre, je perçus deux silhouettes que j'identifiai : le Brigadier général avec sa tête de planète Mars, sa calvitie couverte de taches brunes, son œil de verre, sa lippe déçue et, de trois quarts, le médecin avec ses cheveux blonds plaqués en arrière. Ils étaient en grande conversation. Echange, bien entendu, scientifique sur les mystères toujours renouvelés du vieillissement et de cet hospice. Comme ils ne m'avaient pas remarqué, je pus écouter leur conversation, toujours impatient d'en apprendre davantage.

— Nous sommes inégaux dans le vieillissement. Certains sexagénaires sont très diminués intellectuellement alors que d'autres octogénaires ou même nonagénaires gardent leur vivacité d'esprit, leur mémoire intacte et leur sang-froid en toutes circonstances, comme vous, mon Général.

Le Brigadier général sourit, flatté. Il aimait, avec le Docteur Matthews, considérer les dérives des pensionnaires et les dévastations des malades comme s'il n'en faisait pas partie. Après avoir échangé avec le médecin à propos de diverses détériorations constatées à l'asile, il avançait un diagnostic :

— Ne pensez-vous pas, Docteur, qu'il existe des pseudo-démences qui cachent de simples dépressions ? Que certains traitements peuvent laisser de graves séquelles intellectuelles et que des criminels qui ont été ainsi traités peuvent oublier leur culpabilité au point de se croire innocents.

Le médecin acquiesça d'un air rêveur. Il connaissait les obsessions de son interlocuteur et ne tenait peut-être pas à prolonger cette conversation.

Le docteur prit le bras du Brigadier et l'accompagna au réfectoire. C'était une aubaine pour moi. En leur collant aux fesses, je serais protégé des pincements et des coups de Somerset le marin.

A table, je m'installai aux côtés du Brigadier, espérant sa protection militaire. Mais je m'étais fait des illusions. Etait-ce pour m'amuser ou pour me faire frémir qu'il nous offrit un spectacle horrible ? Saisissant sa fourchette de la main droite, il la pointa sur son œil de verre et fit heurter la pointe métallique du couvert contre la bille de sa fausse pupille. Le choc fut étonnant et le bruit si singulier qu'après avoir frémi je ne pus m'empêcher de lui demander de recommencer.

Quand Oscar le cuisinier entra avec la bassine de soupe où voguaient de vagues poireaux, je constatai que ma manœuvre avait réussi. Somerset le marin était installé à l'autre table. Sans doute, avait-il eu peur du Brigadier général et de l'œil mort qui, d'une orbite obscure, le fixait sans le voir !

Oscar, qui se considérait comme un esthète, disait en savoir long sur la fortune de Lady Beckford et tout l'asile le chuchotait : la vieille dame possédait un Gainsborough qu'elle avait fait transporter du château de Fonhill dans sa suite de l'asile. C'était le portrait d'une Lady, sans doute une de ses ancêtres. J'avais remarqué un phénomène assez singulier. Il suffisait que la Lady levât les yeux vers la toile pour que le portrait, aussitôt, parût descendre et se confondre avec son visage.

J'avais l'impression que la vieille dame descendait du tableau au moment où son regard montait vers lui, confusion exquise, effet prodigieux, tant ces deux regards étaient identiques. Afin de vérifier ce phénomène tout à fait étonnant, j'avais mis au point un stratagème qui consistait à interroger la vieille Lady. Quand elle me répondait, elle ne pouvait s'empêcher de jeter de temps à autre un coup d'œil à la toile et, aussitôt, le phénomène que je guettais se reproduisait. En haut. En bas. En haut, en bas.

J'étais émerveillé que cela fonctionnât si bien. Mais, à la longue, Lady Beckford se confondait tellement avec son portrait qu'elle-même en devenait un peu irréelle. Décidément, le temps, les visages, tout était un peu flou en ce lieu ! Oscar ne se posait pas ce genre de problème. Il ne laissait passer aucune occasion de se rendre dans la suite de Lady Beckford car son « goût », dont il se vantait à tout propos, et son avidité l'attiraient dans la suite de celle qu'il appelait : « la vieille pleine aux as ». Et c'est lui qui posait les bonnes questions à l'altière aristocrate.

— Quels sont les portraits du peintre que vous aimez, Madame ?
— Celui de Lord Pembroke, à Wilton et celui de Lord Radnor à Longford Castle.
— Qui, à votre avis, a influencé le plus l'artiste ?

— Les maîtres anciens d'abord, mais certainement Claude le Lorrain ensuite. Mais Gainsborough a fait trop de portraits. C'était du surmenage. La preuve, il a fini par tomber malade. A partir de ce moment-là, las des portraits mondains, il se consacra à la peinture des paysages.

Tandis que la Lady répondait aux questions d'Oscar, je jouissais de cette rapide superposition des deux visages. C'était digne de la lanterne magique. Un effet d'optique, incroyablement amusant, un bonheur à répétition.

— Comment le portraitiste se distrayait-il de son travail ?

— En écoutant de la musique. Il adorait Jean-Chrétien Bach et sa fille Mary jouait pour lui, des heures entières.

— Le grand artiste fut-il aimé ?

— Beaucoup de gens l'estimaient. Et le roi aussi l'honorait de fréquentes visites. George III allait souvent le voir dans sa campagne de Richmond Hill.

Lady Beckford était aussi passionnée par les jardins que par la peinture. Les toiles la consolaient de ses chagrins comme un mouchoir de batiste aurait séché ses larmes. Elle aurait voulu connaître le secret du Gainsborough, le secret de son bonheur. En le voyant sur un tableau, aux côtés de sa femme, teint rose bonbon et robe bleu ciel, il semblait que dans sa vie tout était simple. Il y a tant d'imbéciles heureux et si peu d'artistes.

La vie de Gainsborough avait coulé d'évidence en évidence comme une rivière tranquille. Né dans le Suffolk, il avait commencé par peindre des dessus de cheminée. Son premier portrait fut un capitaine de la marine hollandaise. Pour les paysages, il fut influencé par Ruysdael, Hobbema, Wynant. Puis, il tenta sa chance à Bath, l'élégante ville d'eaux de la West Country. Dans sa vie privée comme dans sa vie publique, c'était un personnage insolite : un artiste heureux. La contemplation des œuvres de ses confrères, plus doués que lui, ne le chagrinait pas. Il connaissait le bonheur d'admirer. Il sourit de satisfaction quand un adolescent nommé Hogarth fascina le monde londonien avec son portrait révolutionnaire du capitaine Coram destiné à l'Hospice des enfants trouvés.

Lui, Gainsborough, avait déjà inventé la formule qui fera entrer son nom dans la postérité, c'était « le corps dans le décor ».

A la veille de sa mort, en 1788, Gainsborough reçut la visite de son vieux rival de toujours, le peintre Reynolds, directeur de la Royal Academy. Celui-ci se pencha sur le lit du moribond qui murmura : « Nous irons tous au paradis et Van Dyck sera de la fête. » Gainsborough, l'artiste, le grand, le simple, l'authentique et en même temps, l'amusant, l'ironique, le subtil, se moquait de tout, sauf de son art, et, de temps en temps, il imposait un caprice pour montrer aux autres que lui aussi savait être mesquin ; il se retira pour toujours de la Royal Academy : on avait accroché ses tableaux trop haut !

TROISIÈME PARTIE

Je n'ai qu'un credo en littérature :
l'enfance.

ALAIN-FOURNIER.

L'enfant ne s'étonne pas de former patiemment un
vieillard.

Antoine de SAINT-EXUPÉRY.

Au lieu d'avoir été jeune je devins
poète ce qui est une deuxième jeunesse.

SOEREN KIERKEGAARD.

Qui de bonne heure est vieux restera longtemps
jeune.

Victor HUGO.

CHAPITRE 28

Avant mon premier séjour à Brighton, je n'avais qu'une idée confuse de ce qu'est un écrivain. C'est donc vraiment le Grand Will qui m'initia à la littérature.

Lorsque je revins à Brighton, des années plus tard, j'avais pu découvrir son œuvre et mieux le comprendre. Je pouvais l'imaginer écrivant au temps de sa splendeur, enveloppé dans sa veste de velours vert aux parements de soie noire, penché sur le bureau surchargé de son appartement gothique à Londres. Chroniqueur pertinent et auteur reconnu, il s'était gardé cependant d'entrer dans la peau d'un écrivain glorieux, car il avait toujours présent à l'esprit cet avertissement de Shakespeare : « La célébrité n'est jamais plus admirée que par le négligent. »

Provocant, spirituel, développant une pensée originale, il vivait de sa plume. Mais, épris de luxe, ne serait-ce que pour en disserter, il se retrouvait souvent sans un sou vaillant. Son premier ouvrage, un essai intitulé *The Age of Chivalry,* lui avait valu les éloges de la critique. Aussitôt, les journaux avaient sollicité les chroniques de « l'enfant terrible ». Ainsi avait commencé cette carrière qui l'avait rendu célèbre tout en dévorant son talent.

Le Grand Will aimait porter la contradiction et prendre le contre-pied de la dernière tocade à la mode. Son ton, « énergiquement égotiste », rappelait celui de Bernard Shaw et les sujets les plus graves ou considérés comme tels, c'est-à-dire la politique d'abord et la religion ensuite, n'échappaient pas à ce goût de la rébellion. « Il y a encore des tas de choses qui valent la peine d'être combattues », proclamait-il dans *Tablet*, l'organe catholique, en 1934. Il avait le goût et la passion des paradoxes. Sa signature faisait la joie des abonnés de *Graphic* et des lecteurs de *Night and Day* dans les années trente.

Aussi pour quelques guinées, le Grand Will se déchaînait volontiers contre la censure, le mariage, les syndicats, le divorce ou les croyances toutes faites. En matière de religion, il n'était jamais allé aussi loin que dans cet article au titre agressif : « Le suicide de Jésus ». Sa démonstration s'appuyait sur un ouvrage de John Donne, un grand poète de la période élisabéthaine, dont la famille était catholique, ce qui n'apparaissait pas à l'époque comme une très bonne recommandation. Donne s'était converti à l'anglicanisme. En secret, il continuait cependant d'écrire des poèmes métaphysiques et parfois mêmes libertins. Mais il se gardait bien de publier certains de ces manuscrits. Ainsi ce *Biothanatos* où il affirme que l'homicide de soi-même n'est point un si grand péché qu'il ne puisse être pardonné. Cette déclaration qui sentait le fagot, le Grand Will l'avait reprise à son compte. L'effet de l'article fut ravageur.

L'écrivain avait, en effet, deux qualités idéales pour un polémiste : l'horreur de la simplicité et le mépris de l'évidence. Et puis, après un essai brillant sur l'architecture palladienne, *L'Arc de la connaissance,* le Grand Will avait publié son roman *Les Exilés* qui s'était vendu juste avant la guerre à deux cent mille exemplaires.

Les Exilés, le roman du Grand Will, consacrait tout un chapitre aux infortunes des émigrés français réfugiés en Angleterre, après la Révolution française. Comme l'écrivait l'un d'eux, le vicomte de Chateaubriand, la capitale britannique les plongeait dans un « gouffre de vapeur charbonnée ». Le Grand Will racontait dans son roman comment, un certain soir, le jeune écrivain breton François René, en grand désespoir, alla visiter Westminster. Absorbé dans sa méditation, sur les tombeaux qui s'alignaient dans l'ancienne abbaye, il oublia l'heure et, la nuit venant, les gardiens fermèrent les portes. Il se retrouva prisonnier de l'éternité ! Au-dehors, il entendit le roulement d'une voiture et le cri du « watchman ». Le brouillard montait de la Tamise et bientôt ce fut la nuit, la submersion par l'encre noire de l'imagination et de la mort.

Infatigable marcheur et enquêteur minutieux, comme il l'était resté dans ses vieux jours, le Grand Will, pour son roman, avait parcouru tout Londres à pied, recomposant la topographie des émigrés et l'itinéraire d'un jeune homme qui, quelques décennies plus tard, allait connaître dans cette même capitale, comme un démenti à ses tristes débuts, la gloire d'une ambassade. Car parmi les réfugiés politiques de l'immigration à Londres, certains vivaient dans des palais et d'autres connurent la misère des masures.

Chateaubriand avait commencé par vivre misérablement dans des greniers à Holborn puis à Tottenham Court Road. Il était si démuni et parfois si affamé qu'un jour, torturé par son estomac vide, le jeune vicomte fut contraint de mâcher un linge mouillé pour apaiser sa faim. Afin d'échapper à son triste sort, il quittait Londres avec ses amis Fontanes et Hingant pour des randonnées dans la campagne anglaise qui s'achevaient toujours par le même parcours le long de la Tamise, depuis Richmond jusqu'à Greenwich. Au retour de ces grandes promenades, les trois amis soupaient dans quelque taverne de Chelsea parlant de Shakespeare et de la littérature, leur seule consolation.

Comment François René, jeune homme, aurait-il pu imaginer en ces heures d'infortune qu'il reviendrait un jour, beaucoup plus tard, à Londres comme ambassadeur, somptueusement logé, cette fois, en son palais de Portland Place ? Chateaubriand avait conservé toute sa passion et rédigeait dans son bureau, quand ses serviteurs étaient partis, sa méditation sur le temps qui passe tel un nuage noir sur la Tamise grise.

Sensible à l'extravagance de la scène, le Grand Will n'avait pu se priver de conter, à la fin des *Exilés,* une réception donnée par le vicomte dans les salons de l'ambassade. Puisqu'il s'agissait d'éblouir le Tout-Londres dans un bal donné pour le roi, l'ambassadeur avait engagé Collinet, le célèbre entrepreneur de réceptions d'Almack's, le plus fashionable des fournisseurs du West End.

Wellington, le premier invité apparu, n'a plus l'air que d'un fat, Lady Byron lui succède, pathétique, mais elle n'est plus qu'une épouse délaissée, et ce Lord Londonderry qui entre, glorieux sous les lambris dorés, un an plus tard se sera suicidé. Cette soirée n'était-elle pas le cimetière chatoyant des feux follets oubliés ?

C'est Lady Beckford qui m'avait montré un gros volume, relié en cuir vert foncé, dans la bibliothèque de l'asile en me disant que c'était un des livres du Grand Will. A l'énoncé de son titre, j'ai pris l'air interrogateur : *Exilés,* je ne savais pas ce que cela voulait dire. « Va le demander au Grand Will », me dit la Lady. Et le volume sous le bras, fier de la mission qu'elle m'avait donnée, je dévalai les escaliers. Je trouvai le Grand Will comme à l'accoutumée, assis dans la véranda, fixant la mer, méditant sur la régularité des vagues. C'était le soir. Il avait allumé la lampe à gauche de son fauteuil, mais regardait à droite. Je posai le livre sur ses genoux. Et je lui dis, heureux de lui faire une surprise : « Qu'est-ce que c'est, les exilés ? »

Dans son regard gris délavé, il y eut comme un étonnement. Se souvenait-il du succès de ce livre, de sa surprise, de la petite maison irlandaise auprès d'un lac où il l'avait écrit ? De l'odeur crue du gazon reverdi qui lui avait donné le courage de continuer à écrire, sous le chant des oiseaux d'avril ? Je compris qu'il s'était évadé très loin de ma question, je n'étais que le déclencheur qui lui donnait le loisir de rêver à son passé. Il effleura mes cheveux d'une caresse. Je levai les yeux vers le grand chêne aux cheveux blancs. Il posa sa main sur mes petites épaules et me dit : « Tu es un exilé, un émigré. Cela veut dire : éloigné de son pays et séparé des siens. Tu pourras peut-être, un jour, écrire tes mémoires car pour l'instant tu es dans un tombeau, tu es au fond du trou, mon petit garçon. Puisque tu veux connaître la vérité des exilés, je vais te la dire. Ce sont des gens brisés par la vie et choqués par les circonstances, des jouets cassés, des êtres fragiles, qui, pour un mot ou pour un geste, peuvent passer de l'euphorie au désespoir. Mais le plus dur c'est sans doute le retour au pays. Je suis désolé de te le dire, ce que tu vis aujourd'hui, parmi nous, au milieu d'un paysage de ruines, n'est rien à côté de ce que sera ton retour à Londres ou à Paris. Tu verras que l'objet de remplacement n'est jamais aussi beau que l'objet perdu. Car les séparations précoces créent des écarts presque impossibles à combler. Seul, l'acte de créer peut recoller les images déchirées. Tu pourrais écrire, Arthur, et écrire, comme moi, pour moins souffrir. » Il ajouta : « Tu es de ces enfants qui ont sucé le lait de la mélancolie, comme le disait Sigmund Freud, que j'ai connu à Londres, peu de temps avant sa mort. »

Puis, après un long silence : « Comment pourrais-tu te souvenir et comprendre la reculade du temps ? Je suis heureux que tu puisses me parler, car ici tu aurais pu perdre le goût de la parole. J'aime ces conversations que nous avons, les questions que tu me poses auxquelles j'essaie de répondre. Tu crois que tu n'as aucun droit et que tu n'appartiens à aucune famille. Je t'enseignerai le contraire. »

Depuis quelques secondes déjà, je ne comprenais plus les phrases du vieux fou. Mais je sentais l'amour, la présence du grand parapluie noir de sa protection contre lequel les grosses gouttes cognent en vain. Il était un être sur terre qui voulait calmer mon angoisse et éteindre ma peur. Ce n'était ni un père, ni un grand-père, mais un parent original, une sorte d'oncle venu d'ailleurs, atterri là par hasard et différent des miens. Le Grand Will chaque fois qu'il voulait me consoler de ma condition ne trouvait rien de mieux que de me ramener à la réalité. Mais sa réalité à lui était encore et toujours issue d'un songe, la littérature.

— Des petits garçons malheureux qui ressuscitent par la grâce des « Belles Lettres », il y en a beaucoup, tu sais, Arthur. Les enfants abandonnés sont souvent devenus des créateurs. Regarde Dickens et Kipling, en Angleterre, Balzac et Vigny, en France, Dostoïevski, en Russie, ou Dante, en Italie. Mais, bien sûr, il faut savoir se reconstruire comme l'a fait Charles Dickens, ce petit garçon qui avait une belle écriture et une bonne orthographe. Son père, qui était un raté, finit par se résigner à travailler. Il avait appris la sténographie et devint reporter à la Chambre des Communes. Charles enviait son père, il trouvait merveilleux d'écouter les discours des grands hommes. Pour dix shillings et six pence, il acheta un traité de sténographie et devint vite un excellent sténographe. Il fut d'abord embauché au tribunal du Lord Chancelier puis un journal, *The True Sun,* l'engagea comme rédacteur parlementaire. Il fut bientôt connu comme le reporter le plus consciencieux de Londres. Toutes les fois qu'un ministre ou un grand politique prononçait un discours en province, c'était le jeune Dickens qu'on envoyait. Il était payé cinq guinées par semaine. C'est alors que lui vint l'ambition d'écrire.

Le Grand Will me fit son grand sourire qui craquait de tous côtés, un festival de rides et de sillons. Il était heureux d'avoir débité son conte de fées, issu de la réalité, comme il tenait à le préciser. C'était un rêveur de métier, un incorrigible rêveur et je serais un correcteur sténographe. Enjoué et euphorique, il me dit : « Tu verras, j'en suis sûr, un jour tu connaîtras Oxford. » Il en parlait comme d'un paradis : un lieu où la culture coulait dans la conversation comme une rivière. Oxford l'enchantait et il était le chantre de ses collèges gris, de ses gazons de velours, de ses clochers de rêve, de ses jolies prairies. Il aimait Oxford, sa bière à l'amertume légère sous les poutres basses des pubs que la tabagie avait noircis. Il aimait ce fatras sortant de la mémoire où se superposaient les battes de cricket, les traités d'esthétique, les mines rubicondes, les perruques poudrées, les portraits de Reynolds ou de Gainsborough, le Rugby et les Belles Lettres, l'image de Charles Ier et la ferveur des étudiants dans Christ Church, le fouillis des trente-cinq collèges, de ses tourelles, de ses beffrois, de ses flèches gothiques.

Alors ses belles lèvres grises se remirent à murmurer des vers :

Oxford est une ville qui me consola
Moi, toujours rêvant de ce Moyen Age-là.

En fait de Moyen Age on n'est pas difficile
Dans ce pays d'architecture un peu fossile.

A dessein c'est la mode et qui s'en moque fault :
Mais Oxford c'est sincère, et tout l'art y prévaut.

Mais Oxford a la foi, du moins en a la mine, beau-
[coup,
et sa science, en joyau se termine,

En joyau précieux, délicieux : les cieux
Ici couronnement d'un prestige précieux

L'étude et le silence exigés comme on aime,
Et la sagesse récompense le problème.

La sagesse qu'il faut, c'est, douce, la raison
Que la cathédrale termine en oraison.

Sous les arceaux romans qui virent tant de choses
Et les rinceaux gothiques, fin d'apothéoses
Des saints mieux vénérés peut-être qu'on ne croit,
Et mon cœur s'humilie et mon désir s'accroît
De devenir et de redevenir, loin d'elle,
Cette cité glorieuse d'être infidèle,

Paris ! l'enfant ingrat qui s'imaginerait
Briser les sceaux sacrés et tenir le secret —
De devenir ou de redevenir la chose
Agréable au Seigneur, quelle qu'en soit la cause,

Et par cela même, être encore doux et fort,
O toi, cité charmante et mémorable, Oxford !

J'applaudis, j'étais au comble de la joie. Ma fierté était double : que le Grand Will s'adresse à moi et plus encore qu'il ait composé ce poème pour moi. J'avais bien entendu l'expression « enfant ingrat », le mot familier de « Paris », où j'avais habité avec mes parents, et puis un vers me frappait particulièrement : « et mon cœur s'humilie et mon désir s'accroît ».

Le Grand Will me jeta un regard ironique que n'effaçait pas son sourire très tendre : « Non, ce n'est pas pour toi que ce poème a été écrit et ce n'est même pas moi qui en suis l'auteur. » Le dessin des rides de son front avait pris un pli que je connaissais bien, à force d'examiner son visage comme les navigateurs le faisaient d'une carte marine. Un pli de satisfaction absolue. Le vieux poète jubilait.

— Ce poème a été écrit par quelqu'un que j'aimais beaucoup. Il était pour moi ce que je veux être pour toi : un tuteur souple. Je l'ai connu dans ma jeunesse. J'étais son élève et lui mon maître. C'était Monsieur Verlaine.

Les yeux à demi fermés le Grand Will se souvenait. « C'était dans un café que Paul Verlaine avait prononcé ces vers, encore inédits à la date où parurent ses *Confessions*. » Le Grand Will était reparti dans son passé, incorrigible voyageur. Il revoyait l'inoubliable image de cet homme abattu et lumineux, appuyé de son dos usé à la banquette de moleskine du café, l'œil méfiant comme d'une bête qui craint les coups, le visage enfoncé dans un cache-nez. Il revoyait aussi la table de marbre immaculée... Elle était comme une immense page blanche. Il revoyait encore devant lui la carafe et son inscription effacée par les gestes du temps et le verre à moitié plein de la sombre mixture couleur d'huître.

Quand Verlaine s'était levé, le petit Will, qui avait dix ans, avait noté deux ou trois détails à ne pas oublier : la canne de son professeur, le chapeau de son maître, les clous de cuivre des banquettes, les grandes glaces couvrant les murs, le porte-manteau et le crâne du poète. Et surtout, cette barbe de statue oubliée dans une forêt.

CHAPITRE 29

Après de longues semaines, j'avais fini par m'accoutumer à cet hospice dont je pensais avoir exploré les moindres recoins. Malgré l'atmosphère inquiétante que recélaient encore certaines pièces, j'aimais le rez-de-chaussée qui avait gardé son charme ancien de maison privée. Sur le thème *Home sweet home, there is no place like home,* ce lieu était accueillant et parfait, intime et clos, avec des tapis partout, des bouquets de fleurs artificielles sur le piano Bradwood, des porcelaines antiquisantes de Wedgwood. On y retrouvait tous les aménagements de l'Angleterre traditionnelle, avec le « Parlour », ce petit salon où les dames se livrent aux travaux d'aiguille et à la conversation, orné de larges tables à ouvrage, d'échiquiers et de pupitres, mais aussi, bien sûr, « le drawing room », salon de compagnie destiné aux visites d'étiquette, au centre duquel était une table ovale en acajou sur laquelle trônait la bouilloire à l'heure du thé. Les murs étaient recouverts de papier à rayures et, contre les parois, des consoles chargées de vases en biscuit ou en porcelaine donnaient à l'ensemble un petit air victorien.

Le coin de la cheminée me plaisait particulièrement et je m'y amusais comme dans une salle de jeux. Le

foyer avec sa glace basse, ses pincettes, la pelle et surtout le poker qui sert à briser les morceaux de charbon me paraissaient comparables à des armes de guerre
qui faisaient de moi un chef sur un champ de bataille
comme si, devenu soudain un de mes soldats de plomb,
je retrouvais la taille d'un héros dominant une immense
mêlée militaire. Comme l'Alice de Lewis Carroll, il
me semblait que cet hospice me permettait de pouvoir
changer de taille et d'âge.

Dans ce salon cosy, le Grand Will se tenait aussi à
l'aise que lorsqu'il était dans son cercle de Londres,
le Beefsteack Club, dans Brown Street, à côté de
Covent Garden, dont la salle à manger gothique,
qu'avaient fréquentée le duc de Wellington, Monsieur
Pitt et Monsieur Canning, avait des plafonds à cais-
sons.

Faïence-Folie, elle aussi, avait élu domicile dans ce
salon dont les meubles acajou et les bibelots précieux
présentaient cet univers « chic » dont elle avait toujours
rêvé sans pouvoir jamais le posséder. Friande de « gos-
sip » et gourmande de ragots, elle pensait que ce salon
avait, en plus, l'avantage d'être une sorte de confes-
sionnal à potins où s'échangeaient les confidences chu-
chotées de tous les pensionnaires. Elle s'appliquait du
reste à faire circuler l'information avec une extraordinaire bonne volonté.

Ainsi, lorsque Lady Beckford se retrouvait assise,
face à face avec le Grand Will, dans le bow-window
qui donnait sur la mer, je savais, grâce à Faïence-Folie,
qu'autrefois ils s'étaient aimés. Une passion brève mais
fulgurante entre le moment où André, l'archange de
ses rêves, était remonté au ciel et celui où était entré
dans sa vie Alaistair, le mari consolateur.

« On meurt en plein bonheur de ses malheurs passés », avait-elle coutume de dire. La fin d'Alaistair avait été sinistre et il n'était pas agréable pour la Lady de se souvenir de son mari comme d'un cadavre tirant la langue au bout d'une corde.

Ce que le Grand Will, poète romantique, avait proposé à Lady Beckford, c'était un amour en marge du réel, ce qu'elle voulait c'était une soupière fumante, une chaumière et un cœur. De lui, elle disait, jadis, amoureuse : « Il n'a jamais fait que ce qu'il voulait, mais son cœur était pur. » Et lui, le rimailleur, à la fin de leur aventure, n'avait eu que ce mot cruel : « Vous l'avez bel et bien gâchée, ma solitude... » La réponse de la femme offensée fut à la fois silencieuse et violente. Elle approcha de lui le bel ovale de son visage et lui déchira les épaules avec ses griffes de grande dame, bec et ongles.

Aujourd'hui, ils étaient comme jadis et comme jamais, face à face, devant le vert rideau de la mer, qui brouille tout, qui se joue de tout et qui pourrait même effacer le souvenir de leur image. Mais quelque part, les mots subsistent. Dans une lettre perdue, envoyée de Cornouailles, elle lui avait écrit un jour de juin : « Ici il y a tout, un temps divin, des oiseaux modelés par l'océan, de longs nuages, des fleurs à foison, mais toi, tu n'es jamais là pour goûter un bonheur avec moi, jamais. » Et pourtant il y avait eu Madère...

Parfois la contemplation de la Manche grise lassait Lady Beckford et elle savait alors qu'il lui suffisait de penser au parfum entêtant des mimosas pour rejoindre en songe les heures les plus douces de sa vie de jeune femme au bord d'une mer turquoise ; une escapade amoureuse à Madère, l'île de l'éternel printemps où l'été se plaît à passer l'hiver. Un climat doux et reposant, des rythmes de vie décontractés et sereins contribuant à faire de cette région un coin de paradis.

Madère signifie « bois » en portugais : les découvreurs de l'île pensèrent que c'était le nom le plus adéquat car la première chose qu'ils virent ce furent des arbres gigantesques grâce auxquels ils réparèrent leurs bateaux. Madère est au centre de courants très favorables qui ont contribué à faire de toute la côte et de l'arrière-pays une gigantesque serre de fleurs multicolores et parfumées. Le capitaine Cook débarquant dans l'île, en 1768, remarqua combien la nature y était généreuse au point d'y épouser la fille du gouverneur. Les marins, de retour de voyage en Afrique et aux Indes, s'arrêtent là quelque temps pour se reposer de la traversée avant de rentrer chez eux et d'affronter la pluie, le brouillard et les climats qui portent à la mélancolie.

A l'évocation de ce climat, si tendre, dont la température dépasse rarement 29° et ne descend pas au-dessous de 15°, Lady Beckford revivait sa passion pour un homme auprès de qui, le soir, elle s'endormait, réfugiée dans ses bras, infiniment apaisée.

A leur arrivée dans l'île, pour préserver la réputation de la Lady et à cause de la notoriété du Grand Will, le couple s'était discrètement installé à l'hôtel Savoy non loin du débarcadère de Funchal, avant de louer sur les hauteurs une maison rose, aux volets verts, adossée à la roche dont les six portes-fenêtres donnaient sur le promontoire de Cabo Girao sur lequel poussent fleurs et vignobles.

Que d'après-midi brûlants où les mains de cet homme parcouraient son corps, son souffle tiède sur sa nuque et l'harmonie de leurs jambes mêlées après l'amour, quand leurs corps enfin silencieux laissaient place au bruit de la cascade. Souvent après l'extase, à demi nus et seuls au monde, ils se rendaient là où les falaises tombent dans la mer avec un surplomb de plus de six cents mètres. Elle se plaisait alors à croire qu'ils étaient unis pour l'éternité.

De temps en temps, après une matinée studieuse où le Grand Will écrivait sous un bougainvillier, ils partaient en balade pour Sao Vincente. Ou bien, ils marchaient vers Terreira da Luxa pour affronter, tout vibrants d'éclats de rire, la descente raide vers la côte dans ces *Ces vin hos,* une sorte de luge en forme de panier avec laquelle les habitants se hâtent vers la mer en y transportant fruits juteux, viande séchée et même enfants rieurs. Lady Beckford pouvait dire qu'elle avait connu — à vive allure — le vertige amoureux !

CHAPITRE 30

La vie parmi les vieillards s'écoulait sans repères. J'avais peu de nouvelles de mes parents. De temps à autre, la sœur me transmettait une carte postale d'un endroit de Londres où ma mère m'informait de la vie familiale. J'aimais sa belle écriture que je ne pouvais pas encore déchiffrer mais dont le dessin m'enchantait. Ces images de Hyde Park, de Big Ben, des gardes à cheval ou du Victoria and Albert Museum, je les gardais soigneusement rangées dans ma table de nuit comme un décor pour mes soldats de plomb.

La religieuse, à qui mes parents m'avaient confié, décida, un jour, de m'emmener dans Brighton pour une promenade. Nous parcourions les ruelles pittoresques de la ville quand, d'emblée, l'enseigne bleue et or d'un magasin de jouets retint mon attention. A mon grand bonheur, elle m'y fit entrer, c'était peut-être bien le but de cette balade et j'ai encore le souvenir de ces resplendissants polichinelles, de tous ces tambours rutilants, de toutes ces trompettes si brillantes, des chariots sans nombre, de la pelle bleue, du seau rouge pour les trous dans le sable et du sabre en bois pour passer en revue les soldats de plomb. J'allais ainsi de découverte en découverte et d'émerveillement en émerveillement. Une collection de *Dinky Toys* me fascinait, toutes ces automobiles miniaturisées de la décapotable Aston Martin vert anglais aux fauteuils de cuir clair jusqu'au taxi londonien noir avec son ouverture devant pour les bagages et ses strapontins à l'arrière qui, à Londres, avaient fait ma joie.

La patience de la religieuse, qui semblait avoir tout son temps, me replongeait dans un passé dont je ne savais plus s'il était éloigné ou récent.

Je me revoyais à Londres avec mes frères à la sortie d'un magasin de jouets. C'était notre nurse Nana qui nous y avait conduits avec la recommandation donnée par nos parents d'acheter à chacun de nous ce qui lui plaisait. Mon frère aîné et mon petit frère avaient choisi deux grands volants d'automobile en plastique couleur ivoire avec un klaxon rouge au centre. Ils pouvaient ainsi simuler la conduite d'un véhicule invisible jouant à entreprendre de dangereux virages tout en utilisant sans arrêt leurs klaxons. Pour ma part, j'avais préféré, montrant là l'agressivité de mon tempérament, un colt de cow-boy en beau métal argenté dont les amorces claquaient avec un bruit sec aussitôt accompagné d'une fumée qui sentait la poudre. Nous nous rendîmes ensuite dans cet équipage à Hyde Park, non loin de la maison, puisque nous résidions dans un rez-de-chaussée d'Exhibition Road. Au retour, à l'heure du goûter, nous avions retrouvé notre chambre d'enfants aux murs roses avec des petits meubles peints en bleu ciel. Sur notre chemin, nous passions toujours devant un soupirail où la lueur rouge du feu du boulanger, qui cuisait son pain, provoquait en nous une peur incontrôlable. Ce brasier souterrain à peine entrevu derrière une grille de fer donnant sur le trottoir avait quelque chose de diabolique et Nana en avait profité pour nous dire que c'était une bouche de l'enfer. Elle avait ajouté qu'elle était destinée aux petits garçons désobéissants et qu'elle saurait nous y conduire pour nous punir si vraiment nous n'étions pas sages. Mais si l'enfer était proche, la damnation était loin. A Londres, la vie paraissait heureuse et nous étions une famille où régnait l'affection.

Tout à coup, dans le magasin de jouets de Brighton, je me pris à croire à une folle hypothèse. Est-ce que la sœur ne m'avait pas conduit là parce que j'allais enfin retourner à Londres, embrasser mes parents et retrouver mes frères ? Dans ma petite tête, s'était remise en marche la machine des grandes espérances. C'était pour m'acheter un jouet avant de rentrer à la maison que sans doute la sœur m'avait amené ici. Bientôt, je ne verrais donc plus les vieillards, le mauvais rêve allait s'achever, mes parents avaient enfin décidé de mettre un terme à mon cauchemar. D'ailleurs, la sœur était toute jeune et c'étaient sa vocation et son devoir de me ramener à la chaleur du foyer familial.

Au fur et à mesure que je considérais les soldats de plomb « King's Horses » et « King's Men », cette évidence s'imposait à moi. Nous étions venus dans ce magasin de jouets comme pour me procurer un visa de retour. Alors que la vendeuse enveloppait d'un papier doré et d'un ruban ravissant la boîte rouge qui contenait les soldats de plomb que la sœur m'offrait au nom de mes parents bien-aimés, mon cœur bondit de joie dans ma poitrine. C'était sûr maintenant, j'allais retrouver les miens.

Le retour vers l'asile fut presque joyeux. Je me disais qu'il ne me restait plus qu'à préparer mes affaires. La sérénité souriante de la sœur m'apaisait. Peut-être mes parents ne viendraient-ils me chercher que cet après-midi ! Je n'avais qu'à attendre, en tenue de ville, culotte courte de flanelle grise aux plis impeccables, près de mon lit, ma petite valise déjà prête, posée à mes pieds.

En fin d'après-midi, dans cette même attitude d'attente, à côté de mon lit, de plus en plus prostré à mesure que le temps passait, je fus surpris par Somerset le marin. Quand il vit ma petite valise, il éclata d'un rire sarcastique : « Mais tu rêves, petit crétin ! Tu crois que tu vas nous quitter, rentrer à la maison ? Tu te prends pour qui ? » Et il haussa le ton d'une façon terrible : « Pour qui exactement ? » Son regard était impitoyable et, tandis qu'il m'injuriait, sa haine le défigurait. Tout à coup, je fus à bout, j'éclatai en sanglots. C'était exactement ce qu'il ne fallait pas faire. Somerset triompha, me toisant avec son expression mauvaise qui me fit trembler. La déception autant que la peur agitaient mon corps d'enfant de soubresauts. Je n'avais donc rien compris : le jouet, c'était moi.

CHAPITRE 31

Ce soir-là, c'est une scène violente entre Lady Beck-ford et Faïence-Folie qui m'obligea à sortir de ma dou-loureuse attente. Qu'avait donc bien pu lui dire Faïence-Folie pour que la Lady, indignée et toute dra-pée de colère froide, se fût laissée aller à la traiter de « Prostituée ! » ?

Faïence-Folie avait rosi sous l'injure. Mais ses yeux bleus pétillaient dès que lui revenait le souvenir de ses conquêtes et de l'étendue de son pouvoir. A l'époque, on l'appelait : « Miss Coup de fouet », c'était son sur-nom quand elle était une plantureuse blonde de qua-rante ans. Elle avait une belle clientèle et Oscar, d'ailleurs, à ce moment-là, fréquentait les mêmes bars.

En fin de carrière, elle avait terrorisé le Tout-Londres en menaçant de divulguer les noms d'hommes poli-tiques qui avaient été ses clients. « Les députés et les Lords qui ont reçu une fessée de la reine du vice, Faïence-Folie, sont dans leurs petits souliers », écrivait alors le *Daily Star.* Dans sa chambre de sexe et de sado-masochisme, Faïence-Folie prétendait qu'avaient défilé de nombreuses sommités politiques et judiciaires. Elle s'apprêtait à publier une autobiographie où elle affirmait avoir vendu ses charmes à cent soixante-dix-huit députés et quarante-six Lords conservateurs, plusieurs juges et dans le camp travailliste quatre-vingt-sept députés et dix-huit Lords. Mais l'affaire fut étouffée avant que ne paraisse le fameux livre. « Miss Coup de fouet » disparut sur la côte sud de l'Angleterre.

« Miss Coup de fouet » était à la fois précise et négligente. Elle tenait un carnet où elle consignait la liste de ses clients, avec parfois quelques photos à l'appui, mais ne payait pas ses impôts. C'est lorsque le fisc lui demanda de régler quelque cent douze mille livres d'arriérés d'impôts que Faïence-Folie menaça, en guise de représailles, de rendre publique la liste de ses clients les plus en vue. Elle avait donné rendez-vous au journaliste de la presse à scandale, le plus célèbre de l'époque, dans un luxueux hôtel de Brighton, pour lui faire ses révélations. Oscar, qui avait servi de « go-between » dans cette affaire, l'attendit en vain avec le journaliste, au bar du Grand Hôtel, mais elle ne se présenta pas à l'heure convenue ni les jours suivants.

C'est ainsi qu'à Londres on n'entendit plus parler d'elle. Curieusement cette expédition punitive, entreprise par l'extravagante putain, resta sans suite à la grande déception du chasseur de scoop. Quant à la Jaguar qu'elle avait louée pour se rendre à Brighton, elle fut retrouvée, la portière avant droite ouverte à tous les vents, sur le haut d'une falaise d'où les suicides sont fréquents. La presse anglaise s'empara de cette mystérieuse affaire.

Qui aurait pu imaginer que la disparition de « Miss Coup de fouet », trente-cinq ans plus tard, avait pour secret un asile de vieux où elle était entrée « très en avance » comme elle ne manquait jamais de le rappeler, non sans coquetterie, à tous ceux que sa présence à l'hospice intriguait ?

CHAPITRE 32

Plus le temps passait et plus je sentais que j'étais devenu un pensionnaire parmi les autres. Mes parents étaient très loin, me semblait-il, tant la vie que je menais ici m'avait éloigné de celle que je menais à Londres. Et quand nous étions rassemblés au réfectoire ou dans le Grand Salon, j'avais l'impression qu'ils étaient ma nouvelle famille. Je me demandais seulement comment et pourquoi chacun d'eux avait atterri dans cet hospice.

Si Lady Beckford avait échoué à Brighton, c'était, m'avait-elle dit, pour suivre l'exemple du seizième duc de Devonshire dont elle partageait, au-delà d'une branche de son arbre généalogique, les maux physiques. Il souffrait d'asthme et de rhume des foins et il savait que seul l'air marin pouvait le soigner.

Au début de son séjour à l'asile, la Lady avait adopté une hygiène de vie vigoureuse. Chaque matin, elle marchait le long de la mer, le visage protégé par sa voilette violette, la tête levée au vent. Elle m'avait souvent parlé du plaisir que lui procuraient ces promenades où elle m'entraînait parfois, même si en fin de course sa démarche était saccadée par l'effort.

Elle s'amusait de sa vision du Palace Pier. Cette chose baroque dominant les vagues, ce salon dansant de style Art nouveau, cette masse de fonte immobile dont on avait cependant l'impression qu'elle bougeait sur les flots, lui rappelait certaines salles de bal de sa jeunesse brillante.

Pendant plusieurs années, elle ne s'était pas lassée du spectacle que lui donnait la vision des deux immenses jetées qui s'élancent vers la mer dans un jaillissement de piliers de fer, d'acier et de bois, de coupoles orientales, de volutes ouvragées et d'arches de verre, splendeurs d'Albion, inspirées des « East Indies ».

Et puis ces promenades s'étaient espacées pour devenir assez rares. Et j'étais flatté que, pour l'une de ses ultimes sorties, elle eût pensé à moi. Toujours élégante, enrobée de cachemires et de soie qui déclinaient toutes les nuances du rose au mauve, elle marchait, aidée parfois d'une canne et jamais je ne l'ai entendue se plaindre d'être fatiguée. Elle attendait souvent, avant de se décider à rentrer, le petit coup de canon tiré à midi à travers les rayons du soleil. Elle prenait alors le chemin du retour entre des barques à voiles attachées sur la grève, le long du chemin de fer. Parfois, elle décidait de m'entraîner sur Madeira Walk et je savais, grâce à l'indiscrétion de Faïence-Folie, tout ce que ce nom « Madeira » signifiait pour elle. Elle le répétait avec délice : « Madeira, Madeira ! »

Nous marchions de concert, durant un kilomètre, de l'aquarium jusqu'à la colline du Duc en regardant les falaises. C'était d'abord une promenade couverte avec des arches de fonte, des colonnes de fer forgé et des entrecroisements de style Art nouveau. La plupart du temps elle parlait, ou plutôt elle se parlait et je ne savais pas très bien à qui elle s'adressait.

— Le Grand Will, je l'ai connu, il y a si longtemps. Il buvait outrageusement. Il errait, souvent fauché, de maisons amies en salons mondains que flattait sa renommée. Dieu, qu'il était beau ! C'était un poète si tendre. Il était incomparable avec les femmes. A la fois leur chevalier, leur ami, leur amant, leur confident, leur père, leur frère, leur admirateur. Je dirais, le seul homme à savoir parler aux femmes d'homme à homme. Et elles adoraient ça. Tout ce qui était masculin en lui était caché, tout ce qui était féminin s'affichait. Il appartenait au sexe de la séduction. Il savait tenir les femmes. Il savait leur faire du mal, les envelopper de passion, mais surtout il excellait à les rendre heureuses. Et on avait l'impression qu'elles étaient toutes amoureuses de lui. Peut-être parce qu'il incarnait à la perfection cette phrase de Disraeli : « Un homme doit toujours être pour une femme très doux et cependant un guide. »

Quand elle parlait de l'homme qu'elle avait dû passionnément aimer, Lady Beckford retrouvait toute sa séduction. Cela la mettait en verve et elle me donna même, un jour, la définition du charme : *« If you have it, you don't need to have anything else, and if you haven't it, it does not matter what else you have. »*

Il lui arrivait aussi, les jours sombres, de plaindre le Grand Will. « Pauvre Willy, poursuivait-elle, il aurait dû se marier, même les dandies se marient. Célibataire par amour des femmes, ce n'est pas une sinécure quand on vieillit. » Elle me prit à témoin :

— Imagine-t-on un Don Juan édenté ? Tu vois bien

que c'est impossible. Même l'extravagant séducteur qu'était le chevalier d'Orsay l'avait compris. Et il donna d'ailleurs ce conseil à Disraeli quand ce dernier fut élu au Parlement : « Surtout plus d'amours, plus d'intrigues. Vous avez votre siège, ne prenez plus de risques. Et si vous vous trouvez une veuve, épousez-la. » Tu me croiras ou pas, dit la Lady, c'est exactement ce que Disraeli a fait. Mais cessons de parler du Grand Will, car comme le disait Byron : « Le souvenir du bonheur n'est plus du bonheur, le souvenir de la douleur est encore de la douleur. »

Puis elle passait sans transition à son aversion pour Somerset le marin, s'exprimant tout d'un coup avec une vraie colère : « As-tu remarqué que souvent il s'endort avec sur le rebord de sa table de nuit une bougie allumée ? C'est un acte de pyromane. Il n'a qu'une idée, nous mettre le feu à tous, et ça ne lui déplairait pas de nous voir brûler vifs. Méfions-nous de lui, c'est le genre à rançonner une vieille dame comme moi en lui chauffant les pieds avec un fer rouge. »

Tandis que nous avancions sur la digue, elle frappait le sol de sa canne, indignée, puis, passant à autre chose, elle me faisait remarquer la discrétion des riverains. Personne à Brighton ne faisait de l'aviron, très peu se livraient aux plaisirs de la voile. Tous ces promeneurs bien habillés semblaient si bien élevés qu'ils ne regardaient jamais la mer.

— Brighton est la station la moins nautique d'Angleterre, disait-elle. La respectabilité victorienne s'exprime sur les pelouses de Brunswick. La vie tranquille est rythmée par des sports innocents et terriens : la bicyclette et le golf.

Nous passions devant Regency Square où les nurses

poussaient des landaus. Alors m'envahissait une vague de tristesse, un souvenir déchirant de nostalgie, car sans doute, à la même heure et dans Hyde Park, ma nurse Nana promenait mes deux frères, avec le petit dernier, dans la poussette bleu marine, aux belles roues doubles cerclées d'argent.

Le gazon de Bowling Green offre à notre vue son velours vert près de la mer. Le plan de la ville fut calqué sur celui des terrasses de John Nash autour de Regent's Park à Londres. Nous dévalions les jardins en pente qui vont jusqu'au bord de la falaise. La laiterie de la falaise de Black Rock, ayant subi un glissement de terrain, ses bâtiments s'inclinaient dangereusement. Je demandai à la Lady, avec une idée derrière la tête, de pousser jusque-là car je savais qu'après le pub, un peu plus haut, il y avait une boutique de bonbons avec ses sucres d'orge couleur de rose dont je raffolais.

Mais, Lady Beckford ne m'écoutait pas. Elle était partie dans un discours sur la malhonnêteté, la double vie, le mensonge et le malheur des enfants. Elle évoquait, tour à tour, le duc de Portland qui menait une vie parallèle : épicier le jour et homme de cour le soir, et le duc de Clarence, petit-fils de la reine Victoria, mort de la syphilis en 1892 dont on avait cru un moment qu'il était Jack l'Eventreur. Elle me parlait de sa peur de Londres et de la sombre Tamise avec les chalands à mi-fleuve parmi les mouettes stridentes, les sifflets du policeman, la magie meurtrière et pesante du brouillard. Elle me mettait en garde contre les écoles du crime dignes des romans de Dickens où l'on enseignait aux enfants à voler et à retourner les poches des passants avec deux doigts.

Elle réprouvait tous les excès, mais ne parlait que d'eux. Visiblement, ils ne la laissaient pas indifférente. Le Grand Will était devenu un dandy dévasté. C'était du reste son extravagance qui l'avait séduite. Il avait connu la vie brillante et les nuits de folie, les fameux « rags » de Chelsea où un danseur en smoking, ayant sauté par la fenêtre à quatre heures du matin, s'était empalé, en habit, sur la grille.

Avec ses yeux d'oiseau fou, de corbeau affamé, la vieille Lady me dévisageait pour juger de l'effet que produisait sur moi cette image horrible d'un homme en tenue de soirée, le foie crevé, hurlant à la mort et crachant une bave jaune, transpercé qu'il était par les pointes dorées d'une grille aux barreaux noirs. Derrière sa voilette, ses yeux profonds me fixaient. Elle était immobile et menaçante. Son regard était comme un fusil à deux coups. J'eus envie de l'appeler « Lady Two Guns ». Lady Beckford avait repris sa marche et, beaucoup plus loin, elle ajouta dans un souffle : « La seule chose que j'envie aux hommes, c'est de pouvoir marcher seuls dans la nuit. J'aime tellement cela. »

La vieille Lady délirait. Elle passa soudain à une charge moqueuse contre Oscar, le cuisinier, pourtant son plus fidèle admirateur : « N'est-il pas ridicule, obsédé par l'idée de sa beauté passée ? Sais-tu que, dans la cuisine, il se fait des masques pour le visage avec des rondelles de concombre dans l'espoir de rajeunir sa peau ? Il m'a dit aussi qu'il croquait beaucoup de carottes pour son teint. C'est peut-être cela qui l'a rendu rouquin et qui explique qu'il a les fesses rouges comme un singe. » Je me demandais ce qu'elle pouvait bien savoir des fesses d'Oscar.

Lady Beckford s'essoufflait et décida de s'arrêter. Elle s'assit sur un banc de la promenade et me prit à ses côtés. J'aimais bien me blottir contre elle et son foulard mauve sentait bon. J'aurais voulu qu'elle accepte de jouer avec moi à l'enfant et à la maman. J'aurais voulu regarder les vagues sans parler. Mais je sentis que ma demande de tendresse l'embarrassait, qu'elle me trouvait collant ! Elle me dit alors pour faire diversion : « Jouons au petit bac. » Elle sortit de son sac un joli petit carnet rouge avec un minuscule stylo doré et commença : « Donne-moi quatre mots qui commencent par un C. » Je dis machinalement : « Caresse, Baiser, Maman, Tendresse. » Elle me répondit posément : « Tu es bête. Regarde bien. » Et de son écriture violette, elle aligna ces mots : « Cancrelat, cafard, crapaud, cloporte. »

« Maintenant, nous allons rentrer à la maison », dit la Lady, désignant le manoir néo-gothique dans le lointain, sur le front de mer, dont la façade cachait la route côtière au-delà du vaste jardin. Elle n'était pas méchante, ma Lady, et pourtant elle me donnait envie de pleurer. Elle ne me prenait jamais par la main, même quand le vent devenait furieux. Il n'y avait qu'un moment où elle se rapprochait de moi et posait ses longs doigts bagués et flétris sur mes épaules, c'était quand, enfin de retour dans sa chambre, elle me faisait réciter la prière du soir. Ce n'était pas de ma faute si, ce soir-là, les larmes aux yeux, et, à genoux, je m'étais encore trompé dans le « Notre Père ». J'avais pourtant fermé les yeux et j'avais les mains jointes mais les mots étaient plus forts que moi. J'ai commencé la prière et je me suis laissé emporter pour m'arrêter tout net : « Notre Père qui êtes si vieux ! »

CHAPITRE 33

Chaque vendredi flottait toujours comme un air de fête. C'était le jour des visites, ou plutôt, le jour de l'attente de visites hypothétiques. Et, pour moi, l'attente commençait dès le jeudi matin. Mon impatience, mon désir de revoir mes parents, l'espoir de leur visite allaient croissant toute la journée du jeudi pour connaître une acmé quand la nuit tombait. Le dîner traînait en longueur dans ce réfectoire sinistre et mal éclairé. J'imaginais mes parents attablés dans cette pièce le lendemain et je me couchais partagé entre mon désir fou de les retrouver, me blottir contre maman qui me manquait tant et l'angoisse horrible qu'ils ne viennent pas, une fois de plus.

Le vendredi matin, chacun y allait de son petit effort d'élégance et ça circulait beaucoup entre les dortoirs, ne serait-ce que pour montrer aux autres pensionnaires qu'on savait se tenir et pour espionner leurs efforts de coquetterie. Somerset le marin arbora un jour une splendide casquette bleu marine frappée d'une ancre dorée. Contrairement à son habitude, il dispensait — le vendredi — des propos apaisants qu'on aurait pu d'ailleurs prêter au Grand Will ou au Brigadier général. Tout à mon impatience, je ne m'en étonnais guère. « On n'est pas des brutes dans la Royal Navy, disait-il, chez nous, les officiers, à la veille d'embarquer, sont priés d'apprendre l'art de l'aquarelle avant d'enseigner à bord celui du dessin » ; ou encore : « Dans les grandes courses en mer, ce qu'il faut regarder d'abord, c'est la voile de flèche comme un grand foc inversé, des drisses de soixante mètres de haut où grimpent des voltigeurs qui risquent leur vie en rampant dans les gréements. »

Somerset le marin, avec sa démarche chaloupée, errait parmi d'autres naufrages : les horreurs, les plaies béantes quand les os sont attaqués, le pourrissement de la chair. Le matelot sadique avançait avec arrogance, claudiquant dans l'allée des décombres, avec sa relative bonne santé qu'il arborait le vendredi. Même si c'était vendredi, les vieillards n'échappaient pas à leur triste sort : la vieille femme qui sanglote, l'homme hagard qui boit sa bière dans sa chaussure. Mais en ce vendredi malsain, ce que l'on constatait, c'était que les visiteurs en bonne santé se faisaient rares. Et on était bien heureux des relations qui avaient perduré entre le personnel soignant et d'anciens malades. Leur visite permettait d'étoffer la figuration de cette journée « portes ouvertes ».

Pour moi, ces longs vendredis où je guettais, dans l'allée jaune, la *Frégate* qui n'arrivait pas, me faisaient retomber dans cette tristesse profonde dont je ne savais plus si elle était celle d'un enfant ou celle, contagieuse, que m'avaient refilée les vieillards.

CHAPITRE 34

Au réfectoire, les dîners du samedi soir donnaient l'occasion au Brigadier général de livrer ses réflexions sur la science de l'art ou l'art de la science. Il pérorait comme en un cours magistral, mais, les conversations intelligentes étant plutôt rares à l'hospice, il ne manquait pas d'auditeurs.

Il avait pris l'habitude de s'installer au bout de la même table. Et ceux qui voulaient profiter de son enseignement venaient spontanément à ses côtés. Son public variait au gré des humeurs de chacun. Selon le désir d'apprendre ou la lassitude d'écouter, certains se rapprochaient et d'autres s'éloignaient. Ainsi se formait une assemblée de têtes rondes, aux cheveux rares autour d'un crâne de moine soldat entièrement chauve et finement rosé sous la lampe du soir.

Ce soir-là, sa première phrase fut : « La fossilisation nous a gâtés ! » car on venait de trouver dans un état exceptionnel de conservation des ossements de dinosaures. Ce sujet ne m'était pas tout à fait étranger car je me souvenais d'un livre sur la préhistoire qu'on avait offert à mon frère aîné et dans les pages duquel se cachaient des monstres terrifiants. C'est ainsi que j'avais vu quelques spécimens d'animaux préhistoriques. Le Brigadier exposait une thèse selon laquelle les dinosaures seraient les ancêtres des oiseaux, un lien de filiation que Thomas Huxley, disciple de Darwin, fut le premier à soutenir. Ce qui était peut-être le plus passionnant d'après lui, c'est qu'à l'instar de celle des oiseaux, la croissance des petits dinosaures était très rapide, et, en tout cas, bien supérieure à celle des crocodiles ou des tortues. Le Brigadier général, entraîné par son sujet, acheva son exposé par une note d'humour : il prétendait qu'un itinéraire permettait de découvrir différents gisements d'ossements, sur la côte près de Brighton, et qu'on pouvait y trouver des empreintes de dinosaures incrustées dans la roche à flanc de falaise.

Il arrivait que certains vieillards somnolent pendant ces causeries qui prenaient d'ailleurs plutôt l'allure de conférences plus ou moins sérieuses. Le Brigadier général prit ainsi un immense plaisir à se pencher sur le thème du cheveu, lui qui n'en possédait plus aucun. Il était remonté à Ramsès II pour expliquer que de minuscules débris de mèches, provenant de sa momie, avaient permis de dater la naissance de ce pharaon, mort à quatre-vingt-douze ans. Puis, il avait expliqué que le cheveu vivait sous la règle de trois : il pousse pendant trois ans, se repose trois mois et tombe en trois semaines. Puissance du cheveu : une mèche de deux cents cheveux peut soulever trois kilos de poids sans rompre. J'imaginais alors, les yeux fixés sur Faïence-Folie, que sa broussailleuse tignasse se trouvait lestée de poids en fonte. Le Brigadier termina en expliquant que des chercheurs avaient étudié une poignée de cheveux de Beethoven, ce qui leur avait permis d'affirmer qu'il avait succombé à une forme de saturnisme.

Assommé par l'érudition du Brigadier général, je sentis que mes paupières se fermaient. Je crois même que je me suis assoupi quelques instants jusqu'à ce que je sois réveillé en sursaut car il avait haussé le ton. « Revenons à cette vérité... la seule heureuse dans le sombre tableau de la sénescence. Qu'arrive-t-il au cerveau lorsque nous vieillissons ? Nombreux sont ceux qui croient que nos aptitudes mentales déclinent avec l'âge. En réalité, le cerveau peut développer ses capacités tout au long de la vie. Nos neurones sont capables de connexions sans cesse plus complexes et ce, jusqu'au dernier jour. »

Voilà qui expliquait la jubilation du Brigadier. Il entraînait avec lui, dans cette exaltante montée aux cieux, un cortège de vieillards, inconscients de son cynisme, éperdus d'admiration, captivés par cette révélation. Il les comblait et les égarait à la fois. Il les jetait sur de fausses pistes tout en leur donnant une partie de son savoir, il se réservait l'essentiel car elle lui offrait une ivresse solitaire. Cela convenait à merveille à la duplicité du personnage. Mentir en disant la vérité, manipuler pour dissimuler le meilleur, convaincre les imbéciles qu'ils étaient intelligents, c'était tout à fait sa tasse de thé. Mais je ne compris la perversité du Brigadier général que des années plus tard. Il voulait voir ses disciples se désaltérer à la fontaine du savoir en même temps qu'il ne rêvait que d'une chose, les assoiffer du grand secret.

CHAPITRE 35

Par un après-midi pluvieux, un de plus, j'étais assis avec d'autres pensionnaires, dans le drawing room, quand le Brigadier général nous proposa un jeu de société, apparemment innocent, en tout cas plus innocent que ce qu'il nous avait raconté la veille.

Il allait demander à chacun d'entre nous de raconter un souvenir heureux. Il commença par Lady Beckford. Je vis que ce jeu l'amusait, mais était-ce vraiment un jeu ? Elle prit la parole pour dire : « Il y a une date qui, pour moi, a beaucoup compté car elle marqua la victoire d'une femme et me fit d'autant plus de plaisir que j'étais la marraine de l'héroïne. Je n'ai pas oublié le jour où une femme aviateur, Lady Bailey, relia en solitaire l'Angleterre à l'Afrique du Sud, jusqu'au cap de Bonne-Espérance. Je me souviens même du nom de l'appareil, c'était un Havilland Moth. Vous vous rappelez certainement ces femmes aviatrices des années trente. Il y avait Amelia Earhart qui avait programmé son tour du monde depuis Auckland vers l'ouest. Son départ retardé, elle décida de l'accomplir dans l'autre sens, gardant le Pacifique pour la fin. Je me rappelle aussi Ruth Elder, qui espérait traverser l'Atlantique à la suite de Lindbergh. Elle fut contrainte d'amerrir au nord-ouest des Açores, à proximité d'un cargo. Et puis bien sûr, vous vous souvenez de Jackie Cochran. Après un début de carrière dans un salon de coiffure, elle devint infirmière de guerre. Si je n'étais pas si vieille et si je n'avais pas de si mauvaises jambes, j'aurais tant aimé être la cinquième d'entre elles et comme Amelia Eahart — qui sait ! — connaître les honneurs du triomphe dans les rues de New York noires de monde. »

Le Brigadier général lança les applaudissements et, très cérémonieux, se tourna vers Faïence-Folie pour solliciter son témoignage. Je la vis rougir de plaisir, minauder un peu puis, s'étant tournée pour s'éclaircir la voix, elle commença ainsi :

— Vous allez trouver que je suis un peu midinette mais tant pis. Pour moi, rien n'est plus beau qu'une histoire d'amour. C'était au temps du roi George VI. Il faisait, avec la reine et la princesse héritière, une visite d'inspection à l'école navale de Dartmouth. Elisabeth n'avait alors que treize ans et sa sœur Margareth, neuf ans. Je vis, ce jour-là, l'aînée, celle qui deviendrait notre reine, totalement subjuguée par ce cousin au teint hâlé, à l'allure si virile, né sous le soleil de Corfou, Philippe de Grèce, dont elle rêvait qu'il devienne son prince charmant. Eh bien, je peux vous dire que c'était un beau gars ! Et d'ailleurs, quelques années plus tard, le 20 novembre 1947, ils finirent par se marier. Et lui, c'est vrai, il me plaisait bien. S'il me l'avait demandé, je crois que je n'aurais pas fait trop de difficultés, conclut, en gloussant, Faïence-Folie, avec une révérence, mi-touchante, mi-grotesque.

Le Grand Will s'était tu depuis le début de ces joutes

mais, à sa manière de cligner de l'œil, je sentais bien qu'il avait, lui aussi, quelque chose à raconter.

— Et vous le Grand Will, dit le Brigadier général.

— Oh, moi, j'ai un souvenir heureux qui date de mes vingt-cinq ans. Mon livre, *The Age of Chivalry,* avait eu un certain succès et l'on m'avait fait savoir que la reine Victoria l'avait apprécié. J'étais prié de lui rendre visite à Osborne House et c'était un grand honneur. Je me souviens du long corridor orné de statues d'artistes et du tapis rouge. On m'introduisit dans son salon privé dont les lourds volets de bois étaient ornés de miroirs. La reine se tenait debout près du piano Erard en bois de tulipier, décoré de plaques de porcelaine de Karl Schmidt. C'était une femme petite mais fort majestueuse. Comme je savais qu'au récit de mes frasques de jeune dandy londonien, elle avait dit : « *We are not amused !* », je n'en menais pas large. Mais elle fut simple et charmante. Au détour d'une conversation banale, elle me demanda soudain de quelle nationalité pouvait bien être Dieu, selon moi. Je lui répondis sans hésiter : « Les Français croient que Dieu est anglais mais les Anglais, eux, savent qu'il est français. » Elle daigna sourire. Avant de me donner congé, elle me montra le salon Durbar, qui venait d'être construit. C'était une immense salle d'apparat de style indien dont les plans, me dit-elle, avaient été dessinés par Lockwood Kipling, le père de l'écrivain. Je fus très sensible à ce détail et remerciai la reine de m'avoir reçu dans ce lieu symbolique, attention subtile à l'orée de ma carrière d'auteur.

Puis, avec beaucoup de grâce et une politesse exquise, il rendit la parole au Brigadier général.

Allait-il raconter cette soirée inoubliable sur le veld roussi par les journées torrides d'Afrique du Sud où les hussards de Garland achevaient de dresser leurs tentes pour la nuit ? Ou bien raconter comment il avait traîné ses guêtres avec Baden-Powell au Zoulouland ou en Rhodésie ? Allait-il évoquer les instants privilégiés et voluptueux où seuls comptaient pour lui le silence, l'étude, une bibliothèque, le whisky, l'acajou, le raifort et le vin de France ? Il aurait pu aussi avouer son indifférence au malheur en racontant comment l'avait comblé le spectacle d'un épisode de la guerre en Afrique du Sud, un pont dynamité, des rails en morceaux, une locomotive culbutée dont le foyer était encore mal éteint !

Soudain, il chassa toutes ces images. C'était à lui de parler.

— Je suis un soldat, commença l'officier. A ce titre, mes moments d'exaltation, je les ai connus au combat. La pratique du risque à laquelle succédait l'étonnement de vivre encore me donna quelque bonheur. Il faut dire que je me suis battu un peu partout : sur les pentes de l'Himalaya, contre les Afridies féroces qui vous ouvrent le ventre d'un coup avec leur large couteau, dans la haute vallée du Nil, contre les nègres du Mali et dans les forêts traîtresses où se réfugient les Birmans. Mais je ne retiendrai pas comme moment de bonheur un souvenir d'exploit guerrier. Je préfère celui-ci : nous étions en Inde du Sud, mon compagnon Winston Churchill et moi-même, entre les deux principautés de Bombay et de Madras. Nous vivions comme tous les officiers de l'époque, faisant la cour aux dames, punissant les soldats parce qu'ils volaient des chiens et jouant au polo avec ardeur. En 1897, quand vint la saison chaude, nous apprîmes que nous pourrions obtenir une permission de trois mois en Angleterre... Et c'est cela qui nous plongea dans une exaltation intense. Cela vous paraît peut-être un peu court mais c'est ainsi.

Vint alors le tour d'Oscar. Je le vis rougir et se dresser comme un coq.

— Il m'a été donné un grand privilège dans ma carrière de cuisinier, dit-il avec vanité, c'est de servir l'homme le plus élégant de la planète, le Prince de Galles. Petit-fils de la reine Victoria, c'était un grand voyageur. Il sillonnait les cinq continents, descendant les rapides au Japon, jouant au polo à Long Island, rencontrant le mari de Karen Blixen en Ouganda ou chassant le rhinocéros au Népal. C'était un homme délicieux et un grand original. Ce futur roi ne tirait pas le cerf et le faisan dans le parc de Windsor. Il préférait le golf et la danse à la pêche au saumon, la sincérité aux apparences et était hostile au « cant ». Il s'ennuyait à Balmoral et aimait se retirer dans un fort obscur et abandonné. Il était passionné d'horticulture et se méfiait des vanités et des intrigues de la cour. Il fut le premier roi à se rendre dans des quartiers ouvriers. Dans les années 20, il cherchait une résidence et tomba sur Fort Belvédère. C'est à ce moment-là que j'eus l'honneur de le connaître. C'était un lieu romantique. Les tourelles du fort ouvraient sur une colline boisée près de Windsor, au bord d'un lac qui avait été créé par le fils de George II, William, duc de Cumberland.

En écoutant Oscar décrire la tour triangulaire, les mâchicoulis médiévaux et la batterie de canons, je me rêvais en chevalier en armure au service du roi.

— Le père du Prince de Galles lui permit d'en disposer et lui demanda ce qu'il pouvait faire « de ce vieil endroit bizarre ». Le prince désirait simplement y avoir une vie privée et j'étais là pour lui préparer les laitances de carpes à la Stuart, et le faisan truffé à la Sainte Alliance accompagné de Bordeaux Claret, évidemment. Un jour, il posa la main sur mon épaule et me dit : « Merci, mon ami. » J'avoue qu'à cet instant je fus vraiment comblé.

Somerset le marin se leva sans qu'on lui ait donné la parole. Il était furieux, Dieu merci, j'étais loin de lui. Il pestait :

— Vous ne parlez que de gens connus et d'événements mondains. Vous mériteriez que je vous raconte l'histoire de la *Mary Céleste,* peut-être la plus terrifiante des histoires de mer :

« Que faisait ce navire aux voiles relâchées sur une mer d'huile sans aucun vent, au large de Gibraltar, au début de ce siècle ? Etait-ce un vaisseau fantôme ? Le capitaine du navire qui s'en approchait en observant la *Mary Céleste* à travers sa lunette s'étonna de l'absence de tout pavillon. Il ordonna à son lieutenant de prendre une chaloupe pour vérifier que nul n'avait besoin de secours à bord de ce bâtiment, apparemment déserté. Pas très rassuré, l'officier grimpa sur le pont et, s'étant rendu dans le carré, il eut la surprise de voir, sur la table, les reliefs encore tièdes d'un repas. Il appela, mais le silence seul lui répondit. Alors qu'il entrait dans la buanderie, sa main toucha un drap qui était encore humide. Et pourtant, pas une seule âme sur la *Mary Céleste* !

Là-dessus, Somerset s'arrêta brutalement pour constater avec une immense satisfaction à quel point, tous, nous étions tétanisés. Alors, il éclata d'un grand rire sardonique.

C'était le tour de l'abbé. Comme d'habitude, il était le dernier à être consulté. Je le vis se lever, maladroit et timide. J'eus même l'impression qu'il allait se prendre les pieds dans sa soutane mais je fus surpris par l'assurance et la conviction avec lesquelles il commença à parler.

— Serviteur de Dieu, je ne peux que me réjouir de la satisfaction d'autrui. En 1820, Brighton n'était encore qu'un havre pour privilégiés. Il fallait à un Londonien moyen six heures de mauvaises diligences et douze shillings pour l'atteindre. Le lundi de Pâques 1862, ce sont cent trente-deux mille visiteurs qui envahirent la station pour un prix de trois shillings. Qui est à l'origine de ce bienfait chrétien accessible à tous ? Le chemin de fer qui nous fait égaux devant Dieu. D'aucuns diront qu'il abolit les privilèges ! Pour moi, c'est une grâce du ciel.

Ainsi avait parlé le singulier abbé breton, surnommé par Somerset le marin « saint Chemin de Fer ». Il était sorti tout droit du pays des goémoniers et des choux-fleurs, des calvaires et des enclos paroissiaux pour crier sa foi dans le père, le fils et la voix du rail.

CHAPITRE 36

Comment voulez-vous qu'à la longue, et les journées étaient vraiment interminables, un petit garçon ne s'ennuie pas à fréquenter la compagnie des vieillards ? Je ne sais pas si, à l'époque, je me le disais aussi clairement mais la religieuse à qui mes parents m'avaient confié devait redouter pour moi cet environnement. Un matin, elle me dit :

— Il faudrait que tu puisses jouer avec des enfants de ton âge. Je vais te faire connaître une petite fille de sept ans.

L'idée qu'une enfant de mon âge puisse exister dans les parages me parut d'abord insolite, mais la sœur m'expliqua que cette petite fille que j'allais rencontrer était la fille des gardiens du collège de jeunes filles de Brighton.

Nous partîmes à pied et il fallut marcher longtemps. J'avais pris l'habitude de ne pas poser de questions. C'est la sœur qui parlait. Elle ne disait que des choses convenues. « Il est tout de même naturel que tu voies des gens de ton âge et puis, peut-être que Sarah deviendra ton amie. »

Elle s'appelait donc Sarah et en progressant sur le chemin de pierre blanche, donnant la main à la sœur et un peu essoufflé, je cherchais à imaginer à quoi ressemblait cette petite fille. La bonne sœur marchait d'un pas allègre. Enjouée, elle était manifestement ravie de son projet. Je n'avais pas bien compris quel était son rôle à l'asile ni sa place dans la hiérarchie. Elle venait me voir de temps en temps et me donnait des nouvelles de mes parents. C'est elle qui m'avait emmené acheter des jouets. Je pensais que d'elle je ne pouvais attendre que du bien. Et, rencontrer un autre enfant, c'était finalement une bonne idée. La sœur semblait être presque aussi importante que la Supérieure, en tout cas, elle avait une vraie autorité. Je ne la voyais que très rarement, ce qui devait signifier qu'elle était très occupée.

Devant nous apparaissait le bâtiment du collège de jeunes filles aux hautes fenêtres bombées. C'était une construction imposante et moderne, aux airs de sanatorium, avec des arches de ciment et une vaste terrasse. La sœur me dit d'attendre, qu'elle allait chercher Sarah. Elle disparut sous une des arcades et une lourde porte de fonte ouvragée se referma sur elle. Je me tournai vers la mer et je repris mon souffle peu à peu après cette longue ascension. Je me retrouvai seul, sur une hauteur. J'étais tout petit et je dominais le monde. C'était reposant, ce vide, ce silence, cet espace ; derrière moi, alors que je contemplais ce paysage de verdure et de chaumières qui s'étendait jusqu'aux falaises de la Manche, j'entendis des pas sur le gravier et des rires dans l'allée. C'étaient elles.

Soudain, la panique s'empara de moi. De quoi avais-je l'air et qu'allait-elle penser de moi ? Je n'osais pas me retourner tant ma timidité l'emportait sur ma curiosité. Elles avançaient vers moi en devisant et je ne pouvais pas deviner ce que cette petite fille pensait de moi.

Me voyait-elle comme un petit vieillard au manteau gris troué ou comme un « college boy » vêtu de gris, les jambes nues, les chaussettes hautes, le blazer bleu, la casquette ornée d'un liseré jaune et bleu ? Je n'en savais rien et je ne savais vraiment pas si j'étais un petit garçon, si j'en avais l'air ou si je m'étais mis à ressembler à un vieux monsieur rabougri. La sœur et la petite fille continuaient d'avancer, mais elles ne se parlaient plus.

L'heure était grave comme chaque fois qu'un homme et une femme s'observent pour la première fois. Plus grande que moi, brune, un front blanc éclatant, des yeux sombres, tendres et beaux sous des arcades sourcilières bien dessinées, la petite fille avait au moins sept ans. La bonne sœur, une fois les présentations faites, nous lâcha, comme à son habitude. Elle avait toujours quelque chose d'autre à faire. « Allez vous promener ! » nous lança-t-elle.

Sans même avoir besoin de lui dire deux mots, je me retrouvais en train de marcher à côté de Sarah et, en même temps, j'avais l'impression de la suivre. Elle savait où elle allait et, de temps en temps, je l'observais en douce pour voler des images de son profil déterminé. Elle était calme et semblait trouver cela naturel. Je me demandais s'il fallait parler ou pas et surtout que lui dire ! De sa petite main blanche, elle désignait le lointain en silence, mais son sourire valait toutes les conversations.

Le silence nous tenait lieu d'échange, ce que nous nous disions sans ouvrir la bouche, c'est que nous nous ressemblions : nous avions la même situation dans l'existence. Elle était une petite fille égarée au milieu des grandes jeunes filles et moi, un enfant, égaré parmi les vieillards. En marchant, nous étions arrivés sur le green d'un golf. Sarah commença à ouvrir la bouche. Elle parlait de mille choses de sa vie, évoquant aussi bien le collège que les déplacements de ses parents à Londres, elle parlait de tout et je ne me souviens de rien d'autre que de son expression, de ses mimiques et de ses mouvements.

Elle était à la fois étrangement familière et altière. Je me sentais en même temps confiant et désarmé. Manifestement, elle menait le jeu et me dit : « Viens voir ! » Nous étions parvenus au golf. A genoux, nous nous sommes penchés ensemble sur un trou sombre. « Tu vois, me dit Sarah, c'est le royaume des fourmis. » C'est vrai qu'innombrables elles s'agitaient dans tous les sens. Bien sûr que ce spectacle me fascinait, mais il y avait mieux : la présence, le parfum, la densité dans l'air, du corps de Sarah.

C'est à cet instant que se produisit l'un des plus grands chocs sensuels de ma vie : Sarah s'était avancée vers moi alors que nous étions tous deux penchés sur le trou et si près que nos cheveux se touchèrent. Entre une boucle et une mèche, ce fut la déflagration. Je la regardai ébahi, stupéfait ; la jolie brune aux yeux si doux. Elle ne bougeait pas et me fixait avec une bienveillance heureuse. Elle aussi avait dû ressentir la même émotion, l'éclair entre deux êtres : c'était merveilleux. Tous les plombs avaient sauté d'un seul coup.

Lorsque nous nous sommes relevés, nos corps étaient incroyablement légers. Nous étions déchargés du poids de la timidité et nous n'avions plus à nous méfier l'un de l'autre, à nous interroger, à nous inquiéter. Au contraire, ce qui paraissait désormais évident, c'était la complicité. On aurait même pu dire : la complicité de toujours. Nous gambadions sur l'herbe, heureux et détendus. J'aimais l'allure de Sarah, de cette grande petite fille. Elle me parlait comme une femme et j'essayais de ne pas être trop petit garçon, moi qui venais du pays où l'on ne rajeunit jamais. Nous marchions côte à côte, parfois elle me prenait la main et parfois elle la lâchait. J'attendais chacune des secondes à venir comme l'annonce d'une nouvelle merveille. Nous vivions l'enchantement.

Quand, enfin, nous avons retrouvé le gravier, le grand collège, l'après-midi se terminait et, à l'idée de ne plus revoir Sarah, la tristesse s'abattit sur moi. « Alors, tous les deux, ça va ? » dit la bonne sœur, de sa voix de velours, et, soudain, il me sembla que la religieuse s'était métamorphosée en une fée. Elle avait tout organisé avec sa baguette magique. Le regard de Sarah ne me quittait pas. Elle me disait, confiante et souveraine : « Je te reverrai bientôt, Arthur. »

Ainsi, tout était donc planifié, prévu. Je n'avais aucun souci à me faire : les deux femmes avaient pris mon destin en main. En descendant vers l'asile par le chemin de pierres bordé d'herbes folles, je mis en marche ma machine à rêves : les cheveux de Sarah, le

236

front de Sarah, les yeux de Sarah, la bouche de Sarah, le nom de Sarah. C'était bon d'être un peu deviné et c'était bon d'aimer.

Il fallut attendre deux semaines avant que j'aie des nouvelles de Sarah. Ma timidité me tuait. D'abord, la bonne sœur qui était chargée de s'occuper de moi, je ne la voyais jamais et puis il ne me serait pas venu à l'idée d'aller quémander des informations sur la petite fille dont le souvenir me hantait. Je vivais cet amour dans le silence et dans le noir, résigné à souffrir et acceptant d'attendre. Parfois, le soir, dansait devant moi le souvenir de ses yeux rieurs qui semblaient dire : « A bientôt. » Je pensais à Sarah mais comme à un rêve. Je me demandais même si elle existait encore ou si elle avait jamais existé !

C'est un dimanche matin, où j'étais resté assis sur mon lit, mes jambes ballantes contre les armatures de fer, que je fus surpris par la visite de la religieuse. Elle était coutumière des absences prolongées et des apparitions inopinées. Elle avait décidé que c'était le jour qui convenait et d'un ton entraînant me lança : « Allez, viens ! On va voir Sarah. »

Aussitôt, j'étais debout, prêt à partir et surtout heureux. La marche me parut moins longue que la première fois et, quand je vis l'énorme paquebot de ciment qui dominait le parcours de golf, je fus surtout intrigué de savoir comment allaient se passer nos retrouvailles. Et puis j'étais préoccupé par un autre souci qui avait hanté mon esprit pendant tout le chemin : tenter de répertorier et de me souvenir de tout ce que j'avais perçu d'elle durant notre première rencontre. Lorsque Sarah m'apparut enfin, toute la construction fragile de mon esprit s'effaça. Elle était là, si spontanée, et elle prononça mon prénom comme on ne l'avait encore jamais prononcé.

Elle me prit par la main en disant à la religieuse : « Je vais lui faire visiter le collège. » Tout était monumental dans ce lieu : l'immense escalier, les paliers à chaque étage, l'amphithéâtre. Comme c'était dimanche, les pensionnaires étaient parties et nous progressions comme dans un palais désert. Sarah me dit : « Chut ! », en posant son doigt sur ses lèvres avant de me montrer les deux lieux sacrés : une chapelle plutôt moderne avec de petits vitraux encastrés dans le ciment et une bibliothèque rassurante d'où se dégageait une bonne odeur de bois ciré. Sarah agissait avec l'autorité d'une habituée des lieux. Elle m'installa sur un banc, face à un pupitre et, un à un, m'apporta quelques lourds volumes d'une encyclopédie dont elle me montrait les planches illustrées. Je la trouvais beaucoup plus sérieuse que la dernière fois. Je ne connaissais pas encore le charme infini de la gravité des petites filles et leur façon toute personnelle de vouloir séduire. Le lieu me paraissait suffisamment intéressant pour que je propose une partie de cache-cache. Disparaître, se dissimuler derrière un rayon, surgir dans le dos de l'autre en le surprenant par un cri, quel jeu délicieux pour vivre les surprises de l'amour !

Mon initiative sembla lui plaire et c'est en nage que nous avons achevé notre partie, essoufflés et prenant du repos, côte à côte sur notre banc commun face au pupitre de lecture. Sarah, ayant repris ses esprits, disparut puis revint avec un autre gros volume. Elle tournait lentement devant moi les pages du dictionnaire où étaient rassemblées les illustrations.

Elle semblait surveiller mes réactions au fur et à mesure que défilaient les images. A un moment, elle s'arrêta au mot « Danse ». Soudain, elle ne bougea plus et regarda l'illustration. On y voyait un couple en train de danser : lui, en habit de soirée, elle, dans ses bras, tendrement penchée sur son épaule. Autour d'eux, rien d'autre qu'un parquet brillant. Ils étaient, suivant l'expression consacrée, « seuls au monde ». Tout à coup, l'image se modifia devant mes yeux. Sarah venait d'y poser son doigt désignant les amoureux. Elle me fixait d'une façon étrange, tendue dans une attitude d'attente, comme si je devais répondre, réagir, devant cette image chargée d'évoquer le mot « Danse ».

J'étais horriblement gêné, intimidé, n'osant faire un seul geste. Visiblement, Sarah resterait silencieuse mais je crois qu'elle attendait que je lui réponde. Pour lui dire quoi ? Qu'un jour, quand nous serions grands, je la prendrais dans mes bras et la ferais danser langoureusement ! Que l'amour n'était pas réservé aux adultes et que ce n'était pas si difficile d'en faire un jeu d'enfants ! Toutes ces idées suggérées par un ongle impérieux posé sur un dessin me gênaient. Bien sûr, Sarah me plaisait à la folie mais je ne pouvais supporter que l'on forçât mon choix.

Les avances d'une petite fille qui avait l'air d'une femme fatale, c'était trop pour moi. Je me détournai, gêné. Elle me retint par le bras, son visage reflétant une douleur, une déception que je n'ai jamais oubliée. Elle avait voulu aller trop vite et elle ne savait pas qui j'étais. Car, si elle agissait déjà comme une jeune fille, moi, j'étais un vieux petit garçon.

Nous avons quitté la grande bibliothèque et, en descendant les escaliers, la musique de notre accord s'était déjà brisée. On venait de se connaître, le temps passé avait installé cet arsenal des premiers jours de l'amour : on pense à l'autre, on l'attend, on l'espère et c'est aussi le moment idéal du malentendu. Certains rêves se font à l'endroit et certains cauchemars, à l'envers. Toutes les minutes sont miraculeuses et tous les malentendus possibles. Arrivés dans le hall immense de l'entrée, nous nous regardions comme des étrangers. Pourtant, nous nous aimions déjà. J'allais repartir avec la religieuse en emportant dans mon cœur l'image de Sarah, la femme de ma vie.

Elle allait rester longtemps sur le perron, aimante et déçue, me faisant de grands signes dans le soir que bientôt je ne percevrais plus. C'est, peut-être, à cause de cet épisode que plus tard, beaucoup plus tard, j'allais comprendre la phrase jetée par Lady Beckford au Grand Will, l'amant qui l'avait abandonnée : « Va pleurer comme une femme ce que tu n'as pas su garder comme un homme. »

CHAPITRE 37

Shakespeare était un des sujets de prédilection du Grand Will qu'on avait d'ailleurs affublé du même surnom. Selon l'opinion la plus répandue, on ne savait rien sur William Shakespeare ou si peu de chose ; qu'il avait les yeux marron et les cheveux châtains et que c'est peut-être à d'autres qu'il avait emprunté son génie. En revanche, on était certain de son identité. Il était le fils du maire de Stratford-upon-Avon, sa mère appartenait à la petite noblesse, c'était un homme instruit issu d'un bon milieu, sa maison natale attestait une famille riche et il était non seulement acteur mais aussi propriétaire d'un théâtre. Mais était-il bien l'auteur des œuvres qu'il avait signées ? Le débat était ouvert depuis longtemps et, maintes fois, le Brigadier général avait provoqué le Grand Will sur ce sujet.

Le Grand Will vénérait Shakespeare et la devise, qui avait fait de lui un écrivain rebelle, découlait d'une phrase de William Shakespeare : « Etre grand, c'est soutenir une grande querelle. »

J'avais été le témoin muet de bien des discussions à ce propos. Les pièces de Shakespeare n'avaient-elles pas été écrites par Francis Bacon ? D'autres prétendaient que leur véritable auteur était le comte d'Oxford.

Mystère et polémique ! Vraie question et fausses réponses, suspicion, controverses, éclats de voix !

Le Brigadier général lui aussi s'était intéressé à Shakespeare. De quoi Shakespeare était-il donc mort en 1616, à seulement cinquante-deux ans ? Encore un dossier qu'il avait sérieusement travaillé en compulsant des illustrations représentant Shakespeare. Sa conclusion était péremptoire : « Le vrai visage de Shakespeare, nous l'avons en cinq exemplaires. En tout premier lieu, le buste qui se trouve à l'église de la Sainte-Trinité à Stratford-upon-Avon où l'écrivain est enterré. Puis, la gravure, due à un Hollandais, Martin Droeshout, qui orne la première édition de ses œuvres, puis un tableau de Shakespeare à trente ans ayant appartenu, à l'époque romantique, à Lord Chandos. Puis encore, un portrait donné par Madame Flower au Royal Shakespeare Theatre représentant un personnage ayant dépassé la quarantaine. Et enfin, tout simplement son masque mortuaire, propriété de la ville de Darmstadt ! »

Le Brigadier général marqua un temps d'arrêt. Après avoir émis un détail aussi insolite, il voulait jouir de la surprise de son interlocuteur. Pourquoi Darmstadt ? On n'osa pas le lui demander.

« Déclarée "imitation", cette pièce essentielle, qui porte la date du décès de Shakespeare, a cependant été acquise par un noble allemand en 1775 à Londres. » Je vis le Brigadier rougir de bonheur de pouvoir ainsi surprendre son auditoire, par son savoir. Il disait avoir « testé » les photos du buste de la gravure, des deux tableaux et du masque mortuaire de Shakespeare. Dans son lavabo métamorphosé en chambre noire, l'illumination lui était venue. Analysés, recoupés, superposés, les portraits présentaient un minimum de dix-sept traits communs incontestables. C'était, assurément, le vrai Shakespeare.

« Mais, dans toutes ces images, un même indice revenait qui révélait la vraie cause de la mort de Shakespeare, une intumescence de la paupière gauche. » Le Brigadier général eut alors le triomphe modeste. « Oui, tout est là, cette anomalie s'avère être un œdème des glandes lacrymales probablement cancéreux. Un petit carcinome est visible au coin de l'œil gauche et c'est, sans conteste, la démonstration de la progression de la maladie qui emporta Shakespeare, après l'avoir obligé à se retirer de la vie publique, les dernières années de son existence. » Le Brigadier général était satisfait. Parti d'un indice à peine visible, il était parvenu à une certitude : tumeur osseuse, mal chronique, mort du poète.

CHAPITRE 38

Dans cet univers de reclus, où nous étouffions tous plus ou moins, la lecture quotidienne des journaux procurait aux vieillards leur dose vitale d'oxygène et comme un rappel de la vie réelle. Cette lecture provoquait aussi des discussions animées sur les sujets les plus variés. J'adorais ces échanges entre les grandes personnes qui étaient pour moi comme des contes de fées.

J'avais donc les yeux grands ouverts et les oreilles aux aguets. La conversation avait filé ainsi, ce jour-là, du vol des mouettes jusqu'aux oiseaux de tous plumages. Le Brigadier contemplait une photo de la reine à la une du *Daily Telegraph*. Il fit remarquer que la souveraine aimait moins le faste que son arrière-grand-père, le roi Edouard VII. Il mentionnait que son plus grand luxe était son écurie de courses et son haras — quatre-vingt-sept chevaux et yearlings — et il évoquait le caprice royal qui lui faisait entretenir, à une époque où cela pouvait paraître anachronique, deux cents pigeons voyageurs dans le colombier de Sandringham.

C'est de son grand-père colombophile distingué que la reine, précisa le Brigadier général, avait hérité cette passion des pigeons. Il faut dire que ces fameux volatiles avaient été utilisés pendant la Première Guerre mondiale par les services des renseignements britanniques. A l'écoute de tels propos, j'étais très excité, l'idée que les espions modernes étaient obligés, pour réussir à communiquer, d'utiliser des oiseaux éduqués à cette tâche depuis les temps des chevaliers, me réjouissait. Flatté par l'attention que je lui portais, le Brigadier général se tourna vers moi : « A propos d'oiseaux de malheur, je vais te conter, mon cher Arthur, l'histoire des six corbeaux de la Tour de Londres. Cette tour sinistre, qui a été témoin de tant d'exécutions, abrite depuis des siècles six corbeaux qui nichent dans ses mâchicoulis. Mais, ce que tu ignores, mon petit, c'est que les six corbeaux ont les ailes coupées ! »

Impressionné, je ne pus m'empêcher de m'exclamer :

— Pourquoi ? Pourquoi ont-ils les ailes coupées ?

— Tout simplement parce que, selon la légende, leur disparition annoncerait la fin de la royauté, assena le Brigadier.

Je restai un instant hébété, rêvant à la fonction mystérieuse de ces oiseaux dans la Tour de Londres.

« Vous avez raison, c'est seulement avec des belles histoires qu'on devrait élever les enfants. » En prononçant ces mots, le Grand Will me caressa les cheveux et, tout à coup, je me sentis fier. J'eus soudain l'impression de ne plus être abandonné. Le Grand Will me tenait lieu de père et Lady Beckford, peut-être bien de mère.

CHAPITRE 39

Il m'aura fallu attendre de le comprendre pour lire l'ouvrage du Grand Will, intitulé *Shakespeare and Company,* que j'ai fini par retrouver, un jour d'été, à l'étalage d'un petit libraire de Bloomsbury. Mais, dès mon séjour à Brighton, Lady Beckford m'avait parlé avec respect de ce livre pour me dire combien l'insuccès, que le Grand Will avait subi lors de sa parution, l'avait marqué. C'est d'ailleurs, disait-elle, l'échec cuisant qui l'avait décidé à se retirer à Brighton. Aucun homme vivant de sa plume n'a fait preuve de plus d'indépendance que moi, aimait à dire le vieil écrivain avec une sorte de dignité blessée.

Toute son existence, le Grand Will avait montré un appétit nomade de la vie. Le vieil écrivain avait toujours vécu comme un prince et un marginal. « Plus de maîtresses que d'amis », avait noté Proust à son propos. Il avait sacrifié toutes les convenances à cette attitude de rebelle et bravé les codes de bonne conduite. Souvent, cela lui avait coûté cher, mais l'addition la plus lourde, c'était à la fin qu'il lui avait fallu la payer, en 1929. Cette fameuse année, si fertile pour la littérature et si dure pour lui. Il venait de publier un recueil de toutes ses études sur les mérites comparés des littératures anglaise et française. Le volume s'intitulait *Shakespeare and Company* et, on ne sait pourquoi, la critique s'était montrée si cruelle.

Peut-être parce que, cette année-là, on avait préféré se tourner vers de jeunes auteurs et saluer l'aurore de leur talent. Graham Greene publiait son premier roman, à peu près en même temps que paraissaient *Contrepoint, La Promenade au phare, L'Amant de Lady Chatterley, Ces corps vils,* qui révélaient ou confirmaient les succès éclatants d'Aldous Huxley, de Virginia Woolf, de D.H. Lawrence et d'Evelyn Waugh. Et pourtant, le Grand Will n'avait pas perdu la main. Son évocation de Freud, par exemple, qu'il avait connu arrivant à Londres, 39, Elsworthy Road, était remarquable. Il nous faisait entrer de plain-pied dans la vie de cet homme qui, pendant ses vacances, se reposait en cueillant des fraises des bois, à Berchtesgaden. Il nous le montrait à Vienne, soignant les plaies de son cancer à la mâchoire devant un petit miroir rond, face à une photo de Lou Andréas-Salomé.

Le Grand Will avait un talent de portraitiste qu'il exerçait, avec un souci absolu de la vérité, sans jamais être obscène. C'est ainsi que, dans son dernier livre, il montrait Sigmund Freud au seuil de la mort. Ainsi, quand il sentit que le temps était venu, Freud demanda à son ami Schur de lui faire des injections létales de morphine. Le 21 septembre 1939, Schur administra la première dose et deux autres le lendemain. Sigmund Freud meurt le 23, son corps est incinéré, et ses cendres reposent dans un vase grec offert au père de la psychanalyse par sa disciple et amie, Marie Bonaparte.

Un critique ne s'était pas gêné pour se moquer, avec ironie, de la façon dont le Grand Will évoquait Stendhal à Londres. « Naïveté pittoresque », avait-il noté. Le vieux Will avait refait à pied les promenades d'Henri Beyle, le long de la Tamise vers Little Chelsea. Il décrivait les petites maisons garnies de rosiers et la réaction du Français. « C'est la première fois que le genre fade me touche. » Stendhal habitait alors Tavistock Hotel à Covent Garden. Le soir, il se précipitait au théâtre et on le retrouvait au parterre, les yeux levés, pour ne rien rater des exploits du grand acteur de l'époque, Kean, dans *Othello*. Dans *Souvenirs d'égotisme,* Stendhal écrit : « Les Anglais sont je crois le peuple du monde le plus obtus, le plus barbare. Cela est au point que je leur pardonne les infamies de Sainte-Hélène ; ils ne les sentaient pas. »

On fut plus indulgent pour l'évocation du voyage d'Henry James en Touraine. New-yorkais de naissance et irlandais d'ascendance, issu d'une famille fortunée, l'écrivain avait fait de nombreux voyages en Europe. En 1882, il effectue *« a little tour in France »* à l'âge de trente-neuf ans, en compagnie de la comédienne Fanny Campbell, et c'est à partir de son départ de la ville de Tours que le Grand Will s'attache à ses pas et, en excellent connaisseur de la France, il le suit de Nantes à Bordeaux, de Toulouse à Montpellier, d'Avignon à Dijon.

On comprendra, avec la critique, que le Grand Will était bien meilleur quand il évoquait les princes du paradoxe qui faisaient écho à sa part obscure. Ainsi, son admiration proclamée pour l'esthète maudit William Beckford, l'homme le plus célèbre parmi les ancêtres de la Lady. Né en 1760 et mort en 1844, illustrant par son dandysme sulfureux une des familles les plus riches d'Angleterre, il est surtout connu par son roman *Vathek.*

Mais, dans *Shakespeare and Company,* le Grand Will fait entrer son lecteur dans les méandres du *Journal intime au Portugal et en Espagne* et dans les labyrinthes des *Souvenirs d'Alcobaça et de Batalha* sans oublier le *Voyage d'un rêveur éveillé.* On y sent la complicité de l'auteur et du sujet de Londres à Venise et de Venise à Naples. Je sus, plus tard, comme me l'avait dit Lady Beckford, que le Grand Will avait mauvaise réputation, ainsi que son modèle. Et c'est à cause de cette mauvaise réputation en Angleterre de l'ancêtre de la Lady que certains manuscrits de Beckford ne peuvent être découverts que grâce à la traduction.

Des années plus tard, lors d'un séjour en Angleterre, repris par la nostalgie de ces ciels brumeux, j'appris, incidemment, que je me trouvais à trois miles de la maison de Bateman's où avaient vécu Rudyard Kipling et sa femme américaine, Caroline. En arrivant devant ce manoir, dans la campagne du Sussex, j'eus un sentiment de déjà-vu, alors que je savais que je n'y étais jamais venu. En parcourant son jardin de mûriers, sa roseraie et son allée de poiriers, j'eus soudain l'explication de cette familiarité : si ce lieu me rappelait quelque chose c'est que le Grand Will me l'avait si bien décrit.

Dans ses pages, je me souvins que le Grand Will ne s'attardait pas sur le Kipling jeune qui avait scandalisé les autorités de son collège avec ses collections d'éventails japonais et sa porcelaine chinoise, au dessin bleu, mise à la mode par Wilde, qu'il exposait dans sa chambre à Cambridge. Mais le Grand Will avait privilégié l'écrivain consacré retraçant l'ultime visite à un Kipling assagi et comblé, l'auteur le plus célèbre du monde à ce moment-là, retiré dans quatre hectares du Sussex.

Will se souvenait de leur longue complicité qui n'avait jamais été entachée par la moindre jalousie ou rivalité littéraire.

Lors de sa visite à Kipling, ils avaient, ensemble, assisté au coucher de soleil sur le pont-promenade qui borde la façade ouest de la maison. Ils devisaient de leur passé, de leurs exploits. Kipling s'exclamant « Sacré Will ! » en égrenant leurs souvenirs. C'est vrai que là-bas, à Bateman's, le 12 août, le champion de l'héroïsme et son frère de combat avaient trouvé le parterre de verdure qui faisait oublier leurs tours du monde. Pas tout à fait pourtant, puisque le grand écrivain avait remplacé le potager de droite par un jardin de plantes aromatiques dont l'entêtant parfum de coriandre leur rappelait, à tous les deux, les années partagées dans l'immortalité de l'Inde.

L'an passé, justement, revenant de New Delhi, j'avais relu le récit de leur rencontre dans *Shakespeare and Company* :

« Kipling nous avait hier à déjeuner. Aucune déception, l'homme ressemble à l'œuvre. Il habite la vieille et belle maison d'un maître des forges du quinzième siècle, le jardin admirable est celui où se passe *Puck of Pook's Hill*. Il m'entraîna vers le ruisseau au bord duquel Dan rencontra le nain. Tous les éléments du décor sont là, dans cette campagne réelle. Comme Tolstoï, Kipling regarde la nature, de ses yeux si vifs sous des sourcils énormes.

« — Ah ! Que j'ai aimé *Kim*... Je ne peux vous dire combien de fois je l'ai relu.

« — *Kim* ? C'était facile à faire... J'avais tout cela autour de moi. Mais, vraiment, il y a des jeunes gens en France qui lisent mes histoires de l'Inde ?

« — Non seulement celle-là mais les *Stalki* et *Les Histoires comme ça* et toutes les autres.

« — En Angleterre, me dit-il, la nouvelle génération s'est détachée de moi, elle cherche autre chose et c'est très bien ainsi. Si un jeune écrivain avait le malheur de trop aimer mes livres, il ferait du Kipling et ne se trouverait pas lui-même... Ce sont les années, les siècles qui se chargeront de révéler ceux qui, dans une littérature, étaient durables. »

Le portrait interview de Rudyard Kipling fut l'occasion pour la critique de sonner l'hallali. On ne pardonnait pas au Grand Will cet exercice d'admiration.

Peu de temps après, le Grand Will décida de se retirer en Irlande. Les paysans qui croisaient sa silhouette sombre autour de son refuge dans l'île verdoyante étaient intimidés par ce « génie distant » dont la renommée s'étendait jusqu'aux plus retirées des chaumières. Au milieu de moutons, de chevaux, de fleurs sauvages et des orchidées rares, non loin d'un hameau perdu, le Grand Will errait, solitaire et serein.

C'est dans l'émeraude de cette immensité du Connemara que le Grand Will avait trouvé ces mots :

« *An aged man is but a paltry thing*
A tattered coat upon a stick, unless
Soul claps its hand and sing and louder sing
For every tatter in its mortal dress. »

(Un homme âgé n'est qu'une misérable chose,
Un habit en lambeaux accroché à un bâton, à moins
que / L'âme n'applaudisse et chante, et chante toujours
plus fort / Pour chaque lambeau de son habit mortel.)

Un an plus tard, le Grand Will apprit qu'une de ses
vieilles amies qu'il n'avait pas vue depuis des lustres
s'était installée dans une maison de retraite à Brighton. Brighton, souvent il s'y était rendu dans son
enfance et il en gardait un souvenir très vif car, adulte,
on l'y avait dépêché comme reporter pour une affaire
qui restera une des plus sombres et des plus sanglantes
de l'histoire de l'Angleterre.

L'idée de finir ses jours près d'une amie chère et
face à la mer n'était donc pas pour lui déplaire. Il pourrait, enfin, contempler sa propre vie comme le mouvement des vagues.

CHAPITRE 40

C'était un dimanche matin, après la messe, le Brigadier général portait son monocle. Assis auprès de la Lady, dans le « bow-window », il se pencha vers son oreille et lui dit : « La distinction du rang me semble si capitale dans notre civilisation que, si j'étais invité à dîner soit avec le duc de Norfolk, soit avec le plus grand des génies, j'hésiterais. » Devant cette curieuse déclaration, le silence s'imposait et un ange passa.

Le Grand Will, noblement installé dans son fauteuil d'osier, faisait une moue bizarre, il n'aimait pas ce style de propos imbécile. Mais Lady Beckford répliqua :

— Certes, Général, vous choisiriez le génie s'il ne s'agissait que de votre plaisir. Mais pour le prestige, vous dîneriez avec le duc car, sur dix personnes que vous voyez, neuf vous en estimeraient davantage et le génie lui-même ne vous en recevrait que mieux.

Le Grand Will n'était pas d'accord du tout mais il n'osait pas le dire car s'offusquer impliquait qu'il se prenait, lui, pour le génie. Poursuivant sa réflexion silencieuse, il ne pouvait s'empêcher de trouver triste de finir sa vie dans une vaine assemblée de snobs !

Même si c'était dimanche, en principe un jour de trêve, je compris qu'un conflit, plus ou moins feutré, avait éclaté entre ces grandes personnes. Mais, il avait suffi qu'ils se mettent à comparer, à mon propos, les mérites de l'éducation en France et en Angleterre, pour qu'ils se réconcilient.

Pour Lady Beckford, rien ne valait l'éducation d'autrefois. Elle insistait sur le fait que le goût des citations était jadis si développé, chez les jeunes Anglais, que Pitt s'étant interrompu, au Parlement, au milieu d'un vers de l'*Enéide*, toute la Chambre, Whigs et Tories, s'était levée pour compléter le vers.

« Vous n'oublierez pas, ma chère, que dans l'éducation anglaise, il n'y avait pas que la passion des citations mais aussi l'efficacité des châtiments corporels qui incluait la bastonnade pour les garçons. »

Le Brigadier général cita alors un exemple célèbre : le Docteur Keatnis mis à la tête du collège d'Eton par le roi George II était un partisan de la fessée. Et, sarcastique, me regardant en coin, il précisa : « C'était un homme qui avait fouetté presque tous les derrières des personnages devenus les plus puissants d'Angleterre. »

En entendant ces propos, Lady Beckford pensait à l'enfance de son ami Winston. Quand il retournait chez lui, il était heureux de jouer avec sa collection de soldats. Il en eut jusqu'à quinze cents et les partageait avec son jeune frère Jack, afin d'organiser des batailles ; mais le cadet n'avait droit qu'aux soldats indigènes, lesquels, naturellement, ne pouvaient posséder d'artillerie, si bien que Winston était toujours vainqueur. Un jour, Lord Randolph Churchill surprit ses deux fils dans la nursery, en train de jouer à la guerre.

Admirant le bel ordre de bataille, dans lequel étaient rangés les soldats de Winston, il lui demanda : « Cela vous plairait-il d'être officier, Winston ? »

CHAPITRE 41

A l'heure du thé, je me rendais souvent dans la suite de Lady Beckford où Oscar disposait, sur un plateau d'argent armorié, les tasses en porcelaine de Meissen. J'étais stupéfait de constater qu'il savait où était chaque objet et qu'il agissait comme s'il était chez lui. Me revint, alors, une remarque perfide de Faïence-Folie à l'adresse d'Oscar lors de ces échanges aigres-doux dont ils étaient tous les deux les orfèvres : « Même si tu as envie de tout lui piquer, tu vas quand même lui laisser ses petites cuillères en vermeil, à la vieille ! » J'avais vu Oscar hausser les épaules mais ses oreilles étaient devenues toutes rouges.

Un jour, la conversation roula sur l'amour fou que la reine portait à Albert, son jeune époux. Malgré mon jeune âge, j'avais vite compris qu'en bonne héritière du puritanisme victorien, Lady Beckford détestait évoquer ce qu'elle appelait « l'horrible chose », c'est-à-dire parler de ce qui concerne le sexe, en général ou en particulier. En revanche, il ne lui déplaisait pas d'évoquer des potins, surtout avec Oscar, quand il s'agissait de montrer que les grands de ce monde n'échappaient pas aux faiblesses du commun. Son sujet de prédilection était la passion prononcée qu'avait la reine Victoria pour les beaux hommes.

Cela avait commencé par son amour pour un prince germanique, sans fortune, sans espoir de trône, abandonné par sa mère qui s'était enfuie avec un officier et négligé par son père qui passait son temps à courir les femmes. Cet homme, Albert de Saxe-Cobourg, était instruit, policé, intelligent et surtout d'une beauté fracassante. Elle l'épousa et vécut avec lui une grande passion qui dura jusqu'à la mort, à trente-six ans, de son cher Albert, son mari adoré, qu'elle trouvait « si bien fait ». La grande impératrice qui était une reine toute petite ne put s'empêcher, le deuil passé, de jeter son regard sur des silhouettes délectables ou des modèles masculins convoités pour leur physique intéressant.

Pudiquement, à la manière d'une éternelle jeune fille, elle les détaillait avec plaisir et ne se gênait pas pour les collectionner. De son factotum écossais, John Brown, dont elle disait qu'il avait les plus « beaux genoux » d'Angleterre, en passant par les Maharadjahs les plus séduisants qui venaient visiter la souveraine à Londres, aucun homme n'échappait à son regard et surtout pas les éphèbes exotiques.

C'est à Sandringham en 1890 que tout s'accéléra. Les membres de la Maison royale n'en crurent pas leurs yeux. Sa Gracieuse Majesté, en effet, ordonna que son serviteur indien, Abdul Karim, prît place parmi eux, mais pas en temps que domestique. L'entourage n'en revint pas : on les priait de bien vouloir appeler l'Indien « Munshi », ce qui signifiait Maître !

Pour la première fois, la Cour osa se demander si la reine Victoria n'avait pas perdu la raison. Depuis que rien n'était plus comme avant, la souveraine avait prié le jeune homme de lui enseigner l'hindoustani, parlé par ses nouveaux sujets indiens. Le Munshi, fort de l'ascendant qu'il prenait sur l'impératrice, ne se contentait plus de sécher au buvard les lettres de la reine ; désormais, il en prenait lui-même connaissance et allait jusqu'à commenter leur contenu avec Victoria !

En 1890, lorsque Abdul Karim tomba malade, James Reid, le médecin de la reine, ne dissimula pas sa stupéfaction. Il vit Sa Majesté rendre visite à Abdul, deux fois par jour, prenant ses leçons d'hindoustani et signant les décrets du royaume dans sa chambre, examinant le pouls de son favori et allant jusqu'à remonter elle-même ses oreillers.

« Mais ce n'est pas tout », gloussa Lady Beckford, et je crus qu'elle allait s'étrangler, car elle semblait enchantée d'étaler, devant la jubilation d'Oscar, la suite de l'histoire et de montrer comment la reine Victoria alla encore plus loin en ordonnant que toutes les photos prises du temps où Abdul était un simple serviteur soient détruites. Le palais commença alors à suspecter le Munshi d'être au courant des secrets d'Etat et même d'en informer les rebelles aux Indes.

Lady Beckford racontait tous ces « gossips » sur la reine Victoria avec un plaisir évident. Elle frappa un grand coup en disant : « On alla jusqu'à soupçonner une liaison entre la reine et son gourou de quarante-quatre ans son cadet. Mais, en 1901, à la mort de la reine, tout rentra dans l'ordre. Son fils Edouard VII renvoya Abdul Karim aux Indes et l'on n'entendit plus jamais parler de lui. »

Quelle bizarrerie poussa donc Lady Beckford à me raconter, devant Oscar, la vie amoureuse de la reine Victoria ? Voulait-elle m'enseigner le mépris des convenances et du sexe ou l'irrésistible force du désir en dépit de tout ?

CHAPITRE 42

En dehors des repas et des promenades imposées, j'étais souvent livré à moi-même et assez libre de divaguer comme bon me semblait. J'avais fini par m'habituer à ce rythme de vie ralenti, à ces visages fanés, aux soirées sans maman et à toutes ces grimaces, ces ricanements, hoquets et plaintes intempestives auxquels me soumettaient les vieillards. Si mes nuits étaient toujours peuplées de cauchemars, les journées s'écoulaient, assez paisibles, quand je n'étais pas rattrapé par mes craintes sourdes qu'une menace ne pesât sur cet endroit où se cachait peut-être un criminel.

Ainsi, quand j'entendis : « Viens petit, je vais te raconter *L'Ile au trésor* », l'apostrophe de Somerset le marin me laissa entre l'appréhension et la peur : la crainte de le suivre et qu'il me persécute ou la peur de représailles immédiates si j'osais lui exprimer un refus. Faisant un effort sur moi-même, je décidai de parier sur sa bonne foi et de lui obéir. Quelque chose me disait qu'il devait y avoir des brèches de bonté dans le rempart du cœur des méchants. Et l'histoire de *L'Ile au trésor,* racontée par un vieux loup de mer, cela devait valoir la peine, surtout si c'était devant un goûter préparé par Oscar.

En effet, c'est bien dans l'office, le paradis des confiseries du cuisinier esthète, que m'entraîna Somerset. On s'y rendait par un petit escalier étroit dont les marches métalliques vibraient sous mes pas et l'on rejoignait la cuisine, à la hauteur des caves, par un boyau dont les murs de briques suintaient d'humidité. Oscar nous accueillit en retirant son tablier. Il avait déposé, avec délicatesse, scones, toasts, gâteaux secs, marmelades et petits-fours autour de la théière. J'osai réclamer un chocolat chaud qui, à mon grand étonnement, me fut accordé. Je ne sus pas pourquoi le regard complice, qu'échangèrent Somerset et Oscar, me mit mal à l'aise. Je les observais : Oscar, particulièrement excité, et Somerset, assis en face de moi, les sourcils hérissés, les yeux bleu marine. Il me dit : « Alors, tu es prêt. On la raconte cette histoire ? » J'acquiesçai en avalant un délicieux sandwich aux concombres.

Si j'avais été plus grand, je ne me serais pas étonné que Somerset ait choisi de me lire un roman de Stevenson, l'auteur de *L'Ile au trésor,* mais aussi du *Cas étrange du Docteur Jekyll et Mr Hyde,* roman fantastique, issu d'un fait divers : l'histoire vraie du diacre Brodie, pendu en 1788, personnage respectable, qui, la nuit, se transformait en voleur et en assassin ! En somme, un modèle romanesque qui n'était pas sans ressembler au conteur à casquette de marin qui bourrait sa pipe avant de prendre la parole.

La tension était extrême dans ce sous-sol imprégné du parfum des toasts et le récit de Somerset commença.

Je me tenais à carreau et laissais errer mon imagination vers *L'Ile au trésor*, tandis que mes yeux furetaient de tous côtés. Tout en écoutant le récit de cette aventure extraordinaire, j'étais intrigué par le remue-ménage d'Oscar. Il ouvrait son garde-manger me laissant ainsi comptabiliser ses trésors : un beau jambon d'York, différents fromages, dont un superbe Stilton, puis il se tourna vers une desserte étroite où étaient rangées, dans un ordre maniaque, toutes sortes de confitures aux parfums enchanteurs : mirabelles, fraises, mûres, pêches, tomates, citrons, coings, poires, abricots, quetsches et même roses, dans de petits pots aux étiquettes de chez Harrod's. Sur le rayonnage inférieur, j'étais fasciné par les moutardes et la gamme de leurs teintes qui allaient du jaune vif au vert bouteille. Quelle profusion et quel luxe pour la cuisine d'un asile où l'ordinaire de chaque jour était une vague soupe chaude où baignait un poireau, le tout hardiment baptisé potage. Ce sous-sol était donc un temple du goût, caché aux yeux des pensionnaires, et réservé à Somerset le marin et à Oscar le cuisinier, perpétuels complices d'on ne savait quelle conjuration souterraine.

Somerset le marin poursuivait son récit. Il avait l'éloquence qui convenait à son genre : orateur de bistrot dans un port de mer. Il réclama un whisky à Oscar. Ce dernier minauda avant d'ouvrir son bar qui détenait des merveilles : « J'ai ici tous les purs malts des barons du whisky », proclama-t-il fièrement. Et, se penchant pour consulter les étiquettes, il énuméra les personnages qui étaient derrière ces bonnes bouteilles au breuvage doré : James Buchanan, qui fut nommé baron en 1920, John Dewar qui reçut son titre de Lord en 1916, Peter Longan Mackie qui fut fait baronet en

1920, Alexander Walker, intendant du corps britannique en France, Douglas Haig officier du Royaume-Uni qui fut promu après l'armistice. Ces deux derniers, dans l'ivresse du courage, sortaient décorés à l'issue de la Grande Guerre.

« Excellent ! » dit Somerset, en avalant d'un trait cet alcool de grain à base d'orge. Il fit son commentaire : « Tu vois, petit, saint Patrick n'a pas inventé le whisky, peut-être, mais c'est lui qui l'a rapporté d'Egypte. » Il avala une seconde gorgée avant d'ajouter, en vrai marin : « Quel sel sacré ! Les bons scotchs sont toujours issus de régions livrées à la mer. » Et puis il dit :

— Pour *L'Ile au trésor*, Arthur, je te raconterai la suite une prochaine fois. Tu devrais goûter le whisky !

— Non merci, Somerset. Je n'en ai vraiment pas envie.

— Il faut bien que tu grandisses, gamin, allez, goûte !

— Non, je ne veux pas. Merci, dis-je, en tentant de me réfugier au fond de la pièce.

Mais, Oscar était passé derrière moi et m'avait saisi. Il me maintenait les bras croisés dans le dos. Somerset se leva et avec un rire d'ogre me contraignit à ouvrir la bouche en me pinçant le nez. Il approcha le verre de mes lèvres avec ses doigts sales et me versa, de force, une longue gorgée. Une boule de feu descendit dans mon ventre et mon front s'humecta de sueur. Je commençai à voir trouble.

« Il a bu le moussaillon, il est des nôtres ! » dit Somerset avec une bonhomie inattendue. Oscar me lâcha pour aller s'asseoir sur le banc à côté du marin.

Il y eut un grand silence et un vaste malaise dans cette petite pièce.

— On dirait que tu as chaud, dit Oscar.

— C'est normal, dit Somerset, en ricanant. Il a aussi chaud que Stevenson quand il débarqua en Polynésie, aux Marquises, à Tahiti, à Honolulu avant de s'installer enfin aux Samoa.

En réalité, je n'avais pas chaud, j'étais glacé de peur.

Somerset se reprit une rasade de whisky, puis, satisfait et en me fixant d'un air ironique, il continua :

— Tu vois, petit, Stevenson aimait naviguer comme moi. Il lui fallait des horizons lointains. En juin 1888, il embarqua avec sa femme Fanny à bord du *Carco,* son bateau. Il allait mourir bien vite d'une hémorragie cérébrale. Il avait quarante-quatre ans.

Là-dessus, Somerset prit un air sombre, baissa la tête, se resservit d'alcool et marmonna :

— Ce type, il avait tout pour être heureux, les mers du Sud, les délices de l'été austral, pourtant, il paraît qu'il a dit avant de mourir : « Oh, je donnerais tout pour dix minutes d'Edimbourg ! »

« Tiens, sers-moi encore un verre à la mémoire de Stevenson », dit Somerset à Oscar. Un lourd silence s'installa, qui se prolongea, et je pris peur comme si planait une menace. Il me fallait détourner l'attention, leur poser n'importe quelle question qui pourrait éloigner le danger et surtout essayer de leur échapper.

Je me lançai, l'air faussement dégagé :

— Comment êtes-vous devenus amis, tous les deux ?

— Ah ! mon petit, sur la *Cunard Line,* la plus prestigieuse des compagnies de paquebots au monde, Oscar était cuisinier et moi quartier-maître. C'était la compagnie préférée de Jules Verne. Il en parle même dans *Vingt Mille Lieues sous les mers.* Je me souviens bien de ce qu'il en a dit. C'est ce qui m'a décidé à m'engager.

Somerset le marin se leva et sur un ton sentencieux :
— Nulle entreprise de navigation transocéanienne n'a été conduite avec tant d'habileté ; nulle affaire n'a été couronnée avec plus de succès. Depuis vingt ans, les navires *Cunard* ont traversé deux mille fois l'Atlantique sans que jamais un voyage ne se soit mal passé. Jamais un retard, jamais une lettre ni un homme ni un bâtiment n'ont été perdus.

— Buvons à nos beaux bâtiments de la *Cunard,* dit Somerset, levant son verre en regardant Oscar.

— Buvons à l'*Acadia,* dit Oscar, resservant Somerset de whisky, au *Caledonia,* à la *Colombia* et encore au *Mauritania.* Buvons au *Britannia.* Tu te souviens, Somerset, il fut le premier à quitter Liverpool pour Halifax. C'était le jour de mon anniversaire, le 4 juillet. Tu te souviens peut-être qu'il avait, ce jour-là, à son bord le fondateur de la Compagnie et sa fille, une ravissante personne, descendante d'une vieille famille quaker de Philadelphie.

— Tu es toujours aussi snob, toi ! lui jeta Somerset, poursuivant : Te rappelles-tu l'*Aquenia,* surnommé le navire de beauté ?

— Bien sûr que je m'en souviens, répliqua Oscar, et surtout des meubles de son salon, dont l'élégance est restée célèbre. Je me souviens aussi du *Coronia.* Tu te rappelles, on l'appelait la déesse verte. Il était renommé pour son service et son confort. J'y ai servi d'ailleurs.

En les voyant partis dans leurs souvenirs, je me dis que le moment était peut-être venu de leur faire faux bond. Absorbés par leurs récits, ils continuaient :

— Est-ce qu'il remporta le « ruban bleu » ? demanda Somerset à Oscar.

A ces mots, je ne pus m'empêcher de demander :

— Qu'est-ce que c'est « le ruban bleu » ?

— Le « ruban bleu », petit, me répondit Somerset, c'est une récompense pour un record de vitesse dans la traversée de l'Atlantique. Même si le but de la *Cunard* n'était pas la vitesse, elle remporta vingt fois le fameux « ruban bleu » qu'elle conserva pendant vingt-deux ans !

— Ah ! Si je me souviens du « ruban bleu » ! dit Oscar, plié en deux, dans une sorte de révérence absurde dédiée à personne. Si je m'en souviens ! C'était même moi qui, pour le pacha, avais composé le « cocktail ruban bleu ». Je me le rappelle comme si c'était hier. Curaçao bleu, bénédictine, liqueur de poire, gin, et champagne !

Je me mis à imaginer un vaste ruban de soie bleue, se déployant dans le sillage d'un de ces navires et se mêlant aux vagues. Soudain, j'imaginais une tempête et la peur me reprit, la peur, surtout, de mes tristes compagnons.

— Vous n'avez jamais eu peur en mer ? demandai-je naïvement à l'ancien quartier-maître.

— Peur jamais, mais méfiance, il en fallait toujours. Sur l'océan la route des transats, c'est la ligne la plus courbe mais qu'on infléchit pour éviter les icebergs, surtout à la belle saison où ils se détachent du Groenland et commencent à se balader. C'est pourquoi on descend très bas et l'on contourne Terre-Neuve. Combien de fois sommes-nous passés près du lieu où le *Titanic* a sombré ! Tu sais, Oscar, quelle est mon idée là-dessus, et je n'en démordrai jamais. C'est la mondanité éperdue des passagers qui a conduit au naufrage. Imagine un peu, le télégraphiste du *Titanic*. Il reçoit le message l'avertissant de la proximité d'un énorme iceberg. Mais il a tellement de télégrammes mondains à envoyer, pressé par les passagers qui se massent autour de lui, désireux de faire connaître à leurs relations le privilège qui est le leur de vivre cette traversée, qu'il est incapable de transmettre l'avertissement au commandant. Cette négligence causée par la futilité sera fatale au *Titanic*.

À l'évocation de cette tragédie légendaire, un silence pesant s'installa. Je demandai alors :

— Est-ce que Lady Beckford était à bord du *Titanic* ?

— Mais non, mon enfant, me répondit presque tendrement Oscar. En revanche, je me souviens d'elle sur un paquebot de la *Cunard,* dansant le fox-trot et aussi du jour où elle me fit l'effet d'une apparition avec son vison blanc tombant sur ses épaules. C'était la veille de l'arrivée à New York, sous un superbe coucher de soleil. Les courants froids du Labrador alliés à l'air chaud et humide de Nantucket produisaient une brume épaisse dont ses épaules émergeaient comme dans un songe. C'était, tu sais, mon petit garçon, une des plus belles femmes de son époque.

— Et Faïence-Folie, elle était belle aussi ?

Somerset le marin éclata de rire :

— C'est vrai, elle était vraiment pas mal, dans le genre demi-mondaine. Avec d'autres de ses semblables, dans certains grands restaurants, elle recevait dans des cabinets particuliers. Sacrée coquine !

— Ah ! oui, s'esclaffa Oscar à son tour. On racontait même qu'elle faisait comme Blanche d'Antigny, qui allait toute nue sous son manteau à Paris.

— Tu es bien avec nous, petit, me dit Somerset, avec un sourire de raie au beurre noir. Tu vois qu'on n'est pas seulement des brutes, nous les hommes de la haute mer, on connaît des tas d'histoires.

Et en disant cela, il lança une claque sonore sur les grosses fesses d'Oscar, qui se mit à glousser.

— Quand tu reviendras, je te montrerai mon album d'images, sur l'histoire des grandes découvertes. Avec Christophe Colomb qui promit un pourpoint de soie à celui de ses marins qui verrait la terre, avec La Pérouse à Concepción, au Chili, qui a traversé deux fois le Pacifique, avec Vasco de Gama à Mélinde et Cook dans les terres australes. Tu verras quand tu reviendras... Mais surtout, promets-le, tu ne diras rien au Grand Will.

Somerset me souriait, menaçant. Mais, peu à peu son visage s'affina comme une lame de couteau et, soudain, il me dit :

— Allez petit, avant de partir, un dernier verre.

— Non merci, Somerset.

— Tu commences à m'agacer, petit sot, avec tes manières bien élevées !

Et alors, il se leva, hors de lui, éclatant d'une colère subite.

Il ordonna à Oscar : « Allez, prépare-lui un whisky bien tassé. » Puis, se tournant vers moi : « Ce n'est pas pour rien que je te raconte des belles histoires. Tu as voulu venir goûter, alors il faut goûter jusqu'au bout. Bois ton verre avec Oscar et quand tu seras pompette, on pourra s'amuser. » Tout d'un coup, je perçus l'imminence du danger. J'étais resté cinq minutes de trop. Ma curiosité m'avait été fatale. J'aurais dû partir avant d'entendre parler du *Titanic*. Maintenant, c'était trop tard. Les deux m'avaient piégé. Il fallait faire vite. D'ailleurs, leurs visages étaient méconnaissables. Ils manœuvraient autour de la table pour me coincer. Il me fallait échapper au cauchemar. « Tiens, avale ça », me dit Oscar en me tendant un verre plein. D'un revers de la main, j'écartai la menace de l'alcool, si brutalement que le verre chuta, se brisant au sol avec fracas. « Petit salaud, tu vas me le payer ! » mugit Oscar. Et il me gifla avec violence. Dans un mouvement foudroyant, Somerset était allé jusqu'au buffet et revenait vers moi tenant à la main un instrument métallique. C'était un casse-noisette. Il fonça sur moi, saisit mon poignet et commença à me broyer les doigts entre les pinces. Je hurlai ma douleur, me dégageant brutalement avec l'énergie du désespoir et m'échappai comme un forcené en courant dans le corridor.

CHAPITRE 43

Fou de terreur, j'échappai aux deux sadiques. Je détalai de toutes mes forces vers la cabane du jardinier, sur la gauche du parc en front de mer, pour m'y enfermer et pleurer, pleurer sans pouvoir m'arrêter. Je n'en pouvais plus de ces monstres, de ma solitude, j'étais à bout de forces et abandonné. Je me mis à vomir, au-delà de l'écœurement.

La porte de planches refermée sur moi, j'essayais de trouver un coin où m'asseoir, dans ce réduit encombré de bêches et de râteaux. J'étais au bout du monde et j'avais l'impression que la mer me répondait par des sanglots qui mouraient dans l'écume. J'entendais : « C'est bien fait pour toi, tu dois souffrir comme les autres. » Elle répétait, à chaque vague cognant contre les galets : « C'est bien fait. » Alors, la colère relaya la peur et le dégoût.

Allongé sur la terre battue, je m'agitais et hurlais ma rage d'être prisonnier de cet hospice de malheur. Je me mis à saigner du nez et cela calma un instant ma crise. Mais, je ne savais pas ce que j'allais devenir. Je devais peut-être essayer de m'enfuir. Rejoindre Londres, c'était si loin, si difficile !

La cloche du dîner se mit à sonner et je pensais que j'allais rester là, à jamais, dans cette cabane de jardinier et que je ne remettrais plus jamais les pieds parmi les humains. Je n'aurais plus jamais faim, je deviendrais une plante aux feuilles bleues. Personne ne pourrait savoir que cet arbuste, c'était moi, Arthur, caché jusqu'à la fin du monde. Puis, reprenant des forces, je me dis que cette tristesse était la pire des choses.

Je devais essayer de dominer mes peurs et je réussirais peut-être à tuer mes deux ennemis. Je me mis à délirer. Je deviendrais le chef d'une armée de vieillards qui contrôleraient toutes les falaises de Brighton. Nos lois seraient sévères et tous ceux, parmi les vieux soldats, qui me désobéiraient seraient précipités dans le vide du haut des falaises, et rendus à l'orchestre de la mer, dont les hurlements retentiraient pour l'éternité.

Assis dans mon chagrin, sur la terre humide, je rêvais de ce pouvoir, le seul qui pouvait encore me sauver. Je passais, sur un poney, mes vieillards en revue. Ils présentaient les armes, des bâtons noueux, des râteaux rouillés, des lances de fortune. Le vent en faisait tomber quelques-uns à terre. Ils étaient vaillants mais si faibles en même temps. Une armée de séniles qui ne me mènerait pas loin. La parabole était pourtant claire : toute ma vie, je combattrais en vain, avec des moyens dérisoires, des chances déjà épuisées. J'étais vaincu avant de commencer mais je mourrais dans l'illusion que la victoire était proche, bien qu'au-delà d'une glace, impossible à briser, où m'attendait mon royaume, la mer.

Il se mit à pleuvoir violemment, une de ces averses de Brighton qui vous tombe dessus sans prévenir. Incapable de surmonter mes émotions, je me remis à pleurer, sans pouvoir m'arrêter et je hurlai dans la cabane. Puis, sans savoir pourquoi, à plat ventre sur la terre battue, je creusai avec mes ongles dans les cailloux et les racines mortes et j'enfouis mon visage dans la terre avec rage. Je voulais m'enfuir et m'enfouir. Je voulais disparaître au centre de la terre, inconscient à jamais. Comme il serait bon d'être mort ! Le petit cercueil noir tiré par mon poney imaginaire, la belle musique de Purcell, les vieillards endimanchés et mes parents, enfin devenus vieux, si vieux d'un seul coup, giflés durement par la réalité de ma douleur et marchant au-devant du cortège, dans leurs Burberry intacts, sous une pluie éternelle... Les gouttes tapaient sur la tôle ondulée comme on frappe à la porte.

Il n'y a personne, je suis mort. La pluie insistait et c'est ce qu'elle sait faire. J'étais bien. Je n'entendais plus que le martèlement de la pluie et la musique de la cérémonie funèbre. L'enterrement d'un enfant ne dure jamais longtemps. Les gens se dispersent très vite. J'étais enfin seul face à Dieu. Et il se présentait sous la forme d'un gros chien noir et très doux. On pouvait s'approcher de lui. Il vous regardait avec ses yeux tendres. On pouvait le caresser et se blottir contre sa bonne chaleur, sa masse, ses poils brillants et sombres. Mais Dieu-Dog, lui, ne vous caressait jamais.

Combien de minutes suis-je resté prostré dans cette cabane ? Combien d'heures ? Combien de jours ? Un enfant ne sait pas compter le temps. Le soleil était revenu, mais il pleuvait de nouveau. Tout était lavé au-dehors et mon corps était sale. Le ciel charriait des moutons blancs dont les mille pattes se diluaient dans le bleu du peintre. Dans les prairies d'Angleterre dansaient des poulains agiles. La campagne était quadrillée de haies. Dans les temples, des enfants chantaient des hymnes pour la mort de l'un des leurs. Le ciel était monté très haut. La terre était devenue toute petite, un peu ovale, comme la grosse perle que portait ma grand-mère quand le soir, à Londres, dans notre chambre, elle venait m'embrasser. J'étais si seul.

C'est alors que quelqu'un poussa la porte de la cabane. Une motte de terre la bloquait, ma dernière défense. Je m'en remis au Dieu-Dog. J'étais refait, Somerset et Oscar allaient m'abattre à coups de bêche. Mais en même temps une énergie foudroyante me remit sur pied. J'appuyai sur la porte de toutes mes forces. Je luttais pour la vie. Je hurlais : « Non, Non ! », mais la force d'en face ne faiblissait pas, la pression augmentait et, tout à coup, je vis passer dans l'encoignure une longue main grise. Je luttais encore. Encore et encore. Je m'effondrai. Ce n'était rien, ce n'était pas grave.

C'était Will. Il entra et s'assit sur un seau de métal renversé. Il me demanda, en souriant :

— Alors, tu l'as enfin trouvé, le repaire de Shelley ?

Je ne voyais pas à quoi il faisait allusion. Il vit dans quel état j'étais et me dit :

— Viens !

Je me blottis contre lui. Il commença à me bercer et me chanta une comptine irlandaise. Les Irlandais étaient fous. Le Grand Will aussi. Comme les grands *gaels* d'Irlande : « Toutes leurs chansons sont tristes et toutes leurs guerres sont joyeuses. » Avec sa main, très doucement, il chassa la terre de mon front, le sang de mes lèvres, la peur de mes yeux.

— N'aie plus peur. Je te protège, tu le sais bien, tu as eu raison de ne pas venir dîner. Ce dîner était comme tous les autres à l'asile. Aussi ennuyeux que ceux que j'ai connus à Balmoral.

Il ajouta en souriant :

— A Balmoral, au château de Bas-le-Moral.

J'aimais la folie douce de mon Will ; je me blottissais dans ses bras. Je la sentais venir, la belle histoire qu'il allait me raconter. Il allait m'emmener au pays des songes où les cornemuses sont de drôles d'animaux à cinq pattes.

— Tu as trouvé la maison de Shelley. Tu es entré dans sa demeure. *God bless you !* Alléluia ! Maintenant, lève-toi, me dit le Grand Will.

Il se mit à parler avec de grands gestes et commença à me raconter la belle histoire. La belle histoire de la balade de Percy Bysshe Shelley :

« Il était une fois un petit garçon qui possédait trois maisons. Une petite cabane de verdure pour se cacher quand pleuvaient des coups, une villa sur un lac où il se promenait avec son bateau et une belle maison rose à Rome sur la place d'Espagne. Il n'était pas né très loin d'ici, car son père était un riche propriétaire du Sussex et lui-même, le petit Percy Bysshe Shelley, était le petit-fils de Sir Shelley, baronet. C'était un enfant très beau, quoi qu'il fût le contraire de toi. Tu as les yeux noisette et les cheveux très noirs, il avait les yeux bleus et ses cheveux étaient blonds et bouclés. Il semblait plutôt réservé et au moment de son arrivée à l'école, on lui avait prêté un caractère timide. Mais on découvrit vite que toute attaque, toute intimidation ou toute menace, jetait d'emblée le jeune Shelley dans une résistance passionnée.

« A cette époque, en Angleterre, on encourageait la brutalité des enfants, considérée comme un des beaux-arts du Royaume. Les maîtres n'empêchaient jamais les enfants de se battre. Ils châtiaient simplement les vaincus, car la loi du plus rusé et du plus fort avait édifié l'empire. Percy n'avait que faire de cette vision violente de la vie. Il méprisait les jeux et seul importait son amour des livres. On l'appelait "Shelley le fou". Dans la lutte, on le savait capable de tout. Shelley se battait comme une fille, les mains ouvertes, giflant et griffant. Alors les ennemis décidèrent de se mettre à plusieurs pour humilier celui qui, par son attitude altière, offensait ses ennemis. "La chasse au Shelley", en meute organisée, devint un des grands jeux d'Eton. On le poursuivait jusqu'au bord de la rivière.

« Les cheveux au vent, à travers les prairies, les rues de la ville, les cloîtres et les collèges, Percy prenait la fuite. Enfin cerné, acculé contre un mur, pressé comme un sanglier aux abois, il poussait un cri perçant. Les chasseurs voulaient l'achever. A coups de balles trempées dans la boue, le peuple des élèves le clouait au mur : "Shelley ! Shelley !" Un jour, Shelley fit un bond formidable et sauta par-dessus le mur, comme s'il s'envolait. Il sanglota et ragea car il avait cru que c'était la fin. Avec l'énergie du désespoir, il partit alors d'un grand rire fou et bondit dans la forêt.

« Il courait, plié en deux comme l'animal traqué qu'il était. Son front déchiré par les ronces était couronné de sang. Il dévalait la pente vers la Tamise et s'étant assuré qu'on ne l'avait pas suivi, après bien des entrelacs, il rejoignit, au milieu des bois, sa cabane cachée. »

Le Grand Will avait fini son histoire et il riait :

— Il était comme toi mon petit Percy, exactement comme toi.

— Shelley avait-il un ami ? demandai-je au Grand Will.

— Oui, mais pas à Eton. Plus tard dans sa vie, un grand ami, Lord Byron, qui, lui aussi, avait été un petit garçon peu banal. A quatre ans et dix mois, on envoya Byron à l'école de Mrs Bowers, dite Bodsy, où la pension était de cinq shillings par trimestre. « Je vous ai confié George pour que vous le fassiez tenir tranquille », écrivait Madame Byron à Bodsy.

« Dans cette école, Byron avait une chambre étriquée et sordide. L'enfant avait des accès de colère. Alors, on le changea d'établissement. On le mit à l'école d'Aberdeen. Le portier du collège donnait souvent la chasse à ce petit garçon aux cheveux et à la veste rouges, qui venait le narguer en boitant. Il ressemblait à Shelley : il lisait toujours, il lisait en mangeant, il lisait au lit, il lisait debout. Et puis, il s'élançait en courant comme un fou dans un océan de fougères. A dix ans, il devint Lord, son grand-oncle étant mort. Il quitta l'école aux toits de chaume, découvrit les falaises et la mer. Il tomba amoureux de l'écume en entrant dans les vagues. Il aimait nager car là son pied-bot ne le gênait plus. Il était le frère de l'onde, un poète. A treize ans et demi s'était affirmé son caractère hautain, batailleur et ombrageux. Il entra enfin à Harrow. Il s'était attaché à un enfant, William Harness, qui boitait comme lui. Ensemble ils voulaient mettre le monde au pas. Mais les ennemis ne manquaient pas. Byron voyant Harness maltraité par les autres élèves lui dit : "Harness si n'importe qui vous ennuie, dites-le-moi, je me battrai si je peux". »

L'enfant se retournant vers le Grand Will interrompit le conteur :

— Toi, tu es mon Byron, et moi, je suis ton Harness.

Le Grand Will détourna la tête. Le petit se trompait. Lui, Will, n'avait jamais été que l'ami des puissants, le bouffon du génie. Au fond, il avait raté sa vie.

L'enfant leva les yeux vers lui. Il avait perçu sa détresse :

— Raconte-moi maintenant une histoire de vieux. Une histoire de vieux poète.

Le Grand Will ne se fit pas prier :

— Oui, je vais te parler d'un vieil écrivain. Lui aussi, il ne cessait de s'enfuir, mais c'était parce qu'il était poursuivi par les huissiers. Les huissiers sont des gens qui ont le droit d'entrer chez vous et de prendre vos meubles parce que vous devez de l'argent, en général à des gens qui n'en ont guère besoin. Ainsi vivait le vieil écrivain, tirant le diable par la queue. A Bristol, il était surnommé « Monsieur Dimanche ». C'était le seul jour où il pouvait sortir, car ce jour-là les huissiers font grève. Maigre, le teint fané, les cheveux châtains, le nez pointu, les yeux gris, avec une grosse loupe près de la bouche, il se tourna très tard vers la littérature. A soixante ans, seulement. Il s'appelait Daniel Defoe.

« Tu sais, Arthur, le vieil écrivain n'a jamais eu de chance. A partir d'un fait divers, le naufrage du matelot écossais Alexandre Selkirk, retrouvé quatre ans plus tard dans l'île déserte de Juan Fernandez, Daniel Defoe écrivit *Robinson Crusoé*. Mais son martyre commence dès qu'il a fini de rédiger le livre. Toutes les maisons d'édition de la capitale refusent son manuscrit. Le roman ne paraîtra qu'en avril 1719. A la fin du mois d'août, une quatrième édition était déjà en vente. Finalement on vendit quatre-vingt mille exemplaires de *Robinson Crusoé*. »

Le Grand Will se laissait aller. Il devenait doctoral. Il ne s'adressait plus à l'enfant mais à tous les confrères qui l'avaient méprisé. Dans un éclair de génie, il fit la critique du roman de Defoe :

— On retrouve en *Crusoé* tout ce qui fait l'âme anglaise : l'indépendance virile, la cruauté inconsciente, la persévérance, l'intelligence lente mais efficace, l'apathie sexuelle, la religiosité pratique et modérée, la taciturnité calculatrice.

Je l'écoutais, ne comprenant plus rien. Le Grand Will, soudain fatigué, me fit sortir de la cabane. Minuit avait sonné. Il était temps de rentrer. Nous marchions sur l'herbe mouillée, la brume nimbait les arbres d'une clarté bleutée.

— Tout avait bien commencé pour Daniel Defoe, poursuivit cependant le Grand Will. Son père était un riche boucher de Cripplegate qui destinait son fils à la prêtrise. Mais l'adolescent ne voulait rien entendre... Plus tard il s'adonna aux drogues orientales... Il est mort dans une petite auberge de Moorfields. Mais n'oublie pas, petit, même s'il n'avait pas écrit *Robinson Crusoé* il serait resté dans l'immortalité comme l'auteur génial du *Journal de l'année de la peste*.

Le Grand Will s'arrêta un instant, en levant la tête vers les étoiles. Puis, il me souleva dans ses bras et me ramena ainsi jusqu'à l'asile. Cet effort soudain lui paraissait dérisoire. Il avait retrouvé le goût de la littérature. Il portait l'enfant de son rêve.

Quand le Grand Will poussa la porte de l'asile, la lumière était encore allumée. Sur le banc de l'entrée était assise la religieuse.

— Que faites-vous là ? dit le Grand Will.

— Je vous attendais, dit-elle simplement. Je vais monter coucher le petit. Merci de l'avoir ramené. Il n'y a que vous qui pouviez le trouver.

Le Grand Will se retira dans le « parlour » et se prit à rêver. Pour la première fois, depuis bien longtemps, il eut envie d'écrire. Et sa plume se remit à courir sur le papier :

« Pauvre petit roi supplicié ! Tu croyais ce jour-là avoir échappé à tous tes effrois. Tu pensais pouvoir dominer la douleur du monde, abolir la haine et la peur. Dans un instant de lumière, tu comptais tes troupes dans cette armée de retraités et tu voulais les baigner de tes larmes comme d'un Saint Chrême. Tu rêvais de conduire tes vétérans vers la citadelle de la jeunesse à jamais perdue. Tu songeais à leur unité et à leur amour comme s'ils pouvaient échapper au cauchemar. Il faisait froid sur la plage, mais cet air sec était celui de l'illusion de ta victoire.

« Tu te sacrais le chef des vieux pour une nouvelle croisade des enfants. Avec eux, tu pourrais partir conquérir le monde. Soldats délabrés, héros écumés, simples fantassins fatigués, colonels malades, vous n'iriez pas bien loin, vous les loqueteux du temps. Le soleil pâle de Brighton qui baignait au soir dans une mer grise était le dernier stratagème de l'ennemi. Il créait l'illusion du renouveau et de l'énergie déterminée dans un cloître glacé, tu te voulais debout parmi les morts, vivant parmi les vivants, ressuscité du temps achevé au milieu des vieillards.

« Tu avais appris à te pencher sur toi-même. Tu connaissais déjà la maladie et comment vaincre les jours qui s'enfuient. Tu te regardais dans leur misère comme dans un miroir piqué et tu commettais le péché capital que les adultes réprouvent. Tu t'attendrissais sur toi-même. Ce défaut n'allait plus te quitter. Tu l'avais attrapé comme une peste. Tandis qu'autour de toi ils retombaient en enfance, gémissant leurs désespoirs, émettant des plaintes de nouveau-nés, horrifiés par le monde, toi, tu vieillissais à vue d'œil dans un épiderme d'enfant.

« Ta chair tendre était ouverte à leurs caresses et ton esprit attentif à toutes leurs sornettes. Tu croyais ainsi marchander le pacte de ton éternité. Tu ne faisais que faiblir et trahir ton existence réelle. Ils avaient fini par t'avoir avec leurs coups de folie. Ils étaient si vieux qu'ils l'avaient comprise, eux, la science suprême des êtres qui est d'inverser les rôles. Tu étais, à cinq ans, déjà, le cocu du temps. Et dans la sédimentation de l'éternité, ils rejoignaient les falaises, les grèves et les galets, laissant dans la pierre les traces de leurs profils perdus. Oui, ils t'avaient trahi et tu n'en avais rien vu. Tu n'avais pas l'expérience et pourtant, c'était de ta faute. Avec ce décalage imprimé dans ta tendre enfance, tu aurais dû être le premier à sentir à quel moment il te fallait les quitter et à quelle heure il te fallait partir. »

Epuisé, le Grand Will partit s'allonger dans son lit où il poursuivit ses rêves ; il allait à la recherche de Dickens. Il avançait dans le vieux Londres parmi les enfants trouvés, les tire-laines, les entremetteurs, les prostituées, les mégères. Il écartait de lui le pillard borgne et le naufragé qui s'accrochait. Il voulait retrouver Dickens et demain le raconter à l'enfant.

Dickens était encore un enfant. Il adorait *Le Petit Chaperon rouge*. Il lisait *Le Nain jaune* et *La Mère Bunch*. Sa bonne prenait un plaisir pervers à lui raconter des histoires effrayantes. Alors le Grand Will en attendant qu'il grandisse alla se promener dans Londres. Il rencontrait partout les lieux de ses romans. Il allait de Chancery Lane jusqu'à Staple Inn. Il s'arrêtait devant les vitrines, *Old Curiosity Shop,* ou déambulait dans Fountain Court. Pendant ce temps-là, Dickens quittait l'enfance, « la préhistoire oubliée de la vie », pour influencer par son œuvre Dostoïevski, Hugo, Proust, Marx, Engels et Kafka. Le Grand Will se souvint alors de son roman préféré, *Great Expectations,* et de son auteur, Dickens, cet être immense qu'il voulait donner en exemple à Arthur.

Avant de quitter sa somnolence pour la chute profonde dans l'inconscience, le Grand Will fit encore un effort et, comme une prière du soir, il murmura : « Charles Dickens est né le 7 février 1812 à Portsmouth sur la côte sud de l'Angleterre. Il mourut cinquante-huit ans plus tard à Rochester, le 9 juin 1870, riche, influent, anobli par la reine Victoria dont il était devenu le sujet peut-être le plus universellement connu. »

Le lendemain matin, le Grand Will s'éveilla avec un goût nouveau pour la vie. Il savait maintenant qu'il avait accompli sa mission avec Arthur.

Mission ou transmission ? Enfin il avait formé l'héritier de son savoir. Quand l'enfant grimpa sur ses genoux en lui demandant d'achever l'histoire de la veille, Will eut une inspiration subite :

— En 1870, lorsque Dickens mourut, on raconte qu'un petit garçon demanda : « M. Dickens est mort, est-ce que le père Noël va mourir aussi ? »

Cette phrase me plongea dans une profonde méditation. Je restai silencieux quelques minutes, avant d'interroger des yeux le grand vieillard.

Alors, ce dernier anticipa ma question et me dit :

— Oui, c'est bientôt Noël et tes parents ne vont plus tarder à venir te chercher. N'oublie jamais que tu as vécu parmi nous et, plus tard, si tu peux, souviens-toi un peu de moi. Tâche de poursuivre dans ta vie la part de chemin que je n'ai pu parcourir. Marche doucement car tu marches sur mes rêves.

CHAPITRE 44

Deux jours plus tard, en effet, la *Frégate* grise réapparaissait. Je quittai cet étrange port de mon enfance, sans me retourner. Je savais désormais qui m'était étranger et qui m'était proche. Blotti au fond de la voiture, je restai silencieux, comme un voyageur de nulle part.

Lorsque nous sommes arrivés à Londres avec mes parents, ce qui m'a le plus étonné en retrouvant la maison à Exhibition Road, c'est de constater que les deux fanions français et anglais que mon père avait plantés dans le jardin pour le couronnement de la reine y étaient encore. Combien de mois avais-je donc passés à Brighton ? Je ne m'en souvenais plus. Mais de la cérémonie de Westminster au lendemain des obsèques de George VI, il me restait des images très précises. Le couronnement de la reine Elisabeth II d'Angleterre était comme un extraordinaire spectacle médiéval : le carrosse d'or, « l'orgueil des drapeaux et des flammes », l'abbaye de Westminster tapissée de « pairs » en robe d'hermine, les « beefeaters » en costume Tudor, la couronne royale sur laquelle scintillait le légendaire diamant, la robe de la reine criblée de pierreries, son diadème éblouissant, et son mari, le prince Philip, en uniforme sombre d'amiral de la Flotte frappèrent mon imagination d'enfant. Je me rappelle la reine et le salut de sa main gantée. Elle avait l'âge et l'allure de ma mère.

Londres était restée un festin de souvenirs dont je ne m'étais pas encore rassasié : Kensington Gardens et sa rivière extraordinaire, la Serpentine, les gardiens de Regent's Park avec leurs grandes bottes, les enfants anglais qui s'accrochent à leur nanny, le Science Museum de mes amours avec sa fausse mine de charbon, ses mineurs, ses wagons et son plateau de forage, les cerfs-volants de Regent's Park et les bateaux qu'on pouvait piloter, les matches de cricket, une porte verte près de Gloucester Road encadrée de colonnes doriques immaculées, le rugby par tous les temps, le Noël chez Harrods, les trains de fantômes dans les grands magasins, la Garde à cheval, l'odeur entêtante du crottin, le pique-nique du dimanche, les couvertures écossaises, les moineaux dans la paille, Hyde Park, ses vastes pelouses et ses frondaisons.

En évoquant ces souvenirs, j'aurais pu penser comme Rudyard Kipling : « Non seulement nous étions heureux, mais en plus nous le savions. » Tout me paraissait délicieux : l'odeur des roses dans le parc, les jets d'eau, les chaises vertes, les pigeons auxquels on jetait des bouchées de pain jusqu'au cygne noir qui glissait sur le lac. Le comble de ma félicité, c'était le kiosque à musique sous un chapiteau en plein air. Le chef d'orchestre, sabre au côté, dirigeait la musique des grenadiers de la Garde.

Le temps s'arrête en douceur dans les jardins anglais. Salut militaire : c'est la fin du concert. Les clochardes se recoiffent, et tout à coup, au milieu du silence, voici qu'une vieille femme démente se détache du groupe et, sur l'herbe, se met à danser.

Quelques mois plus tard, nous étions de retour à Paris. Après trois ans de mission à Londres dans la diplomatie, mon père réintégrait le ministère des Finances et, en attendant de trouver un appartement, nous avons été accueillis par une tante, au dernier étage du 12 *bis,* rue de l'Elysée. Notre balcon donnait sur le parc présidentiel.

Cette rue de l'Elysée aux péristyles corinthiens, aux façades géorgiennes et à l'allure Regency ne nous dépaysait pas. Avec ses portiques, ses pilastres à l'antique et les trois marches de ses perrons, elle avait l'air d'une rue anglaise à Paris.

Chaque jour, nous allions au jardin des Champs-Elysées assister au guignol ou nous promener autour de la fontaine. Et puis, il y avait cet énorme tas de sable.

Un jour, j'étais à genoux auprès de ce grand tas de sable, très affairé avec ma pelle et mon seau quand je sentis dans ma nuque comme un frisson. Je me retournai et je découvris, à quelques mètres, assis sur un banc, un grand vieillard bien vêtu, qui me regardait fixement.

Longtemps, j'ai hésité. J'ai regardé mes frères qui, eux aussi, jouaient sur le sable parmi les piaillements des autres enfants. Et puis, mû par une force étrange, répondant à un appel silencieux, je me suis levé, abandonnant mes jouets. Je me suis dirigé vers le banc du vieillard inconnu. Sans dire un mot, je me suis assis à son côté. Et, comme si je me retrouvais soudain solidaire d'une fraternité secrète, j'ai laissé glisser ma tête sur son épaule dans un total abandon.

Même si j'avais retrouvé une famille, j'avais choisi mon camp : le refus de l'apaisement. Alors commença ma vie à l'envers. Au-delà de la visite des décombres il me restait le plus dur à faire : rajeunir.

Londres, Brigton, New Delhi,
Saint-Vincent, Paris, 1977-2002

Du même auteur

Qui est snob ? essai, Calmann-Lévy, 1973.

Athanase ou La Manière bleue, roman, Julliard, 1976.

Le Romantisme absolu, essai, Stock-Editions n° 1, 1978.

Ligne ouverte au cœur de la nuit, document, Robert Laffont, 1979.

La Nostalgie, camarades ! essai, Albin Michel, 1982.

Les Histoires de l'Histoire, récits, Michel Lafon, 1987.

La Fayette, la stature de la liberté, biographie, Filipacchi, 1989 (prix Contrepoint 1989, Award de littérature de l'Université J.-F. Kennedy, prix de la Société de Géographie, Plume d'or de la biographie).

Desaix, le sultan de Bonaparte, biographie, Librairie Académique Perrin, 1995 (prix Dupleix).

L'Histoire de France en trois dimensions :
   Les Dynasties brisées, Lattès (prix Grand Véfour de l'Histoire), 1992.
   Les Aiglons dispersés, Lattès, 1993.
   Les Septennats évanouis ou Le Cercle des présidents disparus, Lattès, 1995.

Les Egéries russes (en collaboration avec Vladimir Fedorovski), Lattès, 1994.

Les Egéries romantiques (en collaboration avec Vladimir Fedorovski), Lattès, 1996.

Romans secrets de l'histoire, Michel Lafon, 1996.

Alfred de Vigny ou La Volupté et l'Honneur, Grasset, 1997.

Les Larmes de la gloire, Anne Carrière, 1998.

Agnès Sorel, beauté royale, Editions de la Nouvelle République, 1998.

Je vous aime, inconnue. Balzac et Eva Hanska, Nil, 1999 (Prix Cœur de France).

Le Bel Appétit de Monsieur de Balzac, Ed. du Chêne, 1999.

La Trilogie impériale :
   Le Sacre... et Bonaparte devint Napoléon, Tallandier, 1999.

Les Vingt Ans de l'Aiglon, Tallandier, 2000.

Le Coup d'éclat du 2 décembre, Tallandier, 2001.

La Grande Vie d'Alexandre Dumas, Minerva, 2001.

Mes châteaux de la Loire, carnets de voyage, Flammarion, 2003.

Les Princes du romantisme, biographies, Robert Laffont, 2003.

Composition réalisée par JOUVE

IMPRIMÉ EN ESPAGNE PAR LIBERDUPLEX
Barcelone
Dépôt légal éditeur : 43207 - 03/2004
LIBRAIRIE GÉNÉRALE FRANÇAISE - 43, quai de Grenelle - 75015 Paris.

ISBN : 2 - 253 - 07257 - 5   ◈ 30/3063/2